蜗室古今谈

丰家骅 著

凤凰枝文丛 / 孟彦弘 朱玉麒 主编

凤凰出版社

图书在版编目（CIP）数据

蜗室古今谈 / 丰家骅著. -- 南京 : 凤凰出版社,
2022.10
（凤凰枝文丛 / 孟彦弘，朱玉麒主编）
ISBN 978-7-5506-3652-1

Ⅰ. ①蜗… Ⅱ. ①丰… Ⅲ. ①随笔－作品集－中国－当代 Ⅳ. ①I267.1

中国版本图书馆CIP数据核字(2022)第131233号

书　　名　蜗室古今谈
著　　者　丰家骅
责任编辑　张永堃
特约编辑　黄如嘉
书籍设计　徐　慧
出版发行　凤凰出版社(原江苏古籍出版社)
　　　　　发行部电话025-83223462
出版社地址　南京市中央路165号,邮编:210009
照　　排　江苏凤凰制版有限公司
印　　刷　苏州市越洋印刷有限公司
　　　　　江苏省苏州市吴中区南官渡路20号,邮编:215104
开　　本　880毫米×1230毫米　1/32
印　　张　10.25
字　　数　205千字
版　　次　2022年10月第1版
印　　次　2022年10月第1次印刷
标准书号　ISBN 978-7-5506-3652-1
定　　价　68.00元
（本书凡印装错误可向承印厂调换,电话:0512-68180638）

丰家骅

1930年11月生，江苏省南京市人。1955年毕业于南京大学中国语言文学系（现文学院）。毕业后分配到句容县中学，长期从事中学语文教学工作，编著有《中学语文教法新探》。改革开放初调至复办的江苏教育学院（现为江苏第二师范学院），从事中学语文教师进修培训教育工作，主编有《中国古代文学作品选》。曾任江苏教育学院（现为江苏第二师范学院）中文系（现文学院）主任、院学术委员会副主任。著有《杨慎评传》《丹铅总录校证》等。

弁 言

“凤凰台上凤凰游”，是李白《登金陵凤凰台》之诗句，昔年我江苏古籍出版社立足南京、弘扬文史，而更名所由也。

“碧梧栖老凤凰枝”，是杜甫《秋兴八首》所吟咏，今日我凤凰出版社为学林添设新枝，而命名所自也。

30 多年来，凤凰出版社围绕中华传统优秀文化，彰显传承文明、传播文化、服务大众、贡献学术的出版理念，坚持以整理出版中国文、史、哲古籍及其研究著作为主的专业化方向，蒙学界旧雨新知之厚爱、扶持，渐已长大成为“碧梧”，招引了学界“凤凰”翩然来栖。箫韶九成，凤翥凰翔！嘤其鸣矣，求其友声！

“凤凰枝文丛”是本社与学界同人共同打造之文史园地，除学术研究论文外，举凡学人往事、经典品评、学术札记之文化随笔，旧学新知，无所不包。是作者出诸性情而诗意栖息之地，读者信手撷取而涵泳徜徉之处。

“凤凰鸣矣，于彼高冈。梧桐生矣，于彼朝阳。”

愿“凤凰枝文丛”成为我们共同的文化家园。

2019.5.22

自序

时光易逝，不觉忽已老矣。检点旧稿，得单篇短文二百有余，从中择出三十余篇，辑为一集。这些文章大部分写于退休后，有了闲功夫；也有一部分作于退休前，最早一篇发表于 1979 年，距今已四十多年，时亦久矣。文章长短不一，体式也不尽同，依其类别，大体分为三辑，按发表时间先后排列。

第一辑多谈事物及风俗的古今变迁，是一些考据性的随笔。这类文章对一些事物追根溯源，从古到今，述其流变。如扇子的溯源，从考据上古的羽扇、竹扇，汉代的纨扇，到述说宋代折扇东传，明代折扇发展；对洗澡方式变迁的研究，从周秦时的盆浴说起，到南北朝寺庙浴池，宋代市民浴室，到元明的混堂等。其他如《古代通行证》《古人是怎样剽窃的》《爆竹烟火溯源》等，也多如此。这些文章不空谈理论，据实而言，知识量大，每篇短短几千字，就是一篇扇子、浴室、通行证的小史，可为读者的阅读带来意外的趣味，补充一些不常听闻的文化知识。

第二辑多谈古代人物或事件的评价，是一些文史随笔。这些历史人物身上都有一些存疑或争议的故事、评价等，如西施的结局，大家熟知的两种结局是随范蠡泛湖而去，或回到故乡若耶溪，本书所收的《“泛湖说”辨正》一文，则据同时代人的记载，证其沉水而死；杨慎有“傅粉簪花”“醉酒狎妓”等“劣迹”，时人不解其怪异行为，责其“降志辱身”。《“傅粉簪花”辨》一文，据时人提供的一些蛛丝马迹，揭示出杨慎实为佯狂避祸，逃避皇帝的迫害。其他如王安石与秦淮小宅、石钟山钟声之谜、珠帘秀的归宿等，都重视对新材料的发掘，多别说新解，而非老生常谈。

第三辑多谈文章、词句的诠释，是一些语文随笔。小自一点一字，大到一章一篇。谈点如《古代的标点》，论述标点的重要性，说明我国古书虽大多不加标点，但标点却是古已有之，宋、明时即出现加标点的书等。谈字如《石——汉代工资等级单位》，“石”本为粮食重量单位，汉代官员俸禄“二千石”，人们常误解为实领二千石粮食。其实“石”乃为汉代官员俸禄的等级（工资级别）。一章一篇，如《〈天问〉“东流不溢”新解》，是人类对自然的一种尚不成熟的认识。明人杨慎指出是水汽化的结果，五百多年前就作出了科学解释，是十分难得的。其他如“迤逗”的读音、“阳关三叠”的叠法、“不求甚解”究作何解等，不同解说，孰是孰非？相信读者读来皆饶有兴味。

书名《蜗室古今谈》，是身居斗室，说古道今，故名。所说虽古人古事，但多源于现实。如改革开放之初，城里商店晚上是不营业的，北京最早出现“黑市”（夜里摆摊），还遭到禁止。这就是我写作《宋代的夜市》的由来，文章在《文史知识》刊出后，《深圳日报》随即转载，是为商业繁荣造点舆论。再如20世纪90年代，学术界渐生剽窃之风，博士、教授抄袭事件时见报端。《古人怎样剽窃》一文即由此而生，这是为了揭露学术腐败，对“智力盗贼”进行挞伐。他文如《古代妇女的再嫁》《再谈捣衣》等文都有现实的动因，谈古实为说今，而非无的放矢。即如《漫话字舞》，也是为追踪我国艺术体操之源，说明艺术体操并非为我们的邻邦日本、朝鲜所独擅。

此次旧作重刊，文字均保留原貌。但有两点须加说明，一是文章标题，有几篇刊出后，他刊转载所用的标题，胜于原题。如《古代洗澡趣谈》《古人是怎样剽窃的》《西施“泛湖说”辨正》等，都是采用转载时的标题。二是有几篇文章刊出后又发现了新材料，加了几条附记。学海无涯，疏漏之处，定所难免，衷心期待读者的批评匡正。

目录

第二辑

第三辑

第一辑

“龙生九子”的来龙去脉

在龙的许多神话传说中，“龙生九子”故事的出现是比较晚的。但由于“莫知所出”，不见于典籍，一直是中国文化中的一个谜。然而，这些龙的子孙与我国的装饰习俗有着十分密切的关系，现存的许多建筑物和器物上都留下了它们的“遗迹”，这是一个矛盾而有趣的文化现象，其真相究竟为何呢？

“龙生九子”的由来

中国是龙的故乡，在我国古代文献中，有关龙的记载可谓不胜枚举。但在明代以前的记载中，却从未见有“龙生九子”之说，直到明弘治年间，才逐渐成为一个热门话题。据明人一些笔记记载，“龙生九子”之说从出炉到成为一说颇为蹊跷，说可能是明孝宗有一天读书，看到“龙生九子”，因弄不清九子的名字，就写了一张纸条，令中官拿去问内阁。明代的内阁是皇帝的一个秘书机构，既参与国家核心机密的咨询，又有备皇帝顾问之用。当时的内阁大学士李东阳，接到皇帝的“御书小帖”下问“龙生九子名目”，仿佛记得少年时曾在杂书中见过，但仓促之间又答不上来，就问编修罗玘。罗玘说曾听老师说过，只记得其中五六个名目，于是又问吏部刘绩。刘绩说家中有一本旧册子，“册面上备录此语”，取来一看上面果然记有“九子”之名，但却未记出自何书，无从查考。皇帝的垂询不能拖延太久，李东阳无奈，只得凑合“据以复命”回答说：

龙生九子不成龙，各有所好。囚牛，龙种，平生好音乐，今胡琴头上刻兽是其遗象。睚眦，平生好杀，今刀柄上龙吞口是其遗象。嘲风，平生好险，今殿角走兽是其遗象。蒲牢，平生好鸣，今钟上兽钮是其遗象。狻猊，平生好坐，今佛座狮子是其遗象。霸下，平生好负重，今碑座兽是其遗象。狴犴，平生好讼，今狱门上狮子头是其遗象。屃屭，平生好文，今碑两旁龙是其遗象。蚩吻，平生好吞，今殿脊兽头是其遗象。（《李东阳集文后稿》卷十二）

后来他还说，“余又得一处载虮蝮好负重，今碑下石兽。所述各不同，俟正之博物君子”。他自己也吃不准，不能确定。他说的“九子”中，只有囚牛是龙种，其他八种都与龙无血缘关系，而且霸下、屃屭、趴蝮乃同音相假，实际上是同一个东西；嘲风、蚩吻又同为殿角（脊）兽，根本不足“九子”之数。因而李东阳并没有解决“龙生九子名目”的问题。

李东阳的门生杨慎曾听他老师谈过“龙生九子”的事情，很钦佩老师“不蔽下臣之美”的“贤相之节”，根据自己的印象记下了九子的名目说：“俗传龙生九子不成龙，各有所好……一曰赑屃，形似龟，好负重，今石碑下龟趺是也。二曰螭吻，形似兽，性好望，今屋上兽头是也。三曰蒲牢，形似龙而小，性好叫吼，今钟上纽是也。四曰狴犴，形似虎，有威力，故立于狱门。五曰饕餮，好饮食，故立于鼎盖。六曰趴蝮，性好水，故立于桥柱。七曰睚眦，性好杀，故立于刀环。八曰金猊，形似狮，性好烟，故立于香炉。九曰椒图，形似螺蚌，性好闭，故立于门铺首。又有金吾，形似美人首，尾似鱼，有两翼，其性通灵，不寐，故用警巡。”（《升庵文集》卷八十一）杨慎所记的“九子名目”与李东阳有很大不同：一是在名目上，他去掉了囚牛和嘲风，增加了饕餮和椒图，并改“性好坐”的狻猊为“性好烟”的金猊。二是在排列次序上，他把位列第八、第九的赑屃、螭吻提为第一、第二。三是在龙子的形状上，增加赑屃、蒲牢、螭吻等的形体特征。杨慎是明代著名的学者，《明史》说他“记诵之博，著作之富”为明代第一，在当时知识界影响很大，因而后人论及“龙生九子”，多引述杨慎之说，早于杨慎的李东阳之说反倒不为人知了。

自明孝宗提出“龙生九子名目”的问题后，或许是皇帝的影响，也或许是李东阳、杨慎的影响，“龙生九子”的故事便不胫而走，盛传一时。明人笔记辗转抄录，经久不绝，如皇甫录的《近峰闻略》、胡侍的《真珠船》、李诩的《戒庵老人漫笔》、谢肇淛的《五杂组》、沈德符的《万历野获编》、徐应秋的《玉芝堂谈荟》等。而且添枝加叶、愈传愈奇。说什么“龙性淫，无所不交，故种独多耳”（《五杂组》卷九）。龙“遇牝必交，如得牛则生麟，得豕则生象，得马则生龙驹，得雉则结卵成蛟”，龙子“不特九种已也”；且又云其中一子名“吉吊，盖与鹿交，遗精而成，能壮阳治阴痿”（《万历野获编》卷七）等。荒诞不经，难以置信。这些笔记对龙子的数目，所记各不相同，有的说十种，有的说十四种，有的说十九种等，这说明龙生子原无定数，只是因为皇上指定“九子”，大臣遂摘出其中九种来应命而已，实际上原来并无“龙生九子”之说。

“龙生九子”之说，最初李东阳云“莫知所出”，其后博学的杨慎只称“俗传”，谢肇淛更说“此语近世所传，未考所出”，都不知出自何书。但也有人认为“殆必有所据”，说“见《尔雅》”（《近峰闻略》），或说“出《山海经》《博物志》”（《菽园杂记》卷二）等，双方反复辩难，成了当时的一个学术热点。略晚于杨慎的陈耀文是个考据学家，他博极群书，经过仔细查证，指出《尔雅》《山海经》诸书并无“龙生九子”之说。他说：“夫《尔雅》者，兴于中古，隆于汉世，列在十三经中，非僻书也。其‘释兽’中，止有狻猊。郭璞注云：‘即狮子。’并无别项龙子之说也。《埤雅》《雅翼》并号该综，亦绝无一言及之者。”并云前人说“赑屃其形似龟云云，出《山海经》《博物志》……然考《山海经》《博物志》皆无之”（《正杨》卷四“龙生九子”）。这就有力地证实了“龙生九子”之说是没有文献根据的。另一位学者胡侍经过多年的查考也说此说是虚构伪僻，他说：“余忆十一二时，尝见其说于《对类总龟》中，近因历考传记，乃知其为不经。”（《真珠船》）由此可知“龙生九子”之说，原是个毫无根据的无稽之谈。

但李东阳是个严肃的学者，他说“忆少时往往于杂书中见之”；皇甫录也说“予又观他说，间有同异”。胡侍、谢肇淛等也都有类似的话，似乎又非凭空虚构而确有所本。我查阅了李东阳之前的一些明人笔记，发现有关龙子的名字、形状、特性等记载，都出自陆容的《菽园杂记》，不过陆容谈的是“古诸器物异名”，并不是说“龙生九子”的异名。他说：

古诸器物异名，屃赑，其形似龟，性好负重，故用载石碑。螭蚴，其形似兽，性好望，故立屋角上。徒牢，其形似龙而小，性吼叫，有神力，故悬于钟上。宪章，其形似兽，有威，性好囚，故立于狱门上。饕餮，性好水，故立于桥头。蟋蜴，形似兽，鬼头，性好腥，故用于刀柄上。螭蛟，其形似龙，性好风雨，故用于殿脊上。螭虎，其形似龙，性好文彩，故立于碑文上。金猊，其形似狮，性好火烟，故立于香炉盖上。椒图，其形似螺蛳，性好闭口，故立于门上。今呼鼓丁，非也。虭蛥，其形似龙而小，性好立险，故立于护杇上。鳌鱼，其形似龙，好吞火，故立于屋脊上。兽蚴，其形似狮子，性好食阴邪，故立门环上。金吾，其形似美人首，鱼尾，有两翼，其性通灵，不睡，故用巡警。（《菽园杂记》卷二）

陆容所记“古诸器物异名”共十四种，李东阳上复皇帝“九子名目”里的赑屃、蚩吻、蒲牢、狻猊都出自其中，只是蒲牢和狻猊二名微有不同，似乎李东阳得之于传闻，并未见过《菽园杂记》。杨慎所举“九子名目”共十种，除睚眦、蚣蝮外，其余八种均出自十四种中，而且排列顺序基本与之相同，估计杨慎见过《菽园杂记》，所以他在“龙生九子不成龙”前加上了“俗传”二字，说明这只是民间传闻，并非出自典籍。陆容所举的十四种器物中，其形似龙的有五种：徒牢、螭蛟、螭虎、虭蛥、鳌鱼，这恐怕就是刘绩、罗玘张冠李戴的原因。其时李东阳们正“承上问”无从作答，又不肯承认自己“无识”，就只好移花接木来糊弄皇帝了。清人梁章钜说：“翟晴江谓本刘绩倡其说，但云得于此册面上，疑其权时应命所撮造。”（《浪迹续谈》卷八“龙生九子”）翟颢认为是刘绩首倡，归罪于他的“撮造”。陈耀文则批评杨慎不该以讹传讹，在《正杨》中说：“盖此事也，大臣不学，小臣妄对，其误一耳。公（指杨慎）复录以夸人，岂容再误乎？”（《正杨》卷四“龙生九子”）此言可谓一语中的，是符合当时实际情况的。

至此我们可以知道“龙生九子”原无其说，只是因明孝宗提问“九子名目”，由大臣们拼凑出来的“假货”。但因出自名人之手，其后又经许多名人传播，名人效应使它弄假成真，逐步为人们所接受，最终成为一说了。

“龙生九子”与装饰习俗

传说龙是一种飞腾于云中长身、巨口、粗须、利角、巨爪的神兽，有许多种类，有鳞的叫蛟龙，有翼的叫应龙，有角的叫虬龙，无角的叫螭龙等。它们也生儿育女，子孙很多，所谓“龙生百种，种种不一”。据《淮南子·地形训》记载：“羽嘉生飞龙，飞龙生凤皇……毛犊生应龙，应龙生建马，建马生麒麟……介鳞生蛟龙，蛟龙生鲲鲠，鲲鲠生建邪……介潭生先龙，先龙生玄鼋，玄鼋生灵龟……”它们的子孙有的仍是龙形，有的则变化为各种兽形。这些记载可能就是“龙生九子”的根据了。

龙在我国与装饰艺术有着密切的关系，我们游览名胜古迹、参观宫殿庙宇时，在梁柱上常会看到它们多姿的身影。龙的子孙也是一样，“九子”中有的装饰着宫观寺庙的屋脊、殿阶、廊柱等建筑物，有的装饰着钟、鼎、香炉等器具，不仅丰富了龙的装饰功能，而且还增添了我国古建筑和器物的形体美。下面姑依杨慎的顺序，具体谈谈它们与装饰习俗的关系：

1. 赑屃，一作霸下、虮蝮

赑屃之名，早在汉代就已见于文献。张衡《西京赋》云：“巨灵赑屃，高掌远蹠，以流河曲，厥迹犹存。”其后左思《吴都赋》亦云：“巨鳌赑屃，首冠灵山。大鹏缤翻，翼若垂天。”李善注说“巨灵”“巨鳌”都是大龟，有超人的神力，能头顶灵山，背“负蓬莱山而抃沧海之中”。所以“龙生九子”中说“其形似龟，性好负重，故用载石碑”，这是有史料根据的。我们游览名胜古迹时，常见到一个形体似龟的巨大动物背负一块高大的石碑，这就是龙子赑屃。李东阳在“九子”中云“霸下，平生好负重”，又说“赑屃，平生好文，今碑两旁龙是其遗像”；杨慎谓“赑屃，形似龟，好负重”，又说“虮蝮，性好水，故立于桥头”，显然都是为了凑数而一物二用了。

2. 螭吻，一作蚩吻、鸱尾

螭吻之名，也是早在汉代就见于典籍了，宋人黄朝英《靖康缃素杂记》中有很详细的记载。他说：唐代苏鹗的《苏氏演义》说，蚩是一种海兽，“蚩耸尾出于头上，遂谓之蚩尾”。汉代因宫殿多灾，汉武帝建柏梁殿时，有大臣上疏云：“蚩尾，水之精，能辟火灾，可置之堂殿。”另有术者云：“天上有鱼尾星，宜为其象，冠于屋以禳之。”因此自唐以来寺观殿宇屋角都饰有飞鱼形尾上指的蚩吻。这本与龙无涉，李东阳和杨慎说它是龙子，形似兽，性好望，故立屋角上，后来蚩尾逐渐衍化为龙形。我们常见宫殿屋脊两端，各有一个龙头张开大口咬住屋脊，尾巴高高翘起，这就是蚩尾，一作鸱吻、鸱尾。这个装饰从迷信的观点来看，是水精“激浪即降雨”，可以禳灾；而从建筑学角度看，龙口吞脊实际上起了加固的作用，具有建筑学和美学的双重作用。

3. 蒲牢，一作徒牢

蒲牢是一种传说中的海兽，最早出自李善注《文选·东都赋》引汉薛综“发鲸鱼，铿华钟”注文：“海中有大鱼曰鲸，海边又有兽名蒲牢。蒲牢素畏鲸，鲸鱼击蒲牢，辄大鸣。”因而“凡钟欲令声大者，故作蒲牢于上”。这样蒲牢就成了钟上的一种装饰。到了唐代，蒲牢还成了钟的别名，皮日休诗曰：“重击蒲牢含山日，冥冥烟树睹栖禽。”（《寺钟暝》）就是一例。蒲牢原与龙并没有关系，陆容不知何据，说它“形似龙而小，性吼叫……故悬于钟上”，蒲牢从此就成为龙的九子之一。我们在许多大钟的顶部，常见到有一个龙形钟纽，这就是蒲牢了。钟纽的龙是双头四足，横跨钟顶，腰部微微弓起，下露一孔，供悬吊之用。其造型设计真是匠心独运，既实用又美观，令人叹为观止。

4. 狴犴

狴犴是传说中的一种凶猛的兽名。最早见于扬雄《法言·吾子》：“狴犴使人多礼乎？”从字形上看，这似乎是一个兽名，但《音义》说，“狴犴，牢狱也”。在汉时狴犴就已成监狱的别称了。明人对狴犴的说法也很不一致。李东阳说它“平生好讼，今狱门上狮子头是其遗象”。杨慎说它“形似虎，有威力，故立于狱门”。传说龙王曾派狴犴镇守牢门，看管囚犯，因而古人常把狴犴威风凛凛的形象刻在牢门之上。由于它的长相像老虎，故俗称监狱为“虎头牢”。我国保存完好的监狱建筑——山西洪洞县的明代监狱古迹，牢门上方就塑有一个巨大的虎头，可以证明。同时狴犴还用来装饰官衙的大堂，表示威严公正。直到清代，官衙门首仍悬有虎头牌，恐吓群众。因而狴犴不仅看守牢狱，也看守衙门了。李东阳说它形似狮子头，似乎就不对了。

5. 饕餮

现代人称贪吃的人为“老饕”，好像饕餮是与“食”

有关的神兽，其实它是一种恶兽。《吕氏春秋·先识览》云：“周鼎著饕餮，有首无身，食人未咽，害及其身，以言报更也。”这种恶兽有头无身，口馋贪吃，甚至吃人，所以在古代的食具上常用饕餮图案作为装饰。西周时，钟、鼎等器上就出现了一种状如头部的饕餮纹，后来在鼎盖上也铸饕餮之形作为盖纽，现存的饕餮尊就是一个有力的物证。陆容说：“饕餮，性好水，故立于桥头。”杨慎进一步纠正陆容说：“饕餮，好饮食，故立于鼎盖。”从饕餮的历史来看，这无疑是正确的。饕餮头部毛发纷披，面目狰狞。相传有盗墓贼第一次看到它的样子时，被吓得魂不附体，可以想象那形状是十分可怕的。现在许多鼎上都有饕餮张着大嘴的图案，这图案却失去了它的凶相，不那么可怖了。饕餮原本与龙无亲无故，但不知什么原因，从明代开始，被拉来充当龙的九子之一了。

6. 虮蝮，一作霸下

虮蝮之名，不知出自何书，《辞源》说是“兽名”，不知道有何根据。李东阳称“霸下，平生好负重，今碑座兽是其遗象”，与九子之一的赑屃重复了，故杨慎改为“虮蝮，性好水，故立于桥柱”，也不知他有何据。虮蝮与其他诸龙子相比出现最晚，但在石桥的装饰上却还是留下了遗迹。一种是桥柱顶端的头部石像，像南京光华门外七桥瓮桥柱上的虮蝮就已经有五百多年历史了；另一种是桥面上两旁探首于外的出水龙头，许多较长的大型石桥都有这种装饰性的装置，我们把自来水管道放水的阀门称为“水龙头”，据说就是出自虮蝮。这说明“龙生九子”虽是虚构的，后人不知底里也就逐渐承认了。

7. 睚眦

“睚眦”一词，最早见于《战国策》，后来汉人也常用，比较著名的如《史记·范雎列传》：“一饭之德必偿，睚眦之怨必报。”《西京赋》中“睚眦虿芥，尸僵路隅”，本是怒目而视的意思，与龙也没有关系，不知李东阳怎么说它“平生好杀，今刀柄上龙吞口是其遗象”，竟拉来充当龙子了。杨慎沿袭其师之说，称其“性好杀，故立于刀环”。这大概是想到“睚眦之怨必报”或“尸僵路隅”注中有“好杀”之语，便将睚眦当作性情暴烈好杀的怪兽了。现存许多古刀剑在刀把或吞口处都有龙形的装饰，这就是龙子睚眦的遗形。

8. 金猊，一作狻猊、狻麑

金猊，即狻猊，是一种善走的名兽，见于《穆天子传》：“名兽使足：□走千里，狻猊□野马走五百里。”它又是狮子的别称，《尔雅》曰“狻麑……食虎豹”，注曰“即狮子，出西域”，是汉顺帝时疏勒国王献给中国的。因为来自西域，与佛教有着关系，故蒙上了一层神秘色彩。然而李东阳有不同说法，他说：“狻猊，平生好坐，今佛座狮子是其遗象。”佛座狮子是涂金的，故亦称金猊。但陆容、杨慎都说金猊形似狮，性好烟，故立于香炉盖上。

古代香炉上狮形装饰就是狻猊的遗形。后人发明了燃香用的狻猊形的香炉，在炉的腹中燃上香，香气从狻猊口中袅袅而出，这种香炉有的用于室外，如花蕊夫人《宫词》云：“夜色楼台月数层，金猊烟穗绕觚棱。”有的用于闺房之中，如李清照《凤凰台上忆吹箫》云：“香冷金猊，被翻红浪，起来慵自梳头”。

9. 椒图

“椒图”一词，不知何义。元曲有“门迎四马车，户列八椒图”，人多不能晓。杨慎在《艺林伐山》卷九“螺首”中说：“人门上铜环兽面，一名椒图也。”这说明椒图作为大门上的装饰，由来远矣！陆容说“其形似螺蛳，性好闭口，故立于门上”，似亦有据。因为螺蚌一遇别物进入就立即闭口，后人就用它来作大门上的饰物。许多宫殿、庙宇以及旧日官衙大门上各有一个兽头口衔门环，就是椒图，用途是看守大门。

上述“九子”之外，还有性好音乐的囚牛、性好文采的螭虎等。虽然“龙生九子”说是明人伪造的假货，但“九子”之名却是古已有之，早见于各种典籍，有深厚的文化底蕴，因而各种类书、辞典等多作为一说而加以征引，好像真的实有其说了。

原刊《寻根》2006年第六期

息壤探源

——从治水神话到求雨风俗

鲧、禹治水是我国古代的一个著名神话。相传在我国上古时期，发生过一场大洪水，那时大地一片汪洋，五谷不登，禽兽逼人，人民在死亡线上挣扎。帝尧忧心如焚，想找一个能治水的人，四方诸侯之长异口同声推荐鲧，言“未有贤于鲧者”（见《尚书·尧典》）。鲧是黄帝的孙子，在神话中其形象是一匹白马，在尧时封于崇地为伯，人称“崇伯鲧”。鲧受命后一心努力治水，但“洪水浩洋而不息”，治了九年也不见功效，他便上天去偷取了息壤来堵塞洪水。《山海经·海内经》说：

洪水滔天，鲧窃帝之息壤以堙洪水。不待帝命，帝令祝融杀鲧于羽郊。

《归藏·启筮》说：

滔滔洪水，无所止极，伯鲧乃以息石息壤，以填洪水。

鲧也是一位显赫的神，但他取息壤治水“不待帝命”，没有得到天帝的同意，天帝震怒，就派火神祝融把他杀死在羽山之野。鲧死后，帝尧求人得舜，舜乃举荐鲧子禹来完成其父的未竟事业。历史上一直都说禹治水与其父堙堵不同，而是用疏导的方法，经过“尽力沟洫，导川夷岳”，终于平息了洪水。但在神话中，禹治水是堙塞和疏导并用，相传大禹治水就有“玄龟负青泥于后”之说，也用了神土息壤。《楚辞·天问》说：

洪泉极深，何以填之？

《山海经·海内经》说：

鲧复生禹。帝乃命禹卒布土以定九州。

《淮南子·地形篇》：

禹乃以息土填洪水，以为名山。

由这些材料可知，大禹与他父亲不同的是：他用息壤堵水，可能得到了天帝的同意；他治水时堙堵、疏导并用，所以治水取得了成功，成了治水英雄。

神话产生于人类历史的“童年时代”。尽管当时人们的认识还很幼稚，但神话的产生却都是有现实依据的，从神话中我们可以看到先民生活的影子。鲧、禹治水神话实际上反映了上古时期洪水为灾的社会现实，而鲧、禹用“息壤”“息石”堙塞洪水，即是现实中用土筑堤防洪。

《淮南子》谓：“鲧作九仞之城。”这“九仞之城”，就是后代的高堤。明人顾起元在《客座赘语》中说得好：“余尝谓古人文字奥雅，意息壤乃土之能生殖者。鲧不合窃决坏之，为堤防以御鸿水，此战国曲防之所由始也。”（《客座赘语》卷九“息土”）他认为这是我国筑堤挡水的滥觞，是堤防之始。郭璞《山海经注》说：“息壤者，言土自长息无限，故可以塞洪水也。”即是说这种神土能随着水涨也不断生长。这实际是随着洪水上涨，堤防愈筑愈高现实的形象反映。

相传鲧被杀后，化为黄熊跳进了羽渊，也有的说他越过高山到西方去，想求神巫用不死药救活自己（见《楚辞·天问》）。他沿途看到许多灾民，还劝大家耕作自救。他实际上是一个可与希腊神话中窃火给人间的普罗米修斯相媲美的英雄。可他的命运却比普罗米修斯更为不幸，不仅付出了生命的代价，而且还被后人加上了许多恶名。《墨子·尚贤》说他“废帝之德庸”，《国语·周语》说他“播其淫心”，屈原《离骚》说他“婞直”，《尚书·洪范》说他“汩陈其五行”。总之，说他无德任性，刚愎自用，破坏了大地原有的秩序。这些指责是极不公平的。

随着科学的昌明，客观世界逐步为人类所认识，神话已失去了它产生的土壤，人们不再相信有生长不息的神土。但作为一种文化遗存，息壤的传说仍被加以变异，以不同的形式保存了下来。

一种变异是直接从息壤衍生来的。根据古籍记载，有一种能生长的土地。如汉代，在临滁有一块地涌六里。在无盐，有危山土起。唐代，在江陵南门外，有地隆起，“如伏牛马，去之，一夕辄复”。在永州龙兴寺，“地如负瓮而起，皆为息壤”。明代，在王襄敏公家“厅事与内寝中两楹间，有土坟起，长可三四尺许，横可数寸许，平之辄复如故”（《客座赘语》卷九“息土”）。这类记载历代有之，这些“涌”和“隆起”的土地，铲平一夕辄复如故，都能自己生长，显然是息壤神话的遗存。鲧窃取息壤被杀，或因挖掘可堙塞洪水的土壤对人类有害，这种往古的原始意识留存在人类脑海中，到了后世就形成一种习俗，凡土地隆起，绝不能铲平，否则，便会遭到不测，死于非命。这一习俗甚至引起大文学家柳宗元的重视，写下了《永州龙兴寺息壤记》。

唐元和元年，柳宗元贬官永州，初至时住在龙兴寺，曾亲见铲平息壤暴死的事。文曰：

永州龙兴寺东北陬有堂，堂之地隆然负砖甓而起者，广四步，高一尺五寸。始之为堂也，夷之而又高，凡持锸者尽死。永州居楚越间，其人鬼且机。由是寺之人皆神之，人莫敢夷。(《永州龙兴寺息壤记》)

他说龙兴寺里有座佛堂，砖铺的地面凸起，宽二丈，高一尺五寸。佛堂初建时，这块地被铲平了又长高，凡用铁锹铲土的人全都死于非命，人们迷信从此再不敢去铲它。至明代万历八年(1580)，“余姚蒋劝能分部永州，有要人冀攘此寺为宅。郡邑皆唯唯，独蒋持之不与，以此得谤罢官。后数年，地竟归要人。土功兴，执役者八人，一日尽死。未几，要人亦卒……闻者相共惊异”(朱国桢《涌幢小品》卷十五“息壤”)。这些都是说地面自己隆起，是不能铲平的。后来民间遇到这类情况，都任其自然，不为修治，视长高的这块土为神物了。

地面的隆起或裂陷是地壳局部变化的自然现象，并非这块土地有神异作用。柳宗元是一位唯物主义者，不相信掘息壤会死，他认为这是“南方多疫，劳者先死”“彼持锸者，其死于劳且疫也”，人因过度劳累而抵抗力差，感染南方的瘟疫而死。这是比较科学的解释。但多数人仍不同意柳宗元的看法，认为其中“理诚不可穷，柳以劳疫当之者，亦臆说也”(朱国桢《涌幢小品》卷十五“息壤”)。这类土地隆起的记载，历代史不绝书。清陈康祺说：“息壤之在荆州，自唐虞已有其迹，至今灵异昭然可见。载籍所纪神奇诡伟之谈，有为六经所不登，周孔所不道，而其事凿然可信者，不得尽斥以无稽也。”（陈康祺《郎潜纪闻四笔》卷六“息壤”）我看这恐怕是纸上谈兵，并无事实根据，对地壳自然变化的误解，只是治水神话中息壤神话的附会而已。

关于息壤传说的另一种变异是称息壤为埋在地下的石屋或石头。罗泌在《路史》中说，大禹治水自岷至荆，“定彼泉流之穴，爰以石屋镇之”，石屋中藏有息壤用来堵住“泉流之穴”。所以这个堵泉穴的息壤是不能铲挖的，掘动息壤就会发生水坌或暴雨不止。唐代李石《续博物志》说：

息壤在荆州南门外，状若屋宇，陷土中，而犹见其脊。旁有记云：“不可犯。”犯之颇致雷雨。有妄意掘发，水坌上不可制。

《溟洪录》说：

唐裴宙牧荆，掘地得石，径六尺八寸，徙弃之，阴雨弥旬。有道士劝作石室瘗之，乃止。

这块石头大约是禹用来挡洪水和堵泉流的息石，有人掘发这块息石，自然就会水喷不止，或连日阴雨。这个传说后来衍化为荆地求雨抗旱就挖掘息壤的习俗。此习俗早在北宋时就已在民间流传，大诗人苏东坡曾特地写诗纪其事。他在诗叙中说：荆州南门外有块石头，“畚锸所及，辄复如故。又颇以致雷雨，岁大旱，屡发有应。予感之，乃为作诗”。其辞曰：

帝息此壤，以藩幽台。有神司之，随取而培。帝敕下民，无取或开。惟帝不言，以雷以雨。惟民知之，幸帝之怒。帝茫不知，谁敢以告。帝怒不常，下土是震。使民前知，是役于民。无是坟者，谁取谁予。惟其的之，是以射之。

苏东坡说，息壤是天帝用来护卫幽台的，有神守护，人若铲平，神即填上。天帝告诫百姓，不许去掘发它；人若掘发它，天帝虽不说话，但会用雷雨表示发怒。于是后来荆州地区遇到天旱，就去掘发息壤以求雨，十分灵验，世代相沿，成为一种习俗。明清之世，类似情况多有记载。如钮琇《觚剩》说，王钿在康熙元年，“从其先大人官荆南，时值大旱，土人请掘息壤。出荆州南门外堤上，掘不数尺，有状若屋，而露其脊。复下尺许，启屋而入，见一物正方，上锐下广，迫视，非木非土，非石非金，其文如篆。土人云：‘此即息壤也。’急掩之，其夜暴雨不止，历四十余日，大江泛溢，遂决万城堤，几陷荆州”。这种掘息壤求雨的习俗，从唐宋至明清，广为流传，不过天上的神土变为藏于地下，功用由原来治水抗洪变为求雨防旱。值得注意的是地点都在荆州堤上，内容增加了石屋镇水，这大概与大禹治水自岷至荆，定“泉流之穴”“以石屋镇之”的传说有关，息壤（息石）是用来堵塞泉穴的，掘发息壤如同破坏堤防，自然会水患不止了。荆州一带常受江水侵害，自古及今水患频仍，破堤之时，古人常用卵石竹笼、铁铸牛龟、沙袋等来堙塞。《荆州府志》记载：“乾隆五十三年，荆江异涨，阿文成公奉命督办，议在杨林矶等处，铸铁犀镇水，并议复息壤禹王殿，立碣表之。蒙高宗俞允，发帑重建，自此荆州水灾始澹。”（陈康祺《郎潜纪闻四笔》卷六“息壤”）这种铁犀镇水和用卵石、竹笼、铁铸牛龟等治水的方法，在民间抗洪中广为使用，恐怕就是神话中石屋镇水的现实表现。

那么，神话中的息壤在现实生活中究竟是什么呢？《山海经》郭璞注云：“息壤者，言土自长息无限。”《淮南子·地形训》高诱注“息土”云：“息土不耗减，掘之益多。”罗泌在《路史》中说，“息生之土，长而不穷，故有息名”“其土能长，若人之赘疣”。都是释“息”为蕃息，释“壤”为土，言这种土会自己生长，能随水涨而无限生长。明代学者杨升庵批评这种说法毫无根据。杨升庵是一位博古通今的学者，他在自己的文章中引经据典对息壤作了比较科学的解释。他说：“许叔重《说文解字》云：

‘壤，柔土也。’《书》曰：‘咸则三壤。’孔安国云：‘无块曰壤。’《九章算术》云：‘穿地四为壤，五为坚。三壤是息土和缓之名。’《周礼·地官》十二壤注：‘壤，赤土。以万物自生则言土，土，吐也。以人所耕树艺则曰壤。土坚而壤濡。’《前汉书·邹阳传》注：‘梁益间所爱，谓其肥盛曰壤。’又尧时《击壤歌》，耕者拔其陈根，击其坚块也……以上数文证之，‘壤’字之意明矣！”（《升庵集》卷五）他旁征博引说明壤是柔软、肥沃、可以耕作的、田里的熟土。《击壤歌》相传是尧时的一首歌谣，王应麟《困学纪闻》卷二十引周处《风土记》说，击壤是古代儿童的一种游戏。壤以木为之，前广后锐，长四尺三寸，其形如履。先侧一壤于地，遥于三四步，以手中壤击之，中者为上。以为壤是玩具，“非土壤也”。杨慎则认为“击壤”是一种农田的碎土劳动，“耕者拔其陈根，击其坚块”，是拔起作物的旧根，去粉碎田中的土块。《击壤歌》是古代农人碎土时唱的一首歌谣，后世儿童之戏的击壤当起源于此。宋代的抛堶之戏，明代的打瓦之戏，亦由此演化而来（见《升庵集》卷五十八“抛堶”）。这就更有力地证明了“壤”的原意。至于“息”，杨慎认为也不是指土“自长息无限”或“长而无穷”，而是“使民可以生息”，息壤是一种原始生命之土，是生命之源的象征。他说：

桑土稻田，可以生息，故曰息壤。土田皆君所授于民，故曰帝之息壤。鲧之治水，不顺水性，而力与水争，决耕桑之畎亩以堙淫潦之洪流，故曰窃帝之息壤，以堙洪水，其义岂不昭矣哉？古书传之言本自明且昭，而解者翳且晦，此类多矣。（《升庵集》卷五）

他认为息壤是可以使人民生息的“桑土稻田”，这些土田是君授于民的，所以称“帝之息壤”。桑土稻田都是肥沃的熟土，鲧治水不是顺着水性疏导，而是挖掘田地里肥沃的土壤来堙塞洪水，这就使百姓的田地变为生土，影响耕植、收获，所以要惩罚他。洪水上涨，用桑土稻田里的熟土筑堤，堤不断加高，就是息壤的生长不息。神话是现实生活的折射，这大约就是息壤神话的原型。先民筑堤抗洪的现实生活，到了神话中就变得扑朔迷离了。杨慎揭去息壤的神秘外衣，恢复了它的本来面目，使我们今天对它可以有一个较明晰的了解。

原刊《寻根》2004 年第一期

寒食风俗的起源和衍变

寒食是我国古代一个重要的节日。它起源很早，且曾盛极一时。

寒食节在冬至后一百零五日，在清明前二三日。节日期间严禁举火，全吃冷食，故名寒食节。

由于节日禁火，节日之前，家家户户都用米粉或面粉蒸糕、饼，有的糕、饼上还嵌有红枣，或是用大麦或粳米加上杏仁煮成糖粥，准备在节日里食用。这个节日“齐人呼为冷节”，又曰熟食节、禁烟节（张萱《疑耀》卷五）。

由于冷食伤胃，“有内伤之虞，故令人作秋千、蹴踘之戏，以动荡之”（段成式《酉阳杂俎》，瞿祐《四时宜忌》引）。于是荡秋千、踢足球、打马球等运动，遂相沿成为寒食节的游乐活动。

城市里寒食节时还有斗鸡卵之戏，即把鸡蛋染上颜色加以雕镂、递相馈赠。有人说“不知所出”，想来也是供冷食之用的。

城里人在节日里还纷纷出城上冢扫墓。寒食上冢与清明扫墓不同，“不设香火，纸钱挂于茔树。其去乡里者，皆登山望祭，制冥帛于空中，谓之‘擘钱’”（庄绰《鸡肋编》卷上）。

有些关于寒食的习俗几乎已经消亡，有些习俗如踏青、扫墓仍流传到现代。

介子推的传说

寒食风俗相传起于春秋时介子推抱木自焚的故事。唐人卢象《寒食》诗云：“子推言避世，山火遂焚身。四海同寒食，千秋为一人。”这“一人”就是指介子推。

至今许多辞典中的“寒食”条仍说，介子推逃禄，文公焚山求之，子推抱木焚死，文公禁止在子推死日生火煮食，后遂相沿成俗，叫做寒食禁火（见《辞源》《中文大辞典》等）。这种说法影响很大。但考之史籍，《左传》《史记》都只说其母与推“偕隐而死”，并无“抱木焚死”的记载。

介子推“抱木焚死”的说法，最早出现于春秋战国之时，《庄子·盗跖》中言介子推“燔死”，屈原《九章·惜往日》里称介子推“立枯”，都极简略。到了汉代，在刘向的《新序》里遂衍化为一个完整的故事，但这时仍与民间的禁火之俗了不相涉。至东汉末蔡邕的《琴操》说："子绥遂抱木而烧死。文公令民五月五日不得发火。"开始将介子推抱木烧死与禁火联系起来，而后《汝南先贤传》《邺中记》《荆楚岁时记》等书都沿袭此说，这样寒食禁火源于介子推，就成为一种流行的说法了。

这实际上是以讹传讹。宋人高承早就指出："自汉以来，讹谬已若此矣。"（《事物纪原》卷八）其后许多学者都曾指出其谬误，批评"是不知古"（见顾炎武《日知录之余》卷二"寒食禁火"）。

寒食禁火起源于改火之制

那么寒食节的起源究竟是什么呢？

高承在《事物纪原》中说："今寒食，推节气是仲春末，清明是三月初，然则亦周人出火之事也。"顾炎武也说禁火之俗，当以"钻燧证之"（《日知录之余》卷二）。他们都认为寒食禁火应当起源于古代的改火之制，比介子推抱木自焚的时间要早。

我国古代取火的方法有两种：一是钻木取火，即用二木相摩擦生火，称为国火；一是金燧取火，即用金属为镜，凹其面向日照光取火，称为明火（《周礼》）。

周代时，这两种取火之法都已通行。周人以为明火取于日，近于天，用于占卜和祭祀；国火取于木，近于人，用于烹饪。

但不论是木燧，还是金燧，那时取火是非常困难的。因而人们不是每次用火时才取火，而是留下火种以备用。如果火熄灭了，便往邻家求火，这在古书上多有记载：邻里间“昏暮叩人之门户，求水火，无弗与者”（《孟子·尽心》）；外出远行者得“右佩木燧”（《礼记》）或“命夙驾载燧”（《左传》）以行。

但是家藏的火种时间不能太久。古代医书上说：“壮火散气，少火生气。”（《黄帝内经·素问》）火久则力尽，太久则易致疾。古人为了健康，对水火都定期更新，防止细菌滋生。《管子·禁藏》说：“当春三月……钻燧易火，杼井易水，所以去兹毒也。”宋曾敏行也说：“今人但知择水，初亦非深知水味，独以清浑甘寒有易晓者。如火齐烹饪，气焰著人，与水功用一等。苟不必变，古人何苦多事？”（《独醒杂志》卷四）所以周代有四时改火之制。

《周礼·夏官·司爟》云：“司爟掌行火之政令，四时变国火，以救时疾。季春出火，民咸从之；季秋内火，民亦如之。”一年四季共改火四次（一说“四时五改”），四时改火钻燧用木都有不同要求：春用榆柳，夏取枣杏，秋用桑柞，冬取槐檀。

在熄灭旧火与钻取新火之时，中间有一段时间断火就只能冷食，这大概是寒食节最早的起源了。后来改火之制逐渐简化，由一年四次改为每年一次，只在春季钻燧改火。唐代李涪说：“《论语》曰：‘钻燧改火。’春榆、夏枣、秋柞、冬槐，则是四时皆改其火。自秦汉以降，渐至简易，唯以春是一岁之首，止一钻燧。”（引自《日知录之余》卷二）后来就只在春季改火一次了。

魏晋时，人们发现了击石取火，这样随时随地都可以取火，就不必保留火种备用了。既然不留火种，改火之制自然就消亡了。宋代曾敏行说：“古者，四时变新火。今人苟简，家所用火，不知何从来，亦不计其岁年也。”（《独醒杂志》卷四）

改火之制由繁到简，逐渐衰亡，但是禁火寒食作为民间一种习俗却保留了下来。

改火制与介子推抱木的融合演化

四时改火之制，始于上古，行于三代，迄于秦汉，与介子推抱木自焚原本毫不相涉。大概至汉魏时二者开始融合。当时改火之制正渐趋衰亡，而恰巧介子推抱木自焚的故事日益流行。于是古代的禁火寒食就附会到介子推抱木自焚上来了。

原先纪念介子推自焚而禁火的时间有前有后，有长有短，并无定日。桓谭《新论》云：“太原郡民以隆冬不火食五日，虽有疾病缓急，犹不敢犯，为介子推故也。”

蔡邕《琴操》云：“文公令民五月五日不得举火。”《后汉书·周举传》云：“至其亡月，咸言神灵不乐举火，由是士民每冬中辄一月寒食，莫敢烟爨。”旧俗除五月五日仅见过一次外，其余多在冬中，期限长的达一月，短的仅一日，很不一致，都与今俗不同。洪迈在《容斋三笔》卷二中就说：“所谓寒食，乃是冬中，非今节令二三月间也。”

至魏晋时，纪念介子推禁火寒食的时间变至春月，与春季改火的时间相近，逐渐合而为一，由三日改为一日。三国魏周斐《汝南先贤传》：“春中寒食一月，老少不堪，今则三日而已。”东晋陆翙《邺中记》、南朝梁宗懔《荆楚岁时记》亦云：“禁火三日。”至东魏贾思勰《齐民要术》卷九则云介子推死后，“百姓哀之，忌日为之断火，煮醴而食之，名曰寒食，盖清明节前一日是也，中国流行，遂为常俗”。寒食节的节期与改火的时间渐趋统一，原先禁火的时间也由长到短，以至于变为一日。由此可以窥见二者融合的演化之迹。

古人在《论取火》中曾说：“昔并州之俗，为介子推禁火，此疑古人托以鬼神为名，得以尽禁，然后用钻燧出之，得变新火也。”（《宋朝事实类苑》卷五八）这说明钻燧改火之制松弛时，以寒食节托附于介子推，改火以赐群臣，相沿而成为一种礼式。流传到后代，“寒食俗多上冢，禁火之风邈不复闻矣”（于慎行《谷山笔麈》卷十四）。于是禁火起于改火制就不为人知了。

唐宋寒食之风

寒食禁火托以介子推之后，逐渐成为一个全国性固定化的节日，至唐宋盛极一时。

唐代李崇嗣《寒食绝句》云：“普天皆灭焰，匝地尽藏烟。”朝野上下，无论贵贱，都要绝火寒食。朝廷每年按时举行仪式，钻木取火以赐近臣戚里。钱易《南部新书》卷乙说：长安每岁“至清明尚食，内园官小儿于殿前钻火，先得火者进上，赐绢三匹，（金）碗一口”。然后皇帝取新火赏赐给近臣勋戚。韩翃《寒食》诗：“春城无处不飞花，寒食东风御柳斜。日暮汉宫传蜡烛，轻烟散入五侯家。”正反映了当时赐火的实况。

唐代寒食禁火时，火禁极严。原来绵上火禁，“社长辈至日就人家以鸡翎掠灶灰，鸡羽稍焦卷，则罚香纸钱。有疾及老者不能冷食，就介公庙卜乞小火，吉则燃木炭，取不烟；不吉则死不敢用火”（周密《癸辛杂识》别集下“绵上火禁”）。罚并不重，且尚可通融。后来则愈来愈严。费衮《梁溪漫志》卷六说：“唐火禁严甚，罪抵死。”社长至人家“以鸡羽插入灰中，焦者辄论死”。违者处罚极重。在寒食节里，即使宫中夜间传宣都不能燃烛。元稹《连昌宫词》云：“初过寒食一百六，店舍无烟宫树绿。夜半月高弦索鸣，贺老琵琶定场屋。力士传呼觅念奴，念奴潜伴诸郎宿。须臾觅得又连催，特敕街中许燃烛。”寒食节时，夜间宫中急于传呼念奴（天宝中名倡），也不能燃烛，须待皇帝“特赦”乃许，其火禁之严可知。唐代的寒食节十分隆重，空中张灯结彩，游乐活动也十分丰富多彩。宫廷里百官都冷食，还要玩打马球、观百戏。张籍的《寒食内宴》诗：“朝光瑞气满宫楼，彩纛鱼龙四面稠。廊下御厨分冷食，殿前香骑逐飞球。千官尽醉犹教坐，百戏皆呈未放休。共喜拜恩侵夜出，金吾不敢问行由。”宫廷中宫女则打秋千。《开元天宝遗事》卷下云：“天宝宫中至寒食节竞竖秋千，令宫嫔辈戏笑以为宴乐，帝呼为‘半仙之戏’。”

而民间因不能举火，则出城郊游或上冢扫墓。唐玄宗开元二十年特下诏令：“寒食上墓，礼经无文，近世相传，浸以成俗，士庶有不合庙享，何以用展孝思，宜许上墓。”（《唐会要》卷二十三）因而寒食扫墓盛极一时。白居易《寒食野望吟》云：“丘墟郭门外，寒食谁家哭？风吹旷野纸钱飞，古墓累累春草绿。”此外沈佺期、宋之问、杜甫、孟云卿、李商隐等都写有寒食诗，记载了当时禁火、食饧、踏青、扫墓等习俗，反映了唐人寒食风俗之盛。到了宋代，寒食与元日、冬至为国家三大节日之一，官私休假七日（庞元英《文昌杂录》卷一、王楙《野客丛书》卷一六）。邵雍《春游吟》云：“人间佳节惟寒食，天下名园重洛阳。”可知这个节日在宋代受重视的程度了。

朝廷在寒食节也取榆柳之火赐群臣，不过比唐代范围更广、人数更多。宋敏求说：“本朝因之，惟赐辅臣戚里、师臣、节察、三司使、知开封府、枢密直学士、中使，皆得厚赠，非常赐例也。”（《春明退朝录》卷中）

民间也改用新火。王禹偁《寒食》诗云：“昨日邻家乞新火，晓窗分与读书灯。”读书人在寒食节断火后，向邻家求新火点灯。

寒食节断火的期限，在宋代固定为三日。据金盈之《新编醉翁谈录》卷三“京城风俗记”记载：“今云断火三日者，谓冬至后一百四日、一百五日、一百六日也……一百四日为大寒食，一百六日为小寒食，明矣。或以一百五日为官寒食，一百四日为私寒食。又云一百三日为炊熟，以为后三日禁火为烹炮燂汤之具。”

在节日里的食物上，除了糕、饼、饧外，宋人还准备了腊肉，当时京城里“都民不论贫富，隔岁以豕肉先糟熟，挂灶侧，名曰‘腊月肉’。至是日，特取净洗而食之，盖预备禁火之意也”（《新编醉翁谈录》）。原来腊肉也是寒食的遗风。

宋人非常重视寒食节，在北宋汴京节前家家户户都“用面造枣䭉，飞燕，柳条串之，插于门楣，谓之‘子推燕’，子女及笄者，多以是日上头”（《东京梦华录》）。那些枣糕晾干“留之经岁”，据云“可治口疮”（庄绰《鸡肋编》)。因过节“庖厨灭火三日……士庶之家，多蓄食品，故京师谚语有‘寒食十八顿’之说。又谚云：‘馋妇思寒食，懒妇思正月’”(《新编醉翁谈录》)。可见民间普及的情况了。

至南宋临安，寒食节仍然热闹非凡。据《武林旧事》卷三记载，那一天“都城人家，皆插柳满檐，虽小坊幽曲，亦青青可爱，大家则加枣餬于柳上，然多取之湖堤。有诗云：‘莫把青青都折尽，明朝更有出城人。’朝廷遣台臣、中使、宫人，车马朝飨诸陵，原庙荐献，用麦糕稠饧。而人家上冢者，多用枣餬姜豉。南北两山之间，车马纷然”。说明当时寒食节祭扫之盛，不论陵庙还是民冢，祭品全都是冷食，合乎节日风俗。

宋人的寒食诗也很多，王禹偁、欧阳修、陈与义、范成大、沈括、陆游等都有诗作，诗中记叙的节日盛况不减唐人。但从宋人许多记载来看，寒食和清明的界限已经模糊，而渐为清明节所取代了。

寒食的式微

禁火寒食的风俗，原来多在北方地区流行，而后传入南方。

由于改火之制的淡化，寒食节在南宋时已开始不被重视。《岁时杂记》说：“绍圣年来，江淮之南寂无此风。”

至元明时，朝廷已不再举行钻火仪式。明人谢肇淛《五杂组·天部》说："禁烟不知起何时，至唐、宋已然。改火之不行似已久矣，诗人吟咏之词未足据也。"

那么，寒食的习俗究竟废于何时呢？明代学者杨慎认为当废于元代。他说："火禁迨今则绝不知，而四时亦不改火，自胡元入中国，卤莽之政也。然寒食不必复。改火乃先圣节宣天道者，而可因元人而废之乎？"（《丹铅总录校证》卷三）而后他又肯定地说："（火禁）其制古矣！废之当自胡元入主中国时也。"（《丹铅总录校证》卷二十四）

虽然元代改火之制已废，但寒食节的习俗有些还是保留了下来，明代在北方，"每遇寒食，郊外哭声相望，至不忍闻。当时使有善歌者，歌白乐天《寒食行》，作变徵之声，坐客未有不堕泪者"。在南方，则"借祭墓为踏青游戏之具，纸钱未灰，舄履相错，日暮，墦间主客无不颓然醉倒"（《五杂组·天部》）。这时寒食的习俗已与改火原意毫不相关。

因寒食节通常要禁火三天，节日活动往往延续到清明，这样久而久之，人们逐渐对寒食与清明就不加区分了。《岁时广记》说："清明节在寒食第三日，故节物乐事皆为寒食所包。"随着改火寒食的风俗衰亡，寒食节逐渐为清明节所取代，以致现在人们只知清明而不知寒食了。

原刊《寻根》2003年第六期

爆竹声中一岁除

——爆竹烟火溯源

从驱鬼到贺节

爆竹，一名爆仗，又名爆竿。据文献记载，它在我国已有 1500 多年的历史了。它的起源历来说法不一：有的说“俗人以为爆竹起于庭燎”（宗懔《荆楚岁时记》卷一），有的说三国时“魏马钧制爆仗”（《东京梦华录》卷七“驾登宝津楼诸军呈百戏”），有的说爆竹的祖师是唐代的李畋，等等，不一而足。这些说法，有的言之凿凿称出自某书，然遍检原书却无其说，如《事物纪原》中并无“马钧制爆仗”的记载；有的则是一种揣测，没有直接文字记载，如因李畋用猎用土铳替唐太宗除妖，便推论他发明了爆竹。这些说法都是难以成立的。

爆竹，顾名思义，当与竹子爆破有密切关系。其名最早见于春秋末年范蠡的《陶朱公书》：“除夕，烧盆爆竹，与照田蚕看火色同。”（梁章钜《农候杂占》卷一）他说除夕夜在盆中烧火，按江南旧俗“照田蚕”、看火色，盆中的竹子燃烧爆破，称为爆竹。这与“爆竹起于庭燎”一样。“庭燎”是古人用麻秸、竹子等捆绑在一起的火把，用以照明。《诗》云：“夜未央，庭燎之光。”（《诗·小雅·庭燎》）火把中的竹子燃烧爆破，毕剥作声，于是有人便说这是爆竹的起源。其实这只能说是“爆竹”一词的由来，而不能将其看作是岁时风俗爆竹的起源。

中国自古以农立国，历史上许多节日都与农事节气有着密切关系。古代有所谓“四时”“八节”之说。“四时”指春、夏、秋、冬四季，“八节”指二十四节气中立春、春分、立夏、夏至、立秋、秋分、立冬、冬至八个节气。在不同的季节和节气，人们有着不同的仪式和活动，经过长期的发展，这些日子逐渐转化为后来的传统节日。现在农历正月初一的年节，就是由立春节气演变而来的，到魏晋南北朝时才固定下来，成为一个重要的传统节日。故春节燃放爆竹的习俗，最早也得至六朝时才出现。

爆竹的诞生，据南朝梁宗懔《荆楚岁时记》记载，与当时驱鬼的古老风俗有关。荆楚之地，巫风极盛，人民信鬼而多淫祠。传说西方山中有一种人形的怪兽，身长一尺多，只有一只脚，名叫“山臊”，又称“山�鬼”。它不怕人，人碰到它，就会染上忽冷忽热的寒热病。这个怪兽最怕火和响声，所以人们便用火烧竹节，发出毕毕剥剥的爆破声来吓退它。当时的风俗，“正月一日是三元之日也。《春秋》谓之端月。鸡鸣而起，先于庭前爆竹，以辟山臊恶鬼”。(《荆楚岁时记》“正月一日”) 这时的爆竹是燃烧竹子用来吓退山鬼。古诗云“楚人重岁时，爆竹鸣礫礫”(陈元靓《岁时广记》卷五“元旦”引颖滨《除日》诗) 即是谓此。这原是楚地的一种风俗，后来才逐渐传播至全国，这就是后来人们春节燃放爆竹的由来。

到了唐代，不论皇室还是民间，正月初一都要放爆竹，仍是用真竹着火烧爆。其时天子坐早朝，接受群臣祝贺，都要“竹爆广庭，松标高户”(韩鄂《岁华纪丽·元日》)，在宫中庭院里用火盆来燃竹，但驱鬼的意识已渐淡漠。在民间，人们从早上就开始往来拜节，燃放爆竹。唐诗人来鹄《早春》诗云：“新历才将半纸开，小庭犹聚爆竿灰。”(《全唐诗》卷六四二)“爆竿”是“聚竹数十根于庭焚之”，使爆破声连续不断，或是用一串竹节挂在长竹竿上，在火盆上燃爆，这大概就是鞭炮的雏形吧。

唐代不仅在元日燃放爆竹，还将这种风俗扩展到了相邻的除夕。南宋赵彦卫《云麓漫钞》卷九云：“世俗，岁将除，乡人相率为傩。”“傩”是古代一种迎神以驱逐疫鬼的风俗。唐代除夕，宫中也都沿旧俗举行这种仪式，燃放爆竹，击鼓驱疫。唐代诗人薛能《除夜作》诗云：“兰萎残此夜，竹爆和诸邻。祝寿思明圣，驱傩看鬼神。”(《全唐诗》卷五五八) 民间也是如此，唐文宗开成三年

（838），日本僧人圆仁在扬州就看到除夕这天，“暮际道俗共烧纸钱，俗家后夜烧竹与爆，声道万岁”（《入唐求法巡礼行记》卷一）。这时的爆竹仍是以真竹着火燃爆，并未见用硫磺、火药引爆的记载，有人说火药爆竹始于唐代李畋，这完全是一种揣测。

唐代的爆竹，不仅可以驱鬼，而且还发展到可以除祟。李畋《该闻录》就记载了一则“爆竹除妖”的故事，说他有个邻居仲叟“家为山魈所祟，掷瓦石，开户牖，不自安。叟求祷之，以佛经报谢，而妖祟弥盛”。李畋便叫仲叟在院中爆竹数十竿，仲叟于是在除夕夜“爆竹至晓，寂然安帖，遂止”（《岁时广记》卷四十“岁除”）。这大概是驱鬼的发展。所以自魏晋至唐，爆竹并无新年贺岁的功能，也与喜庆欢乐沾不上边。

成化十一年（1475）绘制的《明宪宗元宵行乐图》，描绘了明宪宗观看爆竹烟火的场面。

火药是中国的四大发明之一，其主要成分为硫磺、硝石等物。古代炼丹术士炼制长生不老药，在炼制过程中，发现硫磺容易着火，加上硝石、木炭混合起来，还可以产生爆炸，所以称为火药，即能着火的药。到了宋代，火药逐步为人们认知，而且得到了广泛应用。火药的发明和应用引起了爆竹的革命，由用真竹烧爆发展为用火药引爆。宋人方志记载说：“除夕爆竹相闻，亦或以硫黄作爆药，声尤震厉，谓之爆仗。”（施宿《会稽志》）这种爆仗起初

《明宪宗元宵行乐图》(局部)

用竹节灌入火药点火引爆，后来则用纸裹火药，两头扎紧，点燃发声。南宋诗人范成大的《腊月村田乐府十首》是一篇写吴地岁时风俗的组诗，其中的《爆竹行》就描述了当时爆仗制作和燃放的情况。诗云："岁朝爆竹传自昔，吴侬政用前五日。食残豆粥扫罢尘，截筒五尺煨以薪。节间汗流火力透，健仆取将仍疾走。儿童却立避其锋，当阶击地雷霆吼。"制作的人用五尺长的竹筒，灌入硫磺之类的火药，引火燃爆，竹节上水珠直淌，爆竹击地而起，发出雷鸣般的巨响，比烧爆真竹的声音响亮多了。宋代史学家郑樵年轻时客居郡中，除夕观火爆，曾作诗一首曰："驹隙光阴岁已残，千门竹爆共团栾。烧成焰焰丹砂块，碎尽琅琅碧玉竿。"其"丹砂块"当为硫磺、火药燃烧的结晶，"碧玉竿"则是破裂的绿竹。这些都证明那时的爆仗已是用竹筒灌火药制作燃爆了。

宋代燃放爆竹，沿旧俗仍有驱鬼辟邪的功用。范成大《爆竹行》后半篇即写道："一声两声百鬼惊，三声四声鬼巢倾。十声百声神道宁，八方上下皆和平。却拾焦头叠床底，犹有余威可驱疠。"在宋人的观念里，爆竹不仅可以驱鬼除祟，使得人间宁静和平，而且"余威"还可治瘟疫恶疮，其功用是很大的。

但自宋代起，爆竹除了驱鬼治病，也开始有了娱乐的功能，北宋汴京（今河南开封），每年岁时佳节，都要举办盛大的游乐活动，皇帝与百姓一道观看诸军的百戏表演。演出时舞台上就常用爆仗来增强戏剧效果。如军士列阵对舞，凡五七对，或以枪对牌，或以剑对牌，"忽作一声如霹雳，谓之爆仗，则蛮牌者引退……又爆仗一声，有假面长髯展裹绿袍靴筒如钟馗像者……又爆仗响，有烟火就涌出……又爆仗响，卷退"（《东京梦华录》卷七"驾登宝津楼诸军呈百戏"）。一场对舞数次使用爆仗，这既是一种音响效果，又是人物上下换场的信号。同时，在除夕和新年燃放爆仗也开始带有一些欢乐的色彩。在皇宫里，"是夜禁中爆竹山呼，声闻于外"（《东京梦华录》卷十"除夕"），"爆竹、鼓吹之声，喧阗彻夜"（周密《武林旧事》卷三"岁晚节物"）。在民间，"儿童当街烧爆，相望戏呼达旦"（《淳熙三山志》卷四十"岁除"）。这说明燃放爆竹已从驱鬼辟邪开始向祝贺年节过渡。及至明清，驱鬼辟邪的功能淡化消失，遂演变为以贺节、表达送旧迎新的喜悦心情为主了。燃放的时间也不再局限于逢年过节或喜庆日，甚至连小孩玩耍时也都常燃放爆竹，用以营造欢乐气氛。

从爆竹到烟火

烟火，一名焰火，今名烟花，是指内装火药、点燃后能放射出不同形状火花的爆炸物，在宋代从火药爆竹衍化而来。有人见隋炀帝和唐代诗人苏味道诗中有“花焰”和“火树银花”之语，便说烟花始于隋唐时期，其实烟花出现的时间绝不会那么早。“花焰”和“火树银花”原是对正月十五花灯的描绘，认为它们指烟花，完全是曲解诗意以立论，是不可信的。

宋代是中国历史上商品经济空前繁荣的时代，全国出现了许多新兴的都市；同时也是科技高度发达的时代，出现了“三大发明”。这时，爆竹已由原始的燃竹使爆，发展到用火药点燃引爆，并且还发明了药线。据周密《武林旧事》卷三“岁晚节物”记载，当时禁中小年夜，后苑修内司进贡的爆仗“有为果子人物等类不一”，“所进屏风，外画钟馗捕鬼之类，而内藏药线，一爇连百余不绝”。药线是引爆或串联爆竹装置的重要部件，可使爆竹次第连爆，多达“百余”而“不绝”，这说明当时的工艺已达到很高的水平，这就为烟火的诞生创造了条件。

宋代的烟火最初与爆竹一同用于群众性的娱乐活动。北宋时，汴京岁时佳节，诸军百戏表演，就常用爆竹烟火增强戏剧效果，如“烟火大起，有假面披发……如鬼神状者上场”“又爆仗响，有烟火就涌出，人面不相睹，烟中有七人，皆披发文身”“忽有爆仗响，又复烟火出……皆假面异服，如祠庙中神鬼塑像”（见《东京梦华录》卷七“驾登宝津楼诸军呈百戏”）。这种表演有很好的戏剧效果，十分吸引观众。但这种烟火是由爆仗和五色烟炮点放而产生的，仅是烟雾和闪光，而不是现代那种喷射火花的烟火，还十分简易，只能说是烟火的滥觞。

现代意义上的烟火至南宋始出现，在都城临安（今浙江杭州），元宵节时已大量燃放。淳熙十二年（1185），孝宗幸宣德门观灯，观灯后即燃放了烟火。《武林旧事》卷二“元夕”记载当时实况说：“宫漏既深，始宣放烟火百余架，于是乐声四起，烛影纵横，而驾始还矣！”仅宣德门一地就燃放了烟火百余架，可见景况之盛。同时民间一些富家也会置办一些小型烟火，“如清河张府，蒋御药家，间设雅戏烟火”（《武林旧事》卷二“元夕”），在花边水际燃放，流光溢彩，令人目眩神摇。这说明当时在节日里燃放烟火已颇为普及。

同时，烟火的制作种类也颇多，十分工巧。仅宋人笔记小说中所见，就有以下几种：

一是“地老鼠”，这是一种冒着火花、就地旋转的烟火。宋理宗初年上元日，在清燕殿宴请恭圣太后，“烧烟火于庭，有所谓地老鼠者，径至大母圣座下，大母为之惊惶，拂衣径起，意颇疑怒，为之罢宴”（见周密《齐东野语》卷十一“御宴烟火”）。这时地老鼠还是个新鲜玩意儿，突然游窜到太后座位下，太后因而受惊，怒而罢宴。理宗十分不安，次日清早便亲往谢罪，成了烟火史上的一段趣事。

二是“水霹雳”。这是一种水上烟火，点燃后在水面上游转，又名“水老鼠”。汴京有座八卦殿，内有山石、石池，石皆嵌空。每当上元，皇帝前往烧香，“一声水辟历，则仙乐竞奏，云霄间、石窍间脑麝烟起如雾”（见周密《癸辛杂识》“汴京宫殿”）。这种烟火随着火花放射，还飘浮起阵阵香雾，十分神奇。

三是“药发傀儡”。傀儡戏是诸军百戏之一，宋代有杖头傀儡、悬丝傀儡、药发傀儡、水傀儡等，其中“药发傀儡”即焰火的一种。如在四月八日佛生日时，“迎拥一佛子，外饰以金，一手指天，一手指地，其中不知何物为之，唯高二尺许，置于金盘中……或见佛子于金盘中周行七步，观者愕然”（金盈之《新编醉翁谈录》卷四“京城风俗记”）。据说，佛子还可口中吐火，鼻孔冒烟，煞是神奇，很受观众欢迎。

四是架子烟火。这是一种用竹篾扎成的烟火，外面糊上棉筋纸（又称广皮纸），纸须用矾水浸湿，以免一下子就被烧毁。纸上还画有图画，画笔不求工细，但要线条明快，色彩鲜明，悬于一两丈高的云梯上，或置于城楼上燃放。一经点燃，便火花迸射，流星疾飞，各种图画一一呈现，非常壮观。前文所述宣德门广场上燃放的百余架烟火，就是这种架子烟火。

五是合子烟火。这种烟火用竹篾扎成，糊上纸，折叠起来，装入盒中，“合层至五”（袁景澜《吴郡岁华记》），层与层之间用药线串联起来，用炮（抛石机）送上高空，用药线的长短控制使之次第燃放。宣和年间，庆祝艮岳告成，夜里燃放烟火，见烟火升上艮岳假山腰径百尺，至空中爆炸闪光，所谓“烟云起于岩窦，火炬焕于半空”（王明清《挥麈后录》），就是指这种合子烟火，后来明清的烟火戏就是由此发展而成的。

南宋时，由于商业繁荣，烟火还成为一种时令商品，出现了专卖店。那时临安风俗，到了十二月，各坊巷商店就“有市爆仗，成架烟火之类”（吴自牧《梦粱录》卷六“十二月”）。由于烟火广泛使用，燃放烟火成了一种专门技术，出现了专业人员。朱熹弹劾唐仲友就曾指责他以“会放焰火”为由，把邻居周四从家乡召唤到婺州来呈艺，他在《按唐仲友第三状》中说：“仲友有婺州邻近人周四，会放焰火，其妻会下棋。”（《朱文公集》卷十八）这说明“放焰火”是需要有一定专业知识和实践经验的。

烟火源于火药爆仗，与爆仗一同不断试制、改进发展。但它与爆竹的起因不同，毫无驱鬼除祟的迷信色彩，它刚出现即用于群众性的娱乐活动，多含有欢乐喜庆的色彩。到明清时，爆竹逐渐失去驱鬼除祟的功能，便与烟火一道用于节日和喜庆活动,成了表达欢乐的一种特有工具。到了现代，火药制作的烟火又进行了一次革命，除用火药做燃烧剂外，还运用新的化学原料，燃放时色彩缤纷，就更令人赏心悦目了。

鲁迅先生在《电的利弊》中说："外国用火药制造子弹御敌，中国却用它做爆竹敬神；外国用罗盘针航海，中国却用它看风水；外国用鸦片医病，中国却拿来当饭吃。"西方人就是用火药制造枪炮和子弹，使近代中国从强国沦为受人欺侮的弱国的。希望我们这个爆竹烟火大国的子民，每当燃放爆竹烟花时，能想一想鲁迅先生的话。

原刊于《寻根》2011 年第三期

扇子的起源和折扇东传

扇子是夏季的一件日常生活用品，在我国历史悠久，种类繁多。它自与书画“联姻”之后，也成了一种文化载体，一跃而身价百倍。各种扇子始于何时？它们的功用如何？外来的折扇何时传入我国？电风扇的根在哪里？……这些问题都饶有趣味，本文试作一考述。

竹扇、羽扇

扇子在我国古代，不同地区有不同的名称。扬雄《方言》云：“自关而东谓之箑，自关而西谓之扇。”从箑和扇的字形来看，扇子的起源与竹子和羽毛有着密切关系。竹扇，大约是先人从竹编开合生风受到启示，模仿[illegible]形制作而成。地下出土的早期竹扇，就是作菜刀形，为[illegible]的象形。羽扇，则可能是先人看到鸟儿扑翅生风，缉鸟羽而成。古书记载，最早的羽扇就是用十根或八根鸟羽编成的。

我国最早的扇子，崔豹《古今注》说始于舜时。但这一说法没有实物为证，难以坐实。2007 年 1 月，江西靖安李洲坳东周墓，出土了一把专家称为便面的竹扇。这是我国出土时间最早、保存最为完好的一件实物，人称“天下第一扇”，证明竹扇在东周时已经出现。汉墓石刻画中有《伏羲女娲交尾图》，伏羲、女娲人首蛇身，二人手中各执一把菜刀形的便面，专家们说这就是最早的扇子，是伏羲、女娲用来遮羞的。但这是汉代的石刻画，不能证明竹扇产生于伏羲之时。

羽扇出现的年代说法不一。《古今注》云：“雉尾扇起于殷世，高宗时有雊雉之祥，服章多用翟羽。”《礼记·檀弓》云“周人置翣”，王嘉《拾遗记》更具体地说始于周昭王时。1982 年 3 月，湖北江陵柏马山砖厂一号战国墓出土了两种羽扇：一种是长柄的，柄长约 2 米，柄首有一横木，半圆形的竹片，扇面由羽毛拼接而成；一种是短柄的，将羽毛展排成扇面，末端用细绳扎牢。这是现今见到的最早的羽扇实物，可证羽扇大约始于战国时期，距今已有两千多年了。

竹扇和羽扇问世后，一直沿用不衰，是扇中的大宗，只是它们的形状、质地、构造不断变化。竹扇至汉时，不止有菜刀形的，也有方形的、圆形的，至东晋还有六角形的。1972年长沙马王堆一号汉墓出土的两把竹扇，一把长柄，一把短柄。长柄的保存完好，扇面近似梯形，用细竹篾编成，篾片光滑；编法两经一结，居中处用更纤细的竹篾编出一朵蝶须形卷曲的花饰，周边还缝有包边，用以加固扇面，工艺已颇精致。

羽扇，汉末盛行于江东，为雅士所喜爱，也出现了不少歌咏的赋作。“羽扇纶巾”成了名士风流的一种标志，一直盛传不衰。

纨扇、蒲葵扇、轮扇

汉唐是扇子的发展时期，随着新原料和新技术的运用，扇子的种类、形状、工艺等不断发展变化，在竹扇、羽扇之外，又出现了纨扇、蒲葵扇、轮扇等新品种，且增添了新的功能。

纨扇

纨扇是用竹木条作框，以绢、罗、纨等丝织品为面，装上短柄而成。扇面多为圆形或椭圆形，故又称团扇、合欢扇。至六朝时，齐人丘巨源《咏七宝扇》诗说，扇的表里镶有珠宝，洁白的绢面还画上山水、人物，既珍贵又美观。这是对扇子的一种美化，提高了纨扇的文化和审美价值。这种纨扇多为妇人使用，常被借以表达情爱。

纨扇与竹扇、羽扇一样，有长柄、短柄两种。《开元天宝遗事》记载，杨贵妃夏日怕热，两侍儿交扇鼓风，为她解热。扇用长柄，就是因为侍女挥扇，需与主人保持一定距离。张萱的《捣练图》，画中一女子蹲着扇火炉，用的扇子则是短柄。五代时，南唐顾闳中的《韩熙载夜宴图》中，韩熙载袒胸坐在椅上，左侧侍女手握长柄纨扇，韩熙载自己右手握一把短柄长方形纨扇。短柄小巧便捷，可用来自己扇风。

蒲葵扇

蒲葵是南方的一种植物，叶子可以制作蓑衣、箬笠和扇子。用蒲葵叶做的扇子，称为蒲葵扇，亦称葵扇。蒲葵叶形似芭蕉叶，故俗称芭蕉扇。蒲葵扇价格低廉，因而在平民中更为流行。

蒲葵扇盛于何时，史无明文。《晋书》记载，晋孝武帝“节奢饰，禁绢扇”，因而竹扇、蒲葵扇大兴。谢安乡人返乡，去拜谒谢安，谢安问他归资如何，乡人说：“岭南凋敝，唯有五万蒲葵扇。”时非夏季，五万把葵扇，一时很难出手。谢安就从中选了一把合意的执手中，凭着他的社会影响，“京师士庶竞慕而服焉，价增数倍”。这说明当时蒲葵扇在民间已普遍使用，且可作为商品投入市场，这是商业史中的一个实例。

到了唐代，蒲葵扇为文人普遍使用，常见于歌咏。雍裕之《题蒲葵扇》诗云：“倾心曾向日，在手幸摇风。羡尔逢提握，知名自谢公。”诗人羡慕葵扇为谢安“提握”，而知名于世，希望自己也能遇到名人。名人在蒲葵扇上题字作诗，给平民的扇子多少增添了一些文化因素。

轮扇

扇子用人力挥动生风，时久终会感到疲乏不支，因而古人想到如何节省人力，早在东汉时就发明了轮扇。

《西京杂记》记载，东汉时，赵飞燕住在昭阳殿，生活豪奢。长安第一巧匠丁缓为她精心设计制作了照明用的常满灯、取暖用的九层博山香炉和被中香炉、消暑用的七轮扇等。其构制之巧，工艺之精，在今天看来，也令人惊叹不已。

七轮扇，“连七轮，大皆径丈，相连续，一人运之，满堂寒颤”（《西京杂记》卷一）。这种轮扇借助机械力，不仅风力大，而且时间久。这与手摇扇相比，是一个飞跃性的进步。

明代杨慎《重咏风扇》诗云：“披襟夸宋玉，吹律诧邹生。何似风轮扇，能令暑域清。”描绘风轮飞转，扇影婆娑，十分凉快，令暑气全消。这说明轮扇到明代仍在官宦之家使用，并未绝传，后来还传至清宫。这种轮扇外观已具电风扇的雏形，可以说是开电风扇的先河。

舶来品——折叠扇及纸扇

宋、明两代是我国扇子发展史的一个转折时期，当团扇鼎盛之时，一种新型扇悄然而起，而且它还是舶来品，这就是折叠扇。

折叠扇

折叠扇简称折扇，又称撒扇、靴扇、聚头扇等，名异而实一。折叠扇起源于日本，北宋时传入我国。北宋是我国历史上商品经济空前繁荣的时代，首都汴京（今开封）是当时的商业大都市，国际交易繁盛。宋人郭若虚《图画见闻志》卷六“高丽国”云：“皇朝之盛，遐荒九译来庭者，相属于路，惟高丽国敦尚文雅……每至中国，或用折叠扇为私觌物……极可爱，谓之倭扇，本出于倭国也。”冢田大峰《随意录》还说：“倭语谓叠扇为‘加波保利’，是蝙蝠之倭名，盖以形似焉，名也。异邦（按：指中国）素无叠扇，而今有之，仿我方之制。”宋少虞在《宋朝事实类苑》中记在熙宁末游相国寺，曾见卖日本国扇者，索价绝高。这说明折叠扇在北宋时已传入我国，且成为商品。

折叠扇的制作，《图画见闻志》云以“鸦青纸为之”。鸦青纸其实并非纸，而是“水柳木之皮”。这种树皮“柔腻可爱”，可“折以为扇”（邓椿《画继》）。《宋朝事实类苑》卷六十也说："鸦青纸厚如饼，揲为旋风扇。"可见最初的折叠扇是用厚鸦青纸折叠成蝙蝠形，并无扇骨。因折叠而成，故名。邓椿《画继》记载，其后始"又有用纸，而以琴光竹为柄"的折叠扇，扇骨底端用梢钉固定，可以自由开合，"展之广尺三四，合之止两指许"，扇面上多绘仕女乘车跨马踏青拾翠之状，以银泥为云气、月色之状，极为可爱，故元人有"万里江山归一握"之句。后来也有用绢作扇面的，明代陆深家藏南宋杨妹子书绢的折扇，可看到"绢面折痕尚存"。至南宋，都城临安（今杭州）且有了折叠扇的专卖店，《梦粱录》就记有周家折扇铺等，说明折叠扇在扇业中已占有一席之地。

但折扇的地位与团扇相比，时人仍重团扇而轻折扇。当时风气，以为折叠扇为夷人之物，只有仆隶、妓女等下等人使用，良家妇女还是多用团扇，扇业仍是团扇的天下。

折叠扇的兴盛，要到明永乐后，由于皇帝的喜爱和提倡才大行于世。陆容《菽园杂记》云："永乐中，因朝鲜国进松扇，上喜其卷舒之便，命工如式为之。"郎瑛《七修类稿》卷六云："折扇由成化初高丽贡至，朝命效制以答，复书格言以赐群臣，民遂效而为之。"皇帝命令仿制，又写上格言赏赐群臣。上有所好，下必效焉，民间跟风，遂迅速流行，风靡一时。

明　陆治　花鸟扇面

纸扇

纸是我国四大发明之一，早在汉代蔡伦就发明了纸。但汉代团扇多用丝织品为扇面，而不用纸，用纸做扇面大约要到宋代。宋人朱弁《曲洧旧闻》卷二说，宋哲宗每次御讲筵，诵读完毕，照例要赐扇，赐给群臣的都是绢扇，而自己却“独用纸扇”，潞公以为“人君俭德”，遂率群臣称贺。这则记载说明北宋时我国已有纸扇。到明清之时，折叠扇大量生产，就多以纸质为主，有川扇、吴扇之别，每年进贡宫中，动辄万计，现存世者甚多，与今之纸质折扇无异。

扇子的多种用途

最早的竹扇，一称便面。所谓便面，就是不欲见人，以此自障面，则得其便。这种功用的延续，还可以用来

“掩丹唇”“障巧笑”“掩曲态”等，不只是“御炎热”而已。

在汉代，竹扇还可用来遮污。《汉书·张敞传》记载，张敞任职京师时，每朝会罢，走马章台街，“自以便面拊马”，这里的“便面”是一种车马护身防污用的车扇。三国时，魏国韩宣出东掖门遇雨，“地有泥潦，宣欲避之”，“以扇自障，住于道旁”（《三国志·魏书》卷二十三），也是用扇遮雨防污。

仪仗扇作为贵族身份的一种标志，往往由二人持扇立于主人身后。唐代阎立本《步辇图》，画中扇之大可遮人。唐玄宗时，萧嵩为相，以为天子升降俯仰，为群臣目见，有碍帝王尊严。奏请“备羽扇于殿两厢，上将出，所司承旨索扇，扇合，上坐定，乃去扇”（《唐会要》卷二十四）。羽扇也用作天子上朝时的屏幕了。

团扇有长柄、短柄两种。长柄团扇除供仆人为主人扇风外，还可用于婚礼时遮面。唐代封演《封氏闻见记》说，近代婚嫁有“却扇”之礼，就是在成婚之夕，由二人手执长柄团扇遮着新娘，如同后代用红盖头盖在新娘头上。交拜后去扇，即却扇，婚礼去扇前还要念却扇诗。唐代女子除用短柄团扇扇风之外，也可用其遮面。王建《调笑》即云：“团扇、团扇，美人病来遮面。”扇子的用途，可谓广矣！

其他如葵扇，还被写入小说。如孙悟空三借芭蕉扇、济公手中握的破芭蕉扇，几乎家喻户晓。折扇成了相声、评弹演员手中的道具，侠客手中的武器。到了近现代，扇子又出人意料地有了新用途，如许多商业机构用塑料压制出各种形状的广告扇，各个旅游点用印上字画的折扇作为纪念品，书有字画的古扇更成为价值百万的藏品等，扇子至今仍具有很强的生命力。

原刊《寻根》2016年第四期

通行证溯源

通行证是一种用于证明持证者身份并准予通行的证件。在现代人的生活中，常用的通行证有两种：一种是出入国境的护照，另一种是国家机关的出入证。通行证在我国起源很早，已有三千多年的历史了。三千多年来，它的名称、形制、用法等有哪些不同和变化呢？这不仅是研究交通史的人所关心的问题，也是喜爱文史的人感兴趣的一个问题。

从符传到护照

相传在我国很久以前就有了城垣。古书上说“城池之设，自炎帝始矣”（《事物纪原》）、“夏鲧作城”（《吕氏春秋》）。但这些只是传说而已，不一定可信。据甲骨文记载，大约到了殷商之时，我国才真正筑起城垣。甲骨文中“墉”“郭”一类的字，是最好的历史证明。那时有五十多个方国，王邑和方国之间、方国和方国之间，是否须持有凭证才能通行，史无明文，不敢臆测。但到了周代，各国边境上就都已设置了关门，用以“察出御入”，还委派了司关之官，负责检查出入关门的行人和货物，防止突发性事件，这时出入关门已必须持有通行凭证了。《周礼·地官·司关》说：“司关……司货贿之出入者，掌其治禁与其征廛。凡货不出于关者，举其货，罚其人。凡所达货贿者，则以节传出之。”“掌节……凡通达于天下者，必有节，以传辅之。”这时货物通过关门，均须“以节传出之”，行人通过关门则也“必有节，以传辅之”。有时使用“节”，有时节、传并用，方能通行。据《周礼·地官·掌节》：“门关用符节。”故“以节传出之”的“节”，是指符节。这种符节用竹木制成，长五寸（一说六寸），上书文字，剖而为二，各存其一，用时相合，作为过关的凭证。还有一种齿符，除勘验文书，还要两齿相合，才能通行。但这种符节也用来传达王命，调兵遣将，还不是专用的通行凭证，所以人过关门，还要“以传辅之”，“传”才是通行证的滥觞。

至春秋战国时期，出入关门的凭证就很少用符节了，而多用“传”。《史记·孟尝君列传》记载，孟尝君入使秦国，秦昭王“囚孟尝君，谋欲杀之”，孟尝君厚赂昭王的幸姬得释。孟尝君获释后，“驰去，更封传，变名姓以出关”。他在夜半时逃到函谷关，关法鸡鸣而出客。孟尝君一个门客学鸡鸣，天下“鸡齐鸣，遂发传出”。这里的“传”就是出入关门的通行证。马缟《中华古今注》说：“传者，以木为之，长一尺五寸，书符信于其上，又一板封以御史印章，所以为期信，即如今之过所也，言经过所在为证也。”孟尝君的传上面原来写的是孟尝君的姓名、年龄、容色等，另用一枚木板盖上，封以御史印章。现在孟尝君潜逃，为了防止守关官员知道是孟尝君，不肯放行，所以就“更封传”，拆开加封的木板，换上假姓名，然后再封上。过关时，关吏“发传”，打开封板，验证时没有发现伪造的痕迹，便放孟尝君出关了。孟尝君蒙混过关后，不久秦国的追兵果至，而孟尝君则已远去了。秦国的另一个逃亡者商鞅，就没有这样幸运了。商君相秦十年，宗室贵戚都很恨他。“秦孝公卒，太子立。公子虔之徒告商君欲反，发吏捕商君”，商君逃亡至关下，欲住客店，因“无验”，没有通行证，客店主人不敢留他，因而被抓遇害（《史记·商君列传》）。那时没有通行凭证是不能通过关门出境的，查出无传，就要“圜土内之”（《周礼·地官·比长》），关进监狱。这时这种木制的传已成为专用的通行凭证了。这种木传长一尺五寸，又不能折叠，携带很不方便，《韩非子》卷七《说林》说：“鸱夷子皮事田成子。田成子去齐……鸱夷子皮负传而从。”须背负而行，这是一个很大的缺点。

到了汉代，起初，关禁甚严，吏民出入关门皆用传。文帝时，天下大定，为表示天下一家，遂宣布“除关，不用传”。景帝四年，因七国之乱，为防非常，又“复置诸关，用传出入”（《汉书·景帝纪》）。在很长一段时间里，出入关门都用传作为通行凭证。但木传毕竟笨重，携带不便，故至武帝时，除用木传外，也用繻作为通行凭证。《汉书·终军传》说，终军从济南当诣博士，步入关时，“关吏予军繻，军问：‘以此为何？’吏曰：‘为复传，还当以合符。’军曰：‘大丈夫西游，终不复传还。’弃繻而去。军为谒者，使行郡国，建节东出关，关吏识之，曰：‘此使者乃前弃繻生也’”。“繻”是一种帛制的通行凭证。如淳注曰：“两行书缯帛，分持其一，出入关，合之乃得过，谓之传也。”（《汉书·文帝纪》）终军入关时，关吏发给他繻的一半，以便他返回时“合验”，作“复传”出关凭证之用。《唐六典》卷六“司门郎中”说，汉代的通行凭证，以木为之谓之棨，以缯帛为之谓之繻，“二物通为之传。传，如今过所”。这种帛制的通行证比较轻软，又可折叠，携带方便，是一大进步。但必须说明，汉代的出关凭证并非繻行而传止，而是繻、传并行，直到东汉末世，史书仍有用传的记载。

汉代以后，这种出入关门的凭证，经过漫长的历史变迁，名称、形制、用途等也发生着变化。《太平御览》卷五九八“符”条说：“三代玉瑞，汉世金竹，末代从省，代以书翰矣。”唐以后，木制通行证便渐为纸质门符所代替。唐宋时，出入关门的凭证叫“过所”，洪迈在《容斋四笔》卷十中说：这种过所“盖若今时公凭引据之类”，是一种文书型的纸质证明。《吐鲁番出土文书》中有一份唐代《石染典过所》，给我们提供了一份极为珍贵的实物。明清时，出入关门的凭证叫“路引”或“引”，则已纯为官府公文形式的通行证明了。汉唐以后，这种文书型通行凭证不止用于出入边关，也用于通过国内关津，具有双重功用，还不能说是真正的出入国境的凭证。至清末，我国与国外人员交流日渐频繁，于是就出现了一种专用于出入国境的通行证，这就是护照。虽然仍是文书型的，但对形貌的文字叙述已改用照片，显示了一些现代化的特征。现收藏在宋庆龄故居的宋庆龄早年赴美留学护照，就是一个样本。这本护照内页有一段文字云：“大清钦命监督江南海关道瑞为发给护照事：兹有华人宋庆林确系中国，并非工作等辈……请领护照前往美国。本道查得该领照之人确不在禁约之列。为此，印给华洋文合璧护照，照请驻沪美国总领事官查验明确，盖印证实，准其前往美国境内居住。所有领照人姓名、年龄、身材、籍贯开注于后，请烦美国海关查照放行可也。”这本护照中英文各一份，都写有持证人的姓名、年龄，加贴了照片，并盖上美国领事馆的公章，它是符、传的一个新的发展。

从版籍到出入证

根据地下考古发掘，商代的偃师商城中就已经有四方形的宫城了。至西周时，宫城内的宫室已由单体建筑发展为有机组合的建筑群，成为一个自成一体的封闭式的小城了。这个小城既是封建帝王生活和听政的地方，也是国家最高权力的中心。

当时居民的居住区域已有等级之分，宫城禁止自由出入。在周代已设立了宫正之官，主管警卫工作，还建立了门卫制度。《周礼·天官·宫正》云："宫正：掌王宫之戒令、纠禁，以时比宫中之官府、次舍之众寡，为之版以待，夕击柝而比之……几其出入，均其稍食。"那时住在宫中的人员，出入都由宫正掌管考察。凡是宫中的"宿卫"人员都列名版籍，由宫正"执籍校比"，无引籍者便不得出入宫门。这种版籍虽只限于宿卫人员，但可以说就是机关出入证的雏形了。

到了汉代，宫城规模扩大，像长安的长乐宫、未央宫、建章宫，都千门万户，悬栋飞阁，周匝十里，辇道相属，所以安排了人数众多的警卫队伍，像李广、程不识这样的名将都曾担任过宫城的卫队长。这时门禁极严，出入宫门有严密的门籍制度。所谓"门籍"，《汉书·元帝纪》应劭注曰："籍者，为二尺竹牒，记其年纪、名字、物色，悬之宫门，案省相应，乃得入焉。"那时因无照片，画像又难，因而用文字描述人的体貌特征，入宫时经校查相合方准入内。这种门籍分两种：一种是居住在宫中的人。《汉官仪》曰："凡居宫中，皆施籍于掖门，案姓名当入者，本官为封棨传，审印信，然后受之。"这类人都有写着他们姓名、年纪、体貌的竹牒悬挂在宫中旁门，经校查相合后才能入宫，宫官还另"为封棨传"，发给一种铁炙的二寸木符，作为出入宫门的凭证。这种二寸木符沿用了两千余年，后来明清宫中人悬的腰牌就是其遗制。另一种是不住在宫中的皇亲国戚，《汉书·元帝纪》说："得为大父母、父母、兄弟通籍。"所谓通籍，颜师古说："谓禁门之中，皆有名籍，恣出入也。"也就是说记名于门籍，可以自由出入宫廷。但这种出入宫廷的特权，因感情和政治原因可以随时取消。景帝时，梁王入朝，"昆弟燕饮，是时上未立太子，酒酣，从容言曰：'千秋之后传梁王。'太后欢。窦婴引卮酒进上，曰：'天下者，高祖天下，父子相传，此汉之约也，上何以得擅传梁王！'太后由此憎窦婴"。窦婴是窦太后的侄子，原来是有名籍可以出入宫门的，太后因"憎窦婴"就"除窦婴门籍"，不准他入宫，因而窦婴"不得入朝请"，每逢重大节日也不能进宫朝见了（《史记·魏其武安侯列传》）。宣帝时，霍光权倾朝野，"光夫人显及诸女皆通籍长信宫"，可以自由出入宫廷，甚至还"夜诏门出入"，骄奢放纵。霍光死后，他的儿子"复为大将军，兄子秉枢机，昆弟诸婿据权势"，魏相恐怕生乱，上书，请“损夺其权”，除掉他们的门籍（《汉书·魏相传》）。这种悬挂于宫门的竹牒（门籍），已不仅是宫中人的出入凭证，也包括宫外人的出入凭证，这大概就是最早的出入证了。

汉代以后，这种出入宫门的凭证由竹木制品逐渐演变为金属或象牙制品，由“悬于宫门”演变为随身携带。据《新唐书》记载，唐高祖入长安后，罢隋竹使符，改用铜鱼符，刻书于其上，剖而分执之，以为凭信。这种铜鱼符可以“起军旅，易守长”，具有多种功能。但其中有一种随身鱼符，分别用金、银、铜铸成，给亲王及五品以上官员，“以明贵贱，应召命。左二右一，左者进内，右者随身”（《新唐书·车服志》），专门作为进出宫门的凭证。宋代曾有人得到一枚古铜鱼左符，“铜正赤，二寸许，背刻为鱼头尾，鳞鬐具，面刻一‘同’字，深二分许”（《宋朝事实类苑》卷六十“古铜鱼符”），是古代通行证难得的实物。到了宋代，出入宫门又有了变化，改用纸版符，这是一种用缯裹的“纸版”，谓之“号”，入皇城用黄绢裹的长形纸版，入宫门用黄绢裹的圆形纸版（《宋史·舆服》）。及至明代，文武官员出入宫门又改用牙牌，正面刻衙门、官职，背面刻“出京不用”四字及禁令。如果“不佩，则门者却之；私相借者，论如律”（《明史·舆服志》）。明宪宗时的宰相万安，“与继晓、李孜省相比为奸”，孝宗继位后发现了他“所进春方”，就“令人摘其所悬牙牌”，取消了他出入宫门的通行凭证（《皇明十六种小传》卷四）。至于那些出入内府的校尉、小厮、匠人等一类人，则佩戴铜牌和木牌，地位不同，所用通行凭证的质地也不同（《菽园杂记》卷二“牙牌”）。清沿明制，由牙牌改为腰牌，至今故宫博物院仍保存不少当时的遗物。清代以后，出入衙门的凭证就多为纸质的出入证明所代替了。

古代通行证的请领和勘发有一整套严格的制度。度关之传，先需由出行者申请，说明出行目的、时限等，还要聘请一至五位保人，而后经县司质询查核属实，报请州司签发。这种关传分正副传，正传发给请传者，副传留官府保存。出入宫门的门籍和鱼符，勘发分为两种：居住宫内的人，由宫官封启传籍；居住宫外的人，则由皇家亲属关系和官位来确定，严禁伪造、买卖和冒名顶替。尽管如此，在古代伪造、买卖、冒名顶替之事仍时有发生。伪造护照的有西汉宁成“诈刻传，出关归家”（《汉书·宁成传》），买卖护照的有东汉郭丹“买符入函谷关”（《后汉书·郭丹传》），转借护照的有宋代徐社“冒名顶替”（《容斋四笔》卷十），这说明“偷渡”之类的事并非自今日始，其历史渊源也是很久远的。

原刊《寻根》2005 年第六期

“举案齐眉”的“案”为何物?

“举案齐眉”是我国汉代梁鸿与孟光夫妇相敬如宾的故事，出自《后汉书·逸民列传》。故事说高士梁鸿有高节，同县女孟光仰慕他，主动嫁给他，共入霸陵山中，以耕织为业，读书自娱。章帝闻名召见他，梁鸿隐姓埋名逃关，为人佣工舂米。每日放工回家，孟光都准备好饭食，举案齐眉送给他，表示对丈夫的敬爱。这里的“案”是件什么东西？自古以来，论者纷纷，众说不一；后来一些绘画也画得形态各异，至今仍无定说。“案”是件日常生活用具，与古人生活起居习俗有密切关系，我们不妨寻根溯源来作一考察。

“举案”之“案”，自古以来，主要有四种不同说法：

一、几案说

我国上古时，房屋低矮，室内空间狭小，那时还没有家具，人们都坐在地上，睡在地上。为了干燥、舒适，先是在地上铺些树叶和兽皮，而后逐步进化到铺上筵（一种垫底的铺垫物），在筵上铺席而坐。席的长短不一，长的可坐数人，短的仅坐一人，这就是人们所说的席地而坐。从商周到秦汉直至隋唐五代，都是如此。

古人坐在席上，日用器皿等物件都放在地上。当进食、读书、写字时，日用器皿放在地上不太方便，就在面前放一张类似今天北方炕桌的几案。这种几案有长方形的，也有方形的。长方形和方形的案有四足，足都很矮，只有10—20 厘米高。那时因人席地而坐，高足的桌和椅还没有产生。

案多为木制，主要功能有二：一是放在面前，陈放生活用品。放食物的叫食案，放书、砚的叫书案，放谒刺、奏卷的叫奏案，等等；二是设于座侧，供人憩息、凭依。如《孟子・公孙丑》“隐几而卧”，《庄子・齐物论》“南郭子綦隐机而坐”，就是这一种，叫欹案。南京西善桥南朝墓出土的砖画《竹林七贤和荣启期图》中王戎赤足曲膝，作半卧状，左肘所倚即为欹案。这类木案历年出土文物中时有所见，有的就直接标名为“案”，这说明案是一种长方形或方形低矮的小桌子。

《后汉书·逸民列传》介绍孟光时，说她长得“状肥丑而黑”，还说她力气很大，能举臼。也许是受了这条叙述的暗示，古代不少人都把“孟光举案”之“案”释作“几案”（矮桌），如南宋巩丰《后耳目志》即云：“孟光举案齐眉，俗直谓几案耳。”明周梦旸《常谈考误》卷三说：“今称夫妇相敬如宾，曰举案齐眉，似皆以案为几案。”但此说多数人并不赞同。

二、食器说

“案”虽为木制，但上置饭菜，也有相当的重量，双手高举与眉齐，并非易事。因而古代不少学者认为不合情理，另觅新解。明杨慎《丹铅总录》卷八“孟光举案”条云，刘东皋和他一同游浣花溪，饮酒中间问他：“张平子诗“青玉案”是何物也?”杨慎引宋人林少颖（之奇）的话说：“案，古碗字也，青玉碗也。”并云：“孟光举案，恒与眉齐，亦言进食举碗。若是案卓，何能高举?”明祁骏佳《遁翁随笔》卷下亦说：“读张平子诗，有“青玉案”而注云：‘案，古碗字也。’乃知孟光举碗进食，恭敬齐眉，世岂有举桌之事哉!”他们都说这个“案”是古碗字。清人杭世骏《订讹类编》卷六更说：“是青玉碗，非玉几也，否则梁鸿举案齐眉，义难通矣。”举碗解决了举桌齐眉过重的问题。但《后汉书·逸民列传》所云“具食”，当包括饭、菜诸物，一只碗怎么容纳得了？还是难以令人信服。

三、托盘说

杨慎的《丹铅录》是明代的一部畅销书，在当时曾引起热烈的争论，参与争论的人都是当时的著名学者，持续时间之长几达百年。杨慎在《丹铅录》中提出“案为碗”说后，当时文坛领袖王世贞即在《宛委余编》卷三中反驳他：“以案作碗，尤无据。按《楚汉春秋》淮阴侯谢武涉，汉王赐臣玉案之食，以今度之，想是玉盘而下有足者，曰玉案。……或于案中别置器，或径置食。”他认为这里的案是有足的托盘，进食时在托盘中或另置碗、杯来装饭、酒，或直接放食物奉上，供人食用。

王世贞的《宛委余编》刊于杨慎逝后，但杨慎在生前已修正了自己的看法，在“青案绿瓷”条中说：“古诗“青玉案”，即盘也。今以案为卓，非。孟光举案，即盘也。若今之卓子，岂可举乎？绿瓷，酒器，见邹阳《酒赋》。”（见《升庵文集》卷五十二）所谓“青案绿瓷”，即青玉盘里放了绿瓷的酒杯，“案”即作“盘”解。杨说实早于王世贞。

明末学者方以智总结这场学术辩论时，对许多争论的问题都有所论列。他引证《周礼·考工记·玉人》“案，十有二寸”云，“亦非几席也”。认为“举案者，如举酒卮者，并舟而举也。舟，今之酒衣，杯之盘也”。(《通雅》卷三十三）他支持王世贞的“案为盘”说，但批评他为争名有意驳升庵。

四、食格说

杨慎在明代有大名，许多学者都乐与他争，不仅有陈耀文、胡应麟等专书纠升庵之失，诸家集中批杨者更多，如谢肇淛在《五杂组》卷十二中即批评杨慎说：“孟光举案齐眉，解者纷然，亦大可笑事。古人席地而坐，疾则凭几，食及观书，则皆用案几，即今之卓子。案似食格之类，岂可便以几为案乎？……汉武帝为杂宝案，贵重若此，必非巨物。杨用修以为碗，亦非也。”他认为案既非几案（桌子），也不是碗，而是“食格之类”。所谓食格，是一种多层饭盒，俗称饭屉子。但若是多层，高举也不稳，且未获实物印证，难以令人信服。

那么，“案”究竟是什么呢？

“案”字是个多义字，明周祈《名义考》云：“案字有六义。”可作几桌解，亦可作食器解，这就是产生分歧的原因。西汉史游的《急就篇》，是汉代儿童的一部识字课本，编排以类相从，卷三“椭杅槃案杯問碗”项，颜师古注曰：“无足曰盘，有足曰案，所以陈举食也。”这里的

“案”，与杅、足、杯、碗同类，说明都是用来陈举食物的。孙机在《汉代物质文化资料图说》中说得很清楚：“食案又分两种：一种无足，类似托盘，应召槬案。‘举案齐眉’之‘案’即指槬案。……另一种是有足之案，这种案早在前24—前19世纪的山西襄汾陶寺大墓中已经发现，历夏、商、周、秦，一直沿用下来。”这就是常见的置于座侧的几案。所谓槬案（托盘），长沙马王堆一号西汉墓曾出土过一件矩形木案，案的面部和底部均髹黑漆，案面黑底上又用红漆绘两重方框；案底用红漆书“轪侯家”三字。案上置有各种食具，有五小盘、二卮、一耳杯等物，这足以证明举案之“案”为托盘无疑。

五代画家卫贤绘《高士图》，分别画黔娄、楚狂、老莱子、王仲孺、於陵子和梁伯鸾六高士，今仅存《梁伯鸾图》一幅，现藏北京故宫博物院。这幅画绘的即梁鸿、孟光举案齐眉的故事。图的中部绘山谷中一瓦舍，疏篱栏杆围绕其外，杂树茂密，四周万籁俱寂，一条小溪从篱外潺潺流过。瓦舍内高士梁鸿盘腿端坐榻上，双手平放在双腿上，面前置长方形案桌一张，桌面上书卷横展，梁鸿正在专心攻读，其妻孟光双膝跪在榻前地上，双手高举一木盘至眉，盘内有三四只碗盏装着饭菜，送给梁鸿。这也可证明举案齐眉的“案”是托盘。

汉人生活起居，从《史记》的记载看仍为席地而坐。但汉代室内家具除筵席、几案、屏风外，已出现了床榻，如《史记·郦生陆贾列传》“沛公方倨床，使两女子洗足”，《三国志·管宁传》引《高士传》云“（管宁）常坐一木榻，积五十余年”等，那时的床榻，与现代的床不同，较矮较小，主要是供人坐的。人们要读书、饮食时，就在床上放置一张小几案，用毕撤去。卫贤是五代人，他可能是按照当时的习俗来画的，画面上画了床榻，床榻上置几案，梁鸿坐在榻上，孟光跪在榻前地上，大体上还是符合历史情况的。现代人绘“举案齐眉”，有的画成梁鸿坐在榻上、孟光立着举案，有的画成二人对立、孟光高举食盘等，这都是由于不了解古人起居习俗而造成的，不符合历史的原来面貌。

日本是我国一衣带水的邻邦，早在汉代就与我们建立了邦交。隋唐时，日本派了很多遣唐使到中国来学习，中国文化随之传入日本，如汉字、汉服、佛教、建筑等。日本人在日常生活方面，至今仍有许多汉人遗迹，如席地而坐、席上摆一长方形矮桌、桌上放物、送酒送菜用托盘等，日语长方形矮桌曰机，托盘叫受皿，从日本的情况来看，也可证古代的“案”为托盘。

古代洗澡趣谈

在现代人的生活中，洗澡是关于个人卫生的日常小事，或是工作之余的一种休闲活动。但是在古代则不然。洗澡不仅具有礼仪上的功用，而且还包含道德层面的意义。古人洗澡叫沐浴。沐是洗发，浴是洗身。那时无论上朝还是祭祀，都必须先洗澡，所谓“沐浴而朝”（《论语·宪问》），“斋戒沐浴则可以祀上帝”（《孟子·离娄下》），十分庄重严肃；个人平日洗澡，也要求不只洗去身垢，而且要除去心垢——澡身而浴德，这就是《汤盘铭文》所说的：“苟日新，日日新，又日新。”（《礼记·大学》）所以直到清代，故宫的浴室仍叫“浴德堂”。

盆浴始于何时

远古时期，茹毛饮血，人们是否洗澡，因没有文字记载，现已无从了解。随着人类文明的进步，人们逐渐有了卫生意识，于是便自觉去洗澡。但古人洗澡始于何时呢？据高承《事物纪原》卷十记载，有的说始于夏禹之时，有的说源于周公之世，也有的说起于秦穆公时，说法不一，难以确定。我们根据古文字和实物资料，可以肯定在商周时古人已经用浴盆洗澡了。甲骨文字，就是一个人在浴盆中洗澡的样子。商朝第一个君主成汤洗澡用的青铜浴盆——汤盘，更是一个有力的物证。这只汤盘，据李商隐《韩碑》诗：“汤盘孔鼎有述作，今无其器存其辞。”在唐代已失。但周初虢国季子白的青铜浴盆至今尚存，盆长三尺九寸，宽二尺四寸，深一尺二寸，铭文110字，记载着季子白奉周王之命抵御猃狁的功绩。这些可以确认盆浴始于商周时期。

春秋战国时期，人们洗澡已逐步经常化，尤其是各国的贵族。在我国历史文献中有不少记载，晋公子重耳遭骊姬之难，被迫逃亡国外，有一次逃到曹国要洗澡，曹共公听说重耳“骈胁”（肋骨连成一片），出于好奇便“薄而观之”。这个“薄”，作“帘”解，就是说躲在浴室帘后偷看（《左传·僖公二十三年》）。战国末期，韩国昭僖侯洗澡，质问澡盆里为何有小石子（《韩非子·内储说下》）。这两件事可谓沐浴史上的趣话，也说明洗澡在当时生活中已很普遍了。

我国很早就有了浴室和木制浴盆。据《周礼》记载，浴室叫湢，木制浴盆叫杅。从《周礼》的记述看，古人由于留长发容易垢腻，规定每三日洗一次头，五日洗一次热水澡，洗澡还须符合“礼”，有一定程序。《礼记·玉藻》云：“浴用二巾，上絺下绤。出杅，履蒯席，连用汤；履蒲席，衣布晞身，乃屦，进饮。”洗澡要用两条浴巾，细葛布巾擦上身，粗葛布巾擦下身。出浴盆，先站在蒯草席上，用热水冲洗，而后站到蒲席上，擦干身子，才穿衣服和鞋子。人在洗澡后会感到口渴，最后还要“进饮”，像现代人一样喝些饮料，还真是颇讲科学的。那时洗澡用的是井水，礼仪规定“内外不共井，不共湢浴”（《礼记·内则》）。男女不可共用一口井，也不共用一间浴室，不仅有了上下之分，而且有了男女之别。

到了汉唐时期，随着洗澡日益受到重视，国家还相应地制定了休沐制度。汉代官员因是入署办公，日夜寝食其中，每五日一休沐才归家洗澡休息。这一点在《史记》和《汉书》中均有记载。如《史记·万石君列传》载：“每五日洗沐，归谒亲。”唐人与汉人稍异，官员散朝可归私宅，仍是五日一休沐。这一点常见于唐人诗歌。如刘禹锡《浙西李大夫述梦四十韵并浙东元相公酬和斐然继声》诗云：“五日思归沐，三春羡众邀。”自汉至魏晋迄唐初，官吏都是五日一休沐，这说明洗澡不仅经常化，而且也制度化了。

从浴盆到浴池

商周以来，人们一般都用浴盆洗澡，但这在人数众多而又集中的地方，往往难以满足生活需求，这样便出现了人工浴池。最早修建人工浴池的是皇宫和寺院。1974—1975 年，考古队在发掘秦始皇咸阳宫时，就曾发现有供嫔妃使用的大浴室，设有陶制的地漏与排水管，还有取暖的壁炉。南北朝是我国佛教兴盛的时期，洛阳庙宇最盛时达 1300 多所。据杨衒之《洛阳伽蓝记》卷四记载，在洛阳宝光寺后园，有一间大浴室，内有用巨石砌成的大浴池，池旁五步有一口井，是浴池的水源。释义净《南海寄归内法传》卷三记载印度佛寺的浴池说："那烂陀寺有十余所大池，每至晨时，寺鸣健椎，令僧徒洗浴。"并云："世尊教为浴室，或作露地砖池，或作去病药汤。"这说明浴池的建造与佛教有着密切关系，所以《事物纪原》卷八曾说浴池是西域旧俗。可见，我国人工浴池虽早建于秦代，但大量建造似应在受到佛教影响之后。

古代的浴池多取用井水，冬季洗澡水温是个难题，但在有温泉的地方，冬天洗热水澡则十分方便，这就促进了温泉浴池的发展。唐玄宗后期不问国事，纵情声色。每年冬十月，便携杨贵妃及大批嫔妃，到骊山华清宫去度假，至次年四月始回。骊山上有充足的温泉，玄宗便下令修建了许多温泉浴池，有供皇帝洗澡的"御汤"，有供贵妃洗澡的“妃子汤”，还有供嫔妃们洗澡的“长汤十六所”，浴室有“数十间”之多。唐玄宗和嫔妃们在山上赏花、饮酒、泡温泉，过着荒淫的生活。

山上这些温泉浴池，规模大小不一，形状各异，但都建造华丽，工艺绝伦。专供玄宗洗澡的“御汤”，浴池“周环数丈，悉砌以白石，莹彻如玉……中有双白石瓮，腹异口，瓮中涌出，喷注于白莲之上”。在“御汤”西北角是“妃子汤”，池面稍狭，与“御汤”不同，在池侧还放了四只红白石盆，盆中“刻作菡萏之状，陷于白石面”，温泉水从中涌出（钱易《南部新书》己）。王建《华清宫感旧》诗云：“公主妆楼金锁涩，贵妃汤殿玉莲开。”从妃子汤逦迤而下是供嫔妃们洗浴的长汤十六所，这里的浴池池面很大，“环回甃以文石”，水上还放有银镂漆船和白香木船，“楫橹皆饰以珠玉”，极为豪奢（郑处诲《明皇杂录》卷下）。因嫔妃眷属众多，洗澡时须抄名而入，所以王建《宫词》说：“浴堂门外抄名入，公主家人谢面脂。”“面脂”，说明了那时嫔妃们已用上了化妆品。

这些温泉浴池的建造工艺十分精巧，令人叫绝。山上浴池都是“凿石作暗渠走水”，换水时“其中珠缨宝珞流出街渠，贫民日有所得焉”（王仁裕《开元天宝遗事》卷下）。浴池的建造和装饰，具有很高的工艺水平。浴池可容纳很多人共浴，虽缺少私密性，但在我国洗浴史上仍是一大进步。

公共浴池的出现

至宋代，我国商品经济空前发展，产生了许多新兴的商业大都市。在这些大都市里，生活着许多商人、手工业者、军士、平民，适应他们的卫生需要，就出现了商业性的公共浴池。北宋汴京（今河南开封），在甜水巷有“浴室院”；南宋临安（今浙江杭州），洗浴业还成立了行会组织，叫“香水行”。宋代的浴室“悬壶于门”，作为标志。

浴室是商业性的，在浴池中还出现了专门为顾客服务的揩背人。苏轼在泗州浴后的一首诙谐小词说：“水垢何曾相受，细看两俱无有。寄语揩背人，尽日劳君挥肘。轻手，轻手，居士本来无垢。”（《如梦令》）浴堂门口早上还兼营“面汤”（洗脸水），商业气息是很浓的。

到了元明时期，商业性的公共澡池更加普及，也更大众化了。浴室服务的对象，不仅有各类劳动人民“负、贩、屠、沽者”，还有读书人，“为士者每亦浴之”（郎瑛《七修类稿》卷一六），阶层十分广泛。不受性别、年龄的限制，服务的项目多样化，有冷水也有热水，有池浴也有盆浴，还有搓背、剃头、修脚等。元代，蒙古人统治中国，蒙古民族习俗爱洗冷水澡。在杭州的一些街道上，就有不少冷浴澡堂，“这些澡堂的男女顾客从小时候起，就习惯于一年四季洗冷水浴，认为这对身体有益。在这些浴堂中，也有供热水的浴室，专门供给受不了冷水的外客”（《马可·波罗游记》第2卷第76章“雄伟壮丽的京师——杭州”）。这些公共浴室洗澡须交“汤钱”，各种服务须另外付钱，《朴通事谚解》曾记下了大都（今北京）公共浴池的一张价目表：洗澡5个钱，挠背2个钱，梳头5个钱，剃头2个钱，修脚5个钱，全套一共19个钱。

汉唐以来有关浴池的记载，很少涉及池水加温的问题，这一直是一个疑问，郎瑛在《七修类稿》中为我们提供了可贵的史料。元代大都天庆寺有座浴室，形制颇类西方建筑风格，浴池屋顶圆如穹窿。明代吸取元代浴池的建筑风格，浴室也是“甃大石为池，穹幕以砖”。用巨石砌成浴池，用砖砌成拱形屋顶。至于池水加热则在屋后“为巨釜，令与池通，辘轳引水，穴壁而贮焉。一人专执爨，池水相吞，遂成沸汤，名曰混堂，榜其门曰‘香水’”（《七修类稿》卷一六）。就是在浴室后面安装一口大锅，有管道与浴池相通，用辘轳把井水注入锅与池中，然后在锅下烧火加热，锅里热水与池中冷水交混，池水遂逐渐变暖，浴室内热气腾腾，即使在冬季也不觉冷了。有的浴池内还砌成大小数格，中有孔道相通。近锅的最热为头池，上设木格，供人蒸浴；次为二池，水次热；最大的池为温水池，叫娃娃池，真是老少咸宜，十分方便。其后由明及清，直到近代，公共浴池的建造格局大体如此，只是使用的材料更加高档，用上自来水更为方便而已。

去垢和护肤

洗澡是为了清洁卫生，古人洗浴用什么去污除垢呢？据文献记载，汉代以前多用“潘”。《礼记·内则》云：“面垢，燂潘请靧。”这个“潘”又称米潘，就是淘米水。脸上脏了，用烧热的淘米水洗可以去垢。《左传》杜预注还说：“潘，米汁，可以沐头。”米汁，即淅米汁，也是淘米水，加热用来洗头，可使头发柔润，是一种很好的洗发剂。直到今天，在我国民间，有些地方仍在用淘米水去污除垢。魏晋以后，古人又使用一种新的去污剂，叫澡豆。澡豆是用豆粉合药制成，用来洗手洗面可使皮肤光泽，是当时的一种高级用品。晋朝王敦娶舞阳公主为妻，出厕，“婢擎金澡盘盛水，琉璃碗盛澡豆”，请他洗手。他出身微贱，不识澡豆，将其倒入水中吃下肚了，引得“群婢莫不掩口而笑”，一时传为笑谈（《世说新语》卷三四“纰漏”）。澡豆的功用极为神验，唐代孙思邈说：“用洗手面，十日色白如雪，三十日如凝脂。”（《千金方》六下“面药篇”）宋代大政治家王安石“面黧黑”，所以他的夫人和门生便“进澡豆”，让他用来洗面（《墨客挥犀》卷十）。宋人还用皂荚澡面涤衣，浙中有一种叫肥珠子的长皂荚，“一名肥皂”（庄绰《鸡肋编》卷二）。这大概就是肥皂之名的由来了。

古人洗澡常用兰草为浴汤，叫做“浴兰”。早在战国时期，在《楚辞》中就有“浴兰汤兮沐芳”的话，在汉代又有“煮梅为豆实，蓄兰为沐浴”之说。至唐宋时，更称五月为“浴兰令节”（吴自牧《梦粱录》卷三）。这种用兰汤沐浴的方式，不仅可使全身散发出香气，而且还有保护皮肤的作用。

洗浴之后，古人还懂得使用化妆品保护皮肤。魏晋时，石崇在厕所里就放置了“甲煎粉、沈香汁”一类东西，供洗手洗脸后搽手涂面（《世说新语》卷三〇“汰侈”）。甲煎，亦作夹煎，又名甲香，是用药与美果花烧灰和蜡制成，可作口脂，用来防止口唇皴裂，相当于现代的唇膏。这些在唐代宫廷中已得到了普遍使用，唐玄宗在腊日常赐群臣，杜子美《腊日诗》即云：“口脂面药随恩泽，翠管银罂下九霄。”面药即“公主家人谢面脂”的面脂，也称面油，是一种搽脸防冻裂的化妆品，犹如现代的香脂之类，可使皮肤白润，洗澡后使用，有护肤养颜的功用。

古人夏天洗澡，浴后还常在身上搽香粉。这种香粉叫英粉，是用滑石粉与中药、香料的细末掺和在一起，加上“心红”制成的，叫利汗红粉香，相当于现代爽身粉一类的东西，可以用来遮祛汗臭，使皮肤滑腻，在唐宋时已普遍使用，诗词中多有涉及。如唐代韩偓《昼寝》云：“扑粉更添香体滑，解衣唯见下裳红。”宋代贺铸《小重山》词云：“薄晚具兰汤，雪肌英粉腻，更生香。”这种香粉不仅可使肌肤“添香”“滑腻”，而且还能增加皮肤的红润度。

到元明时，浴后还有洒用“蔷薇露”的。这些都说明古人在洗浴后，早就用上了化妆品来护肤了。

社会在不断进步，人们洗澡已从盆浴、池浴，发展到淋浴、桑拿浴，是愈来愈卫生、愈来愈舒服了。但愿人们在洗浴时，勿忘古人遗训，洗去身垢的同时，也要除掉心垢——注意浴德。

附记：

读王嘉《拾遗记》卷九：“（石虎）为四时浴室，用鍮石珷玞为堤岸，或以琥珀为瓶杓。夏则引渠水以为池，池中皆以纱縠为囊，盛百杂香，渍于水中。严冰之时，作铜屈龙数千枚，各重数十斤，烧如火色，投于水中，则池水恒温，名曰‘燋龙温池’。”由此可知，采用烧锅炉这种加热方式之前，寒冬浴池升温，是用烧红的铜屈龙投入水中加热。

原刊《寻根》2008年第六期

古人是怎样剽窃的

近十多年来，我国学术界的剽窃丑闻不绝如缕，屡见报端，其中有博士也有教授，人数之多前所未有。闲来读史，发现我国古代剽窃的故事亦复不少，但剽窃者的胆量、手法似乎皆逊于今人。稍加钩稽，适可见剽窃一事始于何时，今昔对比，亦可知道德风尚之变迁。作为一种历史文化现象，以古鉴今，或不无启发。

剽窃始于何时

我国早在春秋战国时期，私人著作就已出现了。但那时私人著作与今天不同，作者是不署名的。据我国最早的图书目录《汉书·艺文志》记载，不仅几部重要的经书只有注释者而无作者，而且不少子书也“不知作者”，至于“数术略”之类的书，就更是无姓名者十之八九了。至秦汉时，秦始皇读到韩非的《孤愤》《五蠹》，汉武帝读到司马相如的《子虚赋》，都不知作者为谁，还以为是古人遗书，感叹自己出生得太晚。这说明当时著书一般是不署名的。史学家章学诚说：“古人之言，所以为公也，未尝矜于文辞而私据为己有也。”（《文史通义·言公上》）因为他们著书志在传其道艺，而不是为了弋名求利，所以并不注重署名。

秦火之后，书籍散亡，到了汉初，广求天下遗书。因民间献上来的书多简脱字缺，武帝时遂设写书之官和校书之官，后又设五经博士，传授经籍。其时古书，虽无作者姓名，但诸经和诸子都学有传人，弟子皆知其学出自何氏。新写校的书，传注者署上自己姓名时，往往也追题、补写上撰著者的姓名，久而成习，后之作者著书也就在书题之下写上自己的姓名了。这大概就是文章署名的由来吧！在著书不署名的时代，书为社会所共有，没有著作权的问题，自然也就不存在剽窃。后来著作权私有，又可借以求名图利，这才出现现代意义上的剽窃。剽窃究竟始于何时呢？汉代以来，约有三种说法：

一、始于东汉班固

南宋史学家郑樵在《通志·自序》中说：“班固者，浮华之士也。全无学术，专事剽窃。”他说班固的《汉书》从高祖至武帝“尽窃”司马迁的《史记》，自昭帝至平帝，则“资于”贾逵和刘歆，诸志之作又为其妹班昭帮他完成。

他自己创作的部分是很少的。“掠人之文”，“皆固之作俑也”。认为班固是剽窃的始作俑者。

但不少学者不同意这个看法。清代史学家章学诚认为修史不同于作赋，作赋可以“凭虚”“翻空”，而修史则须事事有据，是可以采用前代史书的。他批评“世之讥班固者……全不通乎文理之论也”（《文史通义·言公上》）。现代著名学者张舜徽也举出司马迁《史记》多采用《尚书》《左传》《国语》等书为例说：“此皆非摽窃之比也，良以旧事纷繁非可杜撰；必赖前人述造，有所承受。”（《学林脞录》卷十三“编史不嫌袭用旧文”）他们认为这是历史学科本身特点所决定的，不能说是剽窃。

二、始于汉末文士

清代史学家赵翼在《陔余丛考》卷四十“窃人著述”中引蔡邕奏疏说：“昔人亦有窃人著作者，蔡邕疏云：‘今待诏之士，或窃成文，虚冒姓氏。’是汉末已有此风。”蔡邕是汉末大文学家，他说汉末有些待诏之士，自己没有学问，偷他人现成文章冒名顶替，据此认为剽窃之风始于汉末。但蔡邕语焉不详，缺少有力的证据，认同的人很少。

三、始于晋代郭象

明末清初著名学者顾炎武在《日知录》卷十八《窃书》中说：“汉人好以自作之书而托为古人，张霸《百二尚书》、卫宏《诗序》之类是也。晋以下人则有以他人之书而窃为己有，郭象《庄子注》、何法盛《晋中兴书》之类是也。若有明一代之人，其所著书无非盗窃而已。”认为剽窃始于晋代的郭象。郭象注《庄》是文学史上有名的一桩公案。刘义庆在《世说新语》中有详细记载：文学家向秀为“竹林七贤”之一，少好老庄之学，撰有《庄子隐解》一书，发明庄子奇趣，深得《庄子》神髓，时人以为：“庄周不死矣！”但秀死子幼，“义遂零落”。郭象见秀注不传于世，“遂窃以为己注”（《世说新语·文学》），后来《庄子》郭注风行于世，而向秀的原注却反湮没无闻了。顾炎武据此认为剽窃之风始于郭象，事实俱在，遂成为不刊之论，现在大家都公认剽窃始于晋代。

古代剽窃种种

晋代以后，在我国文学史上，剽窃的故事代代有之，而且手法多样，有的虚冒姓氏，有的重金收买，有的哭求诓骗，有的公然劫夺，有的移花接木，有的稍加点窜……真是无奇不有。现略举数例，以见一斑。

一、冒名顶替，窃人诗文

剽窃是把别人作品的部分或全部窃为己有，古有“偷语、偷义、偷势”之说，等级是不同的。顾炎武说有一等“钝贼”，本事不大，就只有简单地冒名顶替了。中唐时，有个诗人叫李播，元和进士，年老时在蕲州做官，一天，有个姓李的书生拿了一首诗来投见。他取过诗一看，却是自己的“见志云去岁”一诗，惊异地说：“此仆旧作，何乃见示?”李生惶愧地说：“某执公卷行江淮已久，今乞见惠。”李播遂云：“仆老为郡牧，此已无用，便可相借。”李生道谢告别而去。李播问他将往何处，李生说：“将往江陵谒表丈卢尚书。”李播笑道：“秀才又错矣！卢乃仆表丈，何复冒此?”李生羞惧说：“承公假诗，则并荆南表丈一并见假。”李播大笑而遣之。（《陔余丛考》卷四十“窃人著述”）这个李生因与李播同姓而冒名顶替，当他遇见真李播时，不仅求李播把诗送给他，而且把表丈也借给他，这真令人忍俊不禁。他虽然厚颜无耻，但仍感到羞愧惶恐，不像今日有些文坛窃贼，上了法庭仍毫无惧色。

明万历年间有个卓明卿，原是个国子监生，其人不学无术，却官至光禄寺署，他的两部书都是偷来的：一部是张之象的《唐诗类苑》，书稿流落，为卓明卿所得，他便换上自己名字，窃为己有。另一部是《藻林》，原为王氏所作，“亦为明卿攘而有之”，“今竟为卓氏《藻林》矣”（见俞樾《九九销夏录》卷六“窃人著述”）。明景泰间有个晏璧，也与卓明卿是同类。他任提刑按察司佥事时，吴澄著《三礼考注》“旧藏康震家”，晏璧从康震之孙手中“得之，遂掩为己作”。现在这部书即标名“晏璧”著，凡书中原称“澄曰”者，皆改作“先君曰”，有称“澄按”者，皆改作“愚谓”，“用粉涂其旧字而书之，其迹尚隐然可见”，真是恬不知耻、欲盖弥彰。（《陔余丛考》卷四十

“窃人著述”）顾炎武说明弘治以后经解之书，隐没古人名字，将其据为己有者不胜枚举。到了现代，还流行一种从国外杂志上把论文翻译过来，加上自己的大名蒙骗国人的手段，则是这种手法的现代化了。

二、公然索讨，夺人诗文

剽窃本是一件可耻的事，一般多是暗地里进行的，但“剽者，劫也”，就是在光天化日之下了。古代有些读书人，自己不能立言、立功、立德，而又急于仕进，情急无奈，便赤裸裸地公然索要、抢夺了。在“十八家晋书”中，有一部何法盛的《晋中兴书》就是公然索要不得而偷来的。据《南史·郗绍传》记载，高平郗绍作《晋中兴书》，书未成时，曾几次拿给友人何法盛看。“郗”为当时大姓，绍已显贵，何法盛便对郗绍说：“卿名位贵达，不复俟此延誉；我寒士，无闻于时，如袁宏、干宝之徒，赖有著述流声于后，宜以为惠。”但郗绍不肯。书成之后，郗绍把书藏在书橱里。何法盛访绍，见绍不在，就直入书房从橱中偷走。郗绍没有复本，于是《晋中兴书》遂为何法盛所有。今“十八家晋书”中的《晋中兴书》，即署名何法盛作，且颇获好评。何法盛索书偷书虽然厚颜无耻，但他事前却十分老实坦白，不像今之文坛窃贼装模作样。

窃人诗文也有不是为了做官，而是为了求名的，所谓“功欺一世，而名垂千古”。“名”比“官”更为诱人。初唐著名诗人宋之问，与沈佺期齐名，合称“沈宋”。他有个外甥叫刘希夷，也是当时一位小有名气的诗人。刘希夷25岁中进士，好为宫体，词情哀怨。他曾苦吟得句："今年花落颜色改，明年花开复谁在？"自感不祥，复苦思冥索，得"年年岁岁花相似，岁岁年年人不同"的佳句。宋之问"苦爱"这两句诗，知刘希夷未曾示人，便"恳求"刘希夷割爱送给他，想靠这两句诗传名千古。刘希夷碍于舅舅情面口头答应，后又反悔不肯。宋之问"怒其诳己，使奴以土囊压杀于别舍"（《唐才子传》卷一）。这个宋之问，公然索取两句诗的著作权，已是无耻，为传名后世，竟害人性命，这就是犯罪了。

三、重金收买，据为己有

我国古代有些高官，为了附庸风雅、抬高身价，常花费重金请人代笔，或直接购买他人著作，以成自家之名。这类故事很多，比较有名的当推谷应泰的《明史纪事本末》。谷应泰为清顺治四年（1647）进士，做过户部主事，顺治十三年（1656）调任提督浙江学政佥事，《明史纪事本末》就是他任浙江学政时编撰的。此书80卷，始于朱元璋起兵，终于李自成攻克北京，将三百年间的重要史事分为80个专题，每个专题为1卷，先记述历史事件的始末，后附有"谷应泰曰"的史论，计65万字。这样一部皇皇巨著，谷应泰只花了短短两三年时间就大功告成了。司马迁作《史记》前后用了18年，班固作《汉书》经4人之手，积累了三四十年，欧阳修、宋祁修《新唐书》花了 17 年，司马光治《资治通鉴》用了 19 年，谈迁作《国権》前后达 27 年。谷应泰未经长期资料的积累，任学政两三年中，还要到全省 11 个府去按试，哪有时间独立完成一部长达 65 万字的巨著？因而前人早就议论纷纷，怀疑此书不是出自谷应泰之手了。近年来的研究表明，为谷应泰“礼聘”代为捉刀的还不止一人，史事方面有张岱、谈迁、徐倬等，史论方面有蒋棻、陆圻、张溥等。他还以重金收买了不止一种著作，俞樾在《茶香室三钞·明史纪事本末》中说：“山阴张岱尝辑明一代遗事为石匮藏书，应泰作《纪事本末》，以五百金购请，岱慨然予之。”今人将二书相比时，即发现《纪事本末》对《石匮书》《石匮书后集》颇多因袭。至于每篇之后的史论，大部分采自明末清初蒋棻的《明史纪事》，还曾“募杭诸生陆圻作，每篇酬以十金”。也有人说此书为“谷应泰典试浙江时购于张溥后人”，故“今书后多张溥论语，其说应事出有因”（刘蕙孙《中国文化史述》）。因而这部书实是谷应泰花费重金请人代笔，购取他人之作而成。与此相类，李慈铭说赵翼的《陔余丛考》也是“以千金买之一宿儒之子”（《越缦堂读书记》“同治庚午七月初五日”），但近年来海内外学者多认为李轻于立论，不足为凭。

古代还有些富户为了求名，也常以重金购买他人著述，据为己有。清代著名文字狱案中的庄廷鑨案，就是因为剽窃而致祸的。庄廷鑨，字子相，浙江乌程（今吴兴）

人，家资万贯，为南浔巨富。他双目失明后，有心编一部史书传名后世，就像司马迁所说的“左丘失明，厥有《国语》”，于是便花了上千两银子，从明故相朱国桢子孙手中购得朱生前所撰写的《列朝诸臣传》，并聘请一批名士润色，又补写了崇祯朝的史事，定名《明史辑略》，署上自己的名字。书完稿后，庄廷鑨病故，他父亲庄允城为成全儿子的心愿，雇工刻印，于顺治十七年冬刊行。但因原稿奉南明为正朔，又多指斥降清将领，触犯时忌，为人告发，酿成大祸。时庄廷鑨已死，被剖棺戮尸，父庄允城瘐死狱中，弟庄廷钺被凌迟处死，株连甚众，“名士伏法者二百二十一人”（陈康祺《郎潜纪闻》卷十一“盛名为累”）。因求名而剽窃，因剽窃而惨遭灭门之祸，这实在令人感叹！到了现代，有些人不用“礼聘”、花钱，而是以“权”直接把属下的稿子“要”去，署上自己的名字发表，真是胜过古人了。

四、稍加改窜，掩为己有

抄袭和剽窃常常并称，但二者还是有区别的。抄袭基本上是全文一字不易地照抄，而剽窃则往往需要动点手脚遮人耳目。而剽窃者也不全是“钝贼”，其中有些人还颇为“有才”，具有很大的迷惑性。前文所言剽窃始祖郭象就属此类。

郭象少有“隽才”，“能言老庄”（《世说新语·赏鉴》），他注的《庄子》“清辞遒旨”（《世说新语·文学》)，时出隽语，其胸襟笔力与庄子略不相下，颇获时人好评（杨慎《丹铅总录》卷二十四“郭象注庄子”）。他剽窃的手法不像那些“钝贼”，一抄了之，而是颇动了些脑筋，较为高明。《庄子》33篇，向秀注原缺《秋水》《至乐》两篇，郭象就自注补足；《外篇》中《马蹄》1篇，郭象重注更换；其余各篇文句也一一作了“点定”。向秀注在宋代已经失传，后人用残存的向注与郭注比对，发现二者在文字上有的“一字不易”，有的“大同小异”，有的“互有出入”，有的“此有彼无”（《四库总目提要》卷一四六《庄子注》)，这说明郭象不仅在篇章上有所补缀，而且在文字上也有所修订，手法十分狡猾。但尽管如此，他仍然侵犯了他人的知识产权，是一种盗窃行为，所以毛泽东读《晋书·郭象传》，批语云“郭象无行”，说他品德恶劣。

与郭象同道的还有沈约剽袭《宋书》。沈约是南朝著名文学家，“永明体”的创始人之一。他一生身历宋、齐、梁三朝，齐永明五年（487）春奉敕修《宋书》，六年（488）二月毕功（《宋书·列传自序》)，仅花了短短一年零两个月就编成了一部100卷的《宋书》。赵翼在《廿二史札记》卷九“《宋书》多徐爰旧本”中说，“古来修史之速，未有若此者”，并指出此书“大半乃徐爰作也”。据史书记载，沈约之前先有何承天撰《宋书》，后又有山谦之、苏宝生续撰。苏宝生被害后，又命徐爰继之。徐爰基本上已修成一部完整的史书，至宋亡只缺最后的十余年，尚非完本。沈约“取徐爰旧本而增删之”，仅“永光以后至亡国十余年，记载并缺”，为他所补，大部分是抄袭的，已不是修史“赖前人述造”了。更可恶的是他抄了徐爰的书，还蓄意贬抑徐爰，在《宋书》中把徐爰列入《恩幸传》，这就更见其用心险恶了。

五、逢迎权贵，代为剽窃

剽窃一般多是窃取他人之书以为己作，但在我国古代也有用自己之作以成他人之名者，仅在刘声木《苌楚斋续笔》中“让己之撰述成他人名”条内，就举了 20 多例；更有一种窃取他人之书以成他人之名者，典型的例子就是康熙年间的徐乾学为纳兰性德刻《通志堂经解》。纳兰性德（原名成德），字容若，出身满洲贵族，是大学士明珠之子。明珠是康熙的宠臣，历任内务府总管、武英殿大学士、太子太傅等职。其子容若，17 岁进学，18 岁中举，22 岁中进士，被授予三等侍卫，多次扈从康熙出巡，后升为一等侍卫。父子二人都深受皇帝宠信，权倾朝野。

徐乾学，昆山人，是顾炎武外甥，与其弟徐元文、徐秉义合称“昆山三徐”，学识渊博，名震一时。纳兰容若就读太学时，徐元文任国子监祭酒，十分赏识纳兰，介绍他与其兄徐乾学结识。徐乾学于康熙十一年（1672）任顺天乡试副主考，纳兰适于这一年中举，拜徐乾学为老师。徐乾学为了攀附明珠父子，不惜费尽心力为纳兰讲授经史，还取出家藏的宋元经解，“俾成德刻之”，名《通志堂经解》。这部大书共收140多种宋元解经之作，全都嫁名成德。清人周寿昌在《思益堂日札》卷五“窃袭前人书”中嘲讽说：“徐既爱其才华，复逢迎权贵……其心术行事为儒林轻蔑久矣。”并云：“窃他人书以为他人之作，斯又添一书林掌故，可哂也。”康熙皇帝听说这件事，曾下旨批评说：“成德借名，徐乾学逢迎权贵。”（姚元之《竹叶亭杂记》卷四）这堪称剽窃史上的绝唱了。

美国人唐纳德·肯尼迪在《学术责任》一书中说：“造假被认为是学术研究中最不可原谅的错误。”（第八章《诚实》）剽窃则是在学术研究中明目张胆地造假。这不仅盗窃了他人的“智力财产”，是一种无耻的盗贼行为，而且也是腐败在学术领域的反映，污染了学术生态环境，因而无论在古在今都不能听之任之，必须予以谴责。

原刊《寻根》2009年第三期

古代妇女的再嫁

人们在小说、戏曲、电影中，看完《当垆艳》《蔡文姬》《李清照》《钗头凤》一类故事时，常常会产生一个疑问：古代妇女能改嫁吗？我们现代很多人一般都认为古代妇女是绝对不能改嫁的，其实这是缺乏古代嫁娶知识而产生的一种误解。在我国古代，虽然很早就提出了“夫死不嫁”，但实际上在宋代以前，妇女都是可以自由改嫁的。

在春秋战国时期，妇女再嫁是一种很普遍的礼俗，这种行为丝毫也不为当时舆论所贬责。这在《左传》里例子很多：卫庄公的次妃夷姜，庄公死后，再嫁宣公；晋武公的妾齐姜，武公死后，再嫁献公；晋献公的次妃贾君，献公死后，再嫁惠公；郑子（子仪）之妃陈妫，在子仪被杀后，又嫁文公，等等。这时的寡妇还没有为夫守节的观念，就连孔老夫子的儿媳妇，在伯鱼死后，虽生有子思，再嫁于卫，也没有被认为是非礼。《管子·入国篇》说：“凡国都皆有掌媒，丈夫无妻曰鳏，妇人无夫曰寡，取鳏寡而合和之，予田宅而家室之，三年然后事之，此之谓合独。”这说明当时寡妇再嫁不仅是允许的，而且还受到一定的鼓励。

最早提出“夫死不嫁”的是《礼记》。《礼记·郊特牲》说：“夫昏礼，万世之始也。……壹与之齐，终身不改，故夫死不嫁。”但这只是礼制上最高的要求，并非强人之必行。到了汉代，尽管汉儒大力鼓吹妇女“终不更二”，皇帝多次奖励“从一之贞”。但上自宫廷，下至民间，妇女改嫁的现象仍屡见不鲜。在外戚王室中，武帝的外祖母臧儿就曾先嫁给槐里人王仲，生了一男两女，王仲死后，“更嫁为长陵田氏妇，生男蚡、胜”，武帝即位后，不以为意地尊臧儿为平原君，并追尊王仲为共侯（《汉书·外戚传》）。宣帝的外祖母妄人，“年十四嫁为同乡王更得妻。更得死，嫁为广望王迺始妇，产子男无故、武，女翁须”。在民间例子更多。汉初陈平的妻子为富人张负孙女，“五嫁夫辄死，人莫敢取”，最后嫁给陈平（《史记·陈丞相世家》）。张耳的妻子为“外黄富人女，甚美，嫁庸奴，亡其夫”，逃归欲求贤夫，再嫁给张耳（《史记·陈余张耳列传》）。大文学家蔡邕的女儿蔡文姬，初“适河东卫仲道，夫亡无子，归宁于家”，后值兴平之乱，为胡骑掳入匈奴，为左贤王妻，生二子。后来曹操悯蔡邕没有后裔，“以重金璧赎回，而重嫁于（董）祀”（《汉书·列女传·陈留董祀妻》）。这在当时和后世都没有遭到非议，而传为千古佳话。汉代妇女改嫁是当时的一种社会风俗，所以《孔雀东南飞》中所写刘兰芝被遣回家后，县令、太守都不以改嫁为嫌，相继遣媒登门求婚。

降而至唐，封建礼法也仍不禁妇女再嫁，而且又颇为体贴人情地诏许寡妇婚媾。贞观元年（627）二月四日，诏曰："妻丧达制之后，孀居服纪已除，并须申以婚媾，令其好合。若贫窭之徒，将迎匮乏，仰于亲近乡里、富有之家，裒多益寡，使得资送"，以免"生旷怨之情，或致淫奔之辱"（《唐会要·嫁娶》）。所以在诸帝公主中，夫死再嫁者达二十六人，玄宗女齐国公主并且是三嫁（《新唐书·诸帝公主传》）。在大臣之家，权德舆的女儿寡居后，再嫁给独孤郁；韩昌黎的女儿先嫁给李汉，李汉死后又嫁给樊宗懿。裴司徒有个女儿，嫁给荥阳郑进士，"才过礼期，遽属秋荐"，郑赴京赶考，至京后谎称自己物故。裴司徒"念女早寡，不能忘情，乃召门生故吏而告之，因别适人"（《北梦琐言》）。这种公开请托门生故吏替早寡的女儿觅偶，很有点像今天托人介绍对象，对寡妇再嫁一点也不以为非。

寡妇再嫁被视为奇耻大辱而遭到禁止，约始于宋代。谢兴尧说："古昔妇人再嫁之俗，社会并不以为耻。""自从宋朝道学家的议论一出，对于再嫁，便认为是不贞节。直至后来，此种思想统治七八百年之久，演成了妇女生活史上无限的悲剧。"（《堪隐斋杂著》）但是在北宋时，妇女再嫁也仍视为平常，时人并不以为非。宋太祖同母妹秦国大长公主“初适米福德，福德卒”，“再适忠武军节度使高怀德”(《宋史·公主列传》)，就是再嫁的。宋初名臣范仲淹的母亲谢氏，初适范氏，后“更适长山朱氏”(《宋史·列传七十三》)。范仲淹的儿媳妇，“先嫁纯礼，后适王陶”(《履园丛话·杂记》)，都是再醮之妇。王安石的媳妇庞氏虽未寡居，因夫妇“日相斗哄”，“荆公知其子失心，念其妇无罪”，“遂与择婿而嫁之”，京师谚曰“王太祝生前嫁妇，侯工部死后休妻”(《坚瓠集》)，一时传为美谈。著名女词人李清照，宋人都不讳言她在赵明诚死后曾“再嫁”(《苕溪渔隐丛话》《碧鸡漫志》)。

直到南宋，道学家程颐提出“饿死事极小，失节事极大”，而后又经朱熹鼓吹，妇女再嫁才被认为是“失节”而遭到社会鄙视。然而在南宋一代，再嫁之风仍从未禁绝，程颐自己的甥女、侄妇就都是改嫁的。叶适对女儿再嫁不仅不加隐讳，而且在墓志中公然写道：“女嫁文林郎严州分水县令冯遇，遇死，再嫁进士何某。”(《柳南续笔》)岳飞的前妻刘氏并曾“两经更嫁”，如此等等，不一而足。这些事实说明，在程朱反对寡妇再嫁之初，妇女改嫁也还没有被认为是多大的耻辱。

到了明清之时，封建社会处于一个“天崩地解”的时期，最高统治者为了维护摇摇欲坠的封建统治，大力宣扬封建礼教，程朱理学成了封建王朝的官方哲学。于是，“女子之贞”便被抬高到与“臣子之忠”同等的地位。所谓“忠臣不事两主，烈女不事二夫”，妇人守节也就逐渐成一种宗教信条。因而在明清两代的地方志中，贞女节妇的记载日见增多。

自汉代以来，历代对妇女虽然也有不许再嫁的禁令，如秦始皇刻石会稽曰“有子而嫁，倍死不贞”；汉代禁令曰“夫死未葬，法无许嫁”（程树德《九朝律考》）；唐宣宗诏曰“有子而寡，不得复嫁……这些禁令，有的是为了孤儿的抚养，有的是因为在居丧期间，均非禁其改嫁，而是禁其再嫁非时。还有一种情况则是寡妇“遭值不仁世叔、无义兄弟，或利其娉币，或贪其财贿，或私其儿子”（王符《潜夫论》），逼其再嫁，政府的禁令，对妇女则是保护性的了。而宋朝道学家反对寡妇再嫁，则纯粹是为了贞节。这种为夫守节之风，在明清两代愈演愈烈，不仅有夫之妇，夫死必须守节；就算未嫁之女，未婚夫死也须过门守贞；更有甚者，男女纳采之后，男子夭殇，聘妻亦须身殉，行冥婚之礼，简直是灭绝人性了！

明清以来，这种贞节观使成千上万的妇女葬送了青春和生命，许多进步的思想家、文学家对此曾作了猛烈的抨击和无情的揭露。如俞正燮在《节妇说》中道：“古言终身不改，（言）身，则男女同也”，到了后代，只“苛求妇人，遂为偏义”，这是“深文以罔妇人，是无耻之论”（《癸巳类稿》）。吴敬梓在《儒林外史·徽州府烈妇殉夫》

中，以哀痛的笔调，描绘了王玉辉要女儿殉节，而让她活活饿死，形象地揭示了强迫妇女守节是“以理杀人”。程朱贞节观对后世带来的消极影响，实则比我们想象中的更加严重！

原刊《龙门阵》1985年第二期

漫话字舞

字舞是我国古代的一种大型乐舞。唐段安节《乐府杂录》说舞“有健舞、软舞、字舞、花舞、马舞……”，字舞者，以舞人亚身于地，布成字也。据历史文献记载，这种字舞盛行于唐代，常在朝廷庆典和重大节日时演出，用以歌颂帝王的武功文德。宋元以后，仍一直流传不衰，并逐渐从宫廷走向民间，成为一种富有民族风格、人民喜闻乐见的舞蹈形式。

唐代是我国舞蹈艺术发展的三大高峰之一。唐初，自唐太宗李世民至唐玄宗李隆基，都很重视音乐舞蹈。他们以中原乐舞为基础，又吸收、融合了外国和少数民族的乐舞，创造出许多新型乐舞。其中武则天创制的《圣寿乐》，就是最早的一种字舞。这个舞蹈演出时，演员有 140 人，戴着金铜冠、穿着五色画衣，载歌载舞，在队列变化中，用队形排成字。舞队每变换一次队形摆出一个字，十六变摆出十六个字，拼成四句颂词："圣超千古，道泰百王，皇帝万年，宝祚弥昌。"（《旧唐书·音乐志》）用以歌颂帝王功德。这个舞为朝廷乐舞"立部伎"中的第七部，在广场上演出，音乐"用大鼓，杂以龟兹乐，其声震厉"（《新唐书·礼乐志》），节奏感很强。

武则天以后，唐玄宗李隆基是个精通音律、爱好歌舞的皇帝。他在位多年，每当朝廷庆典，他都亲临勤政楼，列舞楼下，令文武百官和诸蕃酋长观看。当时"太常大鼓，藻绘如锦。乐工齐击，声震城阙"（《旧唐书·音乐志》）。李隆基对字舞也很感兴趣，他不仅模仿《圣寿乐》的摆字，自编了一个字舞《光圣乐》，歌颂自己光复李唐王朝的功业，而且对则天皇帝创制的《圣寿乐》进行了改编。改编后的《圣寿乐》在编排、表演上别具匠心，使字舞得到了进一步的发展。其中最为人称道的是"回身换衣""作字如画"两点。据崔令钦《教坊记》说，《圣寿乐》舞衣衣襟上各绣一大窠色彩斑斓的花，另随其舞衣本色又制一短衫（缦衣）罩在上面，称为"藏绣窠"。"舞人初出，乐次，皆是缦衣舞。至第二叠，相聚场中，即于众中从领上抽去笼衫，各内怀中。观者忽见众女咸文绣炳焕，莫不惊异。"平洌的《开元字舞赋》对此曾作了极为生动形象的描绘。他说字舞开始时，像八佾舞羽龠交错，像七盘舞绮袖翻飞。场上鼓声如雷，舞伎们踏着鼓点，忽翔忽止，"雷转风旋，应鼍鼓以赴节；鸾回鹤举，循鸟迹以成文"。舞到第二叠，舞伎们"雾縠从风，宛若惊鸿。匿迹于往来之际，更衣于倏忽之中。始纡朱而曳紫，旋布绿而攒红"。场中有些人于往来之际忽然不见；倏忽之间，原来披着朱红和绛紫的彩衣，忽然换成了绿色和大红的舞衣。舞伎们"乍续乍绝，将超复发。启皓齿以迎风，腾星眸而吐月。摇动赴度，或乱或止以成行；指顾应声，乃徐行而顺节"。俯仰之间组成一字，稍作停顿又更换一字，变化莫测，令人惊叹，可以称得上是"竦万方之壮观，邈千古之未闻"。原来用人排出许多繁难的字，就颇费功夫，现又用舞衣不同颜色变化配合以构成字，这个难度就更大了。因而这个舞在排练时，唐玄宗都要亲临指导，"令宜春院人为首尾"。"亲加策励曰：'好好作，莫辱没三郎。'"（《教坊记》）

由于帝王的倡导，字舞在玄宗时盛行一时，除《圣寿乐》《光圣乐》外，还有云韶院宫人在花萼楼前演出的《云韶乐》（见邵轸《云韶乐赋》），及"随方变色""应节成文"的八卦舞（见张存则《舞中成八卦赋》）。至代宗大历年间（767—779），这种字舞依然是身穿层层绣衣，用队形变化组字，一直在宫中演出，只是字的内容由歌颂皇帝变成了歌咏太平，演出的规模也似乎小了一点。王建《宫词》第十七首云："罗衫叶叶绣重重，金凤银鹅各一丛。每遇舞头分两向，'太平万岁'字当中。"正反映了这种变化，且对后世产生了深远的影响。字舞的演出也不再限于京城，逐渐流播到地方。孙逖《正月十五日应制》

诗云：“洛阳三五夜，天子万年春。彩仗移双阙，琼筵会九宾。舞成苍颉字，灯作法王轮。不垂东方白，遥垂御藻新。”此诗就反映了元宵之夜，洛阳城里通宵达旦宴饗舞字的盛况。

到了德宗贞元年间（785—805），这种字舞且传到了国外，从服饰到音乐，都增添了一种异国风情，比较有影响的有《南诏奉圣乐》。南诏国在今云南大理一带，玄宗时曾与唐王朝发生战争，德宗贞元十六年（801）两国关系好转，南诏异牟寻遣使诣剑南西川节度使韦皋，请求向唐朝献夷中歌曲，于是由韦皋主持编排了一个大型多段的歌舞《南诏奉圣乐》。这个乐舞吸收了南诏和其他兄弟民族的乐舞形式，演员 64 人，皆穿南诏的服饰：“绛裙襦、黑头囊、金佉苴、画皮靴，首饰抹额，冠金宝花鬘，襦上复加画半臂。”手执羽翟，分左右蹈舞，舞出“南诏奉圣乐”字：“舞‘南’字，歌圣主无为化；舞‘诏’字，歌南诏朝天乐；舞‘奉’字，歌海宇修文化；舞‘圣’字，歌雨露覃无外；舞‘乐’字，歌辟土丁零塞。”乐舞将终，“雷鼓作于四隅，舞者皆拜，金声作而起，执羽稽首，以像朝觐”（《新唐书·南蛮列传》）。这个乐舞以民族友好为主题，演员有男有女，在艺术形式上，边歌边舞，有独舞，也有群舞，比《圣寿乐》又有了发展。据记载，这个舞到长安献演时，唐德宗曾亲往观看演出，后来成了宫廷里的一个保留节目。

宋元的乐舞绝大部分继承唐制，舞蹈艺术很少发展。宋代，由于商品经济繁荣，市民阶层娱乐的需要，在大都市里出现了固定的演出场所——瓦子和勾栏。北宋汴京仅街南一处，就有大小勾栏五十多座，南宋临安有瓦子二十多处，其中仅北瓦就有勾栏十三座。为了适应勾栏的演出，迎合市民的艺术趣味，音乐、舞蹈的规模都逐渐小型化和通俗化。字舞也是如此。宋代顾文荐《负暄杂录》云："字舞者，以身亚地，布成字也。今庆寿锡宴排场，作'天下太平'字者是也。"宋代周密《齐东野语》"字舞"条云："州郡遇圣节锡宴，率命猥妓数十群舞于庭，作'天下太平'字，殊为不经。……而唐《乐府杂录》云……则此事由来久矣。"这说明宋代字舞演出地点已由都城的宫廷走向州郡的庭院，演员由教坊乐人改用民间"猥妓"，人数由 140 人减为"数十"人，演出形式则用人体偃卧于地摆出"天下太平"，成了都市百姓的一种舞蹈形式。与此同时，随着对外经济、文化的交流，字舞在宋代还传到了高丽。据《高丽史》记载："（文宗）三十一年二月乙未，燃灯，御重光殿观乐。教坊女弟子楚英奏王母队歌舞，一队五十五人，舞成四字，或'君王万岁'，或'天下太平'。"（《高丽史》卷七十一《乐志二·用俗乐节度》）其演出地点虽在宫廷，但规模仍为小型，摆字的内容除"天下太平"外，还增加了"君王万岁"。

到了元代，蒙古族能歌善舞，他们逐渐吸收汉族文化，也沿用唐宋时流行的字舞。张德辉《边候纪行》说，元朝统治者“大率遇夏，则就高寒之地以避之”。每年的三四月到七八月都要到滦都去避夏。皇帝出行时，按蒙古族的风俗，教坊乐工、舞伎都一起随行到上都。在皇帝至御天门时，由舞伎在前引导，边歌边舞，舞出“天下太平”字样。杨允孚《滦京杂咏》云：“又是宫车入御天，丽姝歌舞太平年。侍臣称贺天颜喜，寿酒诸王次第传。”诗末自注云：“千官至御天门，俱下马徒行，独至尊骑马直入，前有教坊舞女引导，且歌且舞，舞出‘天下太平’字样，至御阶乃止。内门曰‘御天之门’。”这种字舞与“以身亚地”组字不同，是由舞队在行进中用队形来组字，一边向前行进，一边变换队形，颇需费一番功夫。

明清是我国乐舞日趋衰落的时期，但字舞却得到了进一步的发展，有了很大变化。从演出地点和功能看，一是进入剧场，用以娱乐。姚燮《今乐考证》引崔灏的话说：“舞，《旧唐书·音乐志》：《上元圣寿乐》，武后作也。舞者百四十人，行列必成字，十六变而毕……王建《宫词》……按：今剧场中摆列为‘天下太平’等字，乃其具体。”这大约是根据不同节令演出的需要，在舞台上摆出“天下太平”等不同内容的贺语。二是进入庙堂，用于祭祀。《今乐考证》引王棠的话说：“尝闻孔庙祭丁时，奏乐舞‘大哉孔子’四字，初谓事不经，以为近儿戏。后读王建《宫词》，知舞字之制，由来已久。”祭孔时，奏着庄严肃穆的乐曲，随着缓慢的节奏，用人排出“大哉孔子”四个字，这似乎有点近乎儿戏，于孔圣人不敬，但从字舞的发展来看，却见出一种新的功能。

从演出形式看，明清的字舞与舞灯结合了起来，以灯为道具，用灯光来组字。舞灯，古已有之。宋人在天基圣节时就有舞灯的表演：歌伎十二人，每人手持两盏花灯，口唱《喜迁莺》“人间欢乐”词，边唱边舞，俯仰旋转之间，或舞出“双龙交会”，或舞出“孔雀南飞”，或舞出“锦卍字”，或舞出“倒连环”等（周密《武林纪事》）。其时规模很小，只舞出一些简单的画面，还不是组字。到了清代，有了一个很大的发展，那就是用三千人来舞灯组字。清赵翼《檐曝杂记》卷一“烟火”条记载清代宫廷于元宵之夜，在北京西厂舞灯组字的奇观说：“上元夕，西厂舞灯，放烟火最盛。……日既夕，则楼前舞灯者三千人列队焉，口唱《太平歌》，各执彩灯，循环进止，各依其缀兆，一转旋则三千人排成一‘太’字，再转成‘平’字，以次作‘万’‘岁’字，又以次合成‘太平万岁’字，所谓‘太平万岁字当中’也。舞罢，则烟火大发，其声如雷霆，火光烛半空，但见千万红鱼奋迅跳跃于云海内，极天下之奇观矣！”从上述记载可以看出，西厂舞灯组字虽吸收了唐宋字舞和灯舞的内容和形式，但规模却大大超过了唐宋两代。演出有一定程序设计，演员手持彩灯，各有定位，每“一转旋”，排出一字，逐个排出“太平万岁”四字。可以想见在茫茫黑夜，不见人影，三千盏灯像流星似的转动，而排出不同字形，是何等奇妙壮观！

字舞历经一千多年的变迁，到了现代又有了一个巨大发展，就是与体育表演结合起来，演变为一种大型体操。这种大型体操还吸取了我国古代花舞的表演技艺，用成千上万的人组成各种图案，或组成巨型标语。20 世纪 50 年代，世界和平大会在北京召开，会场上数千人手持花束，有时组成一只白色的和平鸽，有时组成“和平万岁”四个大字。20 世纪 80 年代，亚运会在北京召开，数千人手持不同颜色的花束，有时组成五环形图案，有时组成中英文的“欢迎”等标语。这种把字舞与花舞、体操、武术等融为一体，既用人体构字组画，又用各种道具协助完成，是字舞的又一次新发展。这种新型的字舞，规模、气派都大大超过了前代，在表演艺术上也有许多创新。现在朝鲜、日本、印度尼西亚等国在盛大集会时，也常有这种大型体操表演，这说明我国的字舞早就走向了世界。

原刊《文史知识》1994 年 12 月

宋代的夜市

在我国商业史上，夜市的出现是比较晚的。宋以前，我国城市实行宵禁，暮鼓响后，居民就不能夜行了。在汉代，有司寤氏“御晨行者，禁宵行者、夜游者”（《周礼·秋官》）。连大将军李广“从人田间饮”，夕归也不得夜行（《史记·李将军列传》）。至唐代，“京城内金吾昏晓传呼，以戒行者”（马缟《中华古今注》），居民夜间只得闭户不出。当时的商业活动只限在白天进行，“凡市以日午，击鼓三百声而众以会，日入前七刻，击钲三百声而众以散”（《唐六典》卷二十）。我国最早的夜市大约出现在唐代中期以后，中晚唐一些诗人的诗，对此已有了简单的描述，如王建《夜看扬州市》诗曰：“夜市千灯照碧云，高楼红袖客纷纷。如今不似平时日，犹自笙歌彻晓闻。”张祜《纵游淮南》诗曰：“十里长街市井连，月明桥上看神仙。人生只合扬州死，禅智山光好墓田。”但这只是在少数商业繁盛的地区而已。

到宋代，由于城市商品经济的空前发展，商业都市纷纷兴起，夜市也大大发展起来。宋代初年，夜市在时间上还是有一定限制的。所以宋太祖乾德三年（965）曾下令开封府曰：“京城夜市，至三鼓已来，不得禁止。”（《宋会要辑稿·食货》）但至北宋中期以后，随着城市人口的剧增，商业的日趋繁盛，为了适应市民物质生活和文化生活的需要，夜市就不再受时间的限制而通宵达旦了。当时的汴京（开封），“夜市直至三更尽，才五更又复开张。如要闹去处，通晓不绝”。北州桥的夜市“又盛百倍，车马阗拥，不可驻足”。甚至在“寻常四梢远静去处……冬月虽大风雪阴雨，亦有夜市”（《东京梦华录》）。南宋的都城临安（杭州），也是买卖昼夜不绝，“除大内前外，诸处亦然。……其余坊巷市井，买卖关扑，酒楼歌馆，直至四鼓后方静；而五鼓朝马将动，其有趁卖早市者复起开张，无论四时皆然”（《都城纪胜·井市》）。每至岁时佳节，都城夜市更是盛况空前。元宵灯节，万街千巷都是华灯宝炬，灯烛辉煌，车马骈阗，歌吹沸天。妇女夜游也惯习成风，不相笑讶。中秋之夜，“天街买卖，直至五鼓，玩月游人，婆娑于市，至晓不绝”（《梦粱录·中秋》）。中国封建社会商品经济的空前繁荣，使一些大商业都市简直成了一座座不夜城。

宋代的夜市分商业夜市和文化夜市两种。在商业夜市里，货物充溢，品种繁多。汴京夜市有买卖衣服、靴鞋、花环的，有买卖香药、果品的，也有买卖珠翠、犀玉、书画的，色色俱全，市场十分活跃。临安的夜市“除大内前外，诸处亦然，惟中瓦前最胜，扑卖奇巧器皿，百色物件，与日间无异”（《都城纪胜》）。在各色货物中尤以各种小吃最为吸引人，有卖南食的，有卖北食的，且都有专店出售。“北食则矾楼前李四家、段家爊物、石逢巴子；南食则寺桥金家、九曲子周家，最为屈指。”（《东京梦华录·马行街铺席》）各种小吃，品种多样，冬夏季节不同，食品也各异。夏季炎热，所卖的食品是凉的，如麻腐鸡皮、冰雪冷元子、生淹水木瓜、沙糖绿豆、甘草冰雪凉水、荔枝膏等；冬季寒冷，所卖的是热的，如旋炙猪皮肉、野鸭肉、滴酥水晶鲙、煎夹子等。价格也很便宜（《东京梦华录·州桥夜市》）。

商业夜市的经营方式和营业时间都非常灵活。有日夜商店型的，如汴京潘楼街的商店，“向晚，卖何娄头面、冠梳、领抹、珍玩、动使之类”，“每日自五更市合，买卖衣物、书画、珍玩、犀玉”（《东京梦华录·东角楼街巷》）。有定点设摊型的，如汴京“州南一带，皆结彩棚”，铺陈货物。临安卖猪胰胡饼的，“自中兴以来只东京脏三家一分，每夜在太平坊巷口，近来又或有效之者”（《都城纪胜·食店》）。有流动型的，或在“夜间顶盘挑架”，“遍路歌叫，都人固自为常。若远方僻土之人乍见之，则以为稀遇”（《都城纪胜·食店》）；或用车担“设浮铺……以便游观之人”（《梦粱录·茶肆》。还有一种相当于后世“黑市”的“鬼市子”，“每五更点灯博易，买卖衣服、图画、花环、领抹之类，至晓即散”（《东京梦华录·潘楼东街巷》）。夜市中，也有一些服务性行业专为“上早班”“下夜班”的人卖茶水、洗面水和点心。汴京天晓前，“酒店多点灯烛沽卖，每分不过二十文，并粥饭点心。亦间或有卖洗面水，煎点汤茶药者，直至天明”（《东京梦华录·天晓诸人入市》）。临安三更后，有“提瓶卖茶，冬间担架子卖茶……盖都人公私营干，深夜方归故也”（（梦粱录·夜市》）。有些食店为供应公私营干人的“夜食”，通宵买卖，交晓不绝。

随着商业夜市的兴起，文化夜市也相应产生了。宋代的文化夜市主要有三种类型：

一、酒楼茶坊的音乐演唱。汴京的酒楼茶坊四处林立、不可遍数，其中大型的高级酒楼有七十二座，以白矾楼规模最大，“乃京师酒肆之甲，饮徒常千余人”（《齐东野语》卷十一）。这些酒楼不仅供应酒食，也供人文化娱乐。每至“向晚，灯烛荧煌，上下相照。浓妆妓女数百，聚于主廊槏面上，以待酒客呼唤”（《东京梦华录·酒楼》），酒客可以随意命妓歌唱。在一些下等的“脚店”，也有下等妓女，不呼自来，筵前歌唱。歌伎们除歌唱外，尚有吹箫、弹阮、息气、锣板、散耍等。在临安，有一种茶肆，妓女“莫不靓妆迎门，争妍卖笑，朝歌暮弦，摇荡心目”（《武林旧事·歌馆》）。顾客可以一边品茶，一边听唱。宋代的歌伎完全是以她们的伎艺而入乐籍，与后世卖淫的娼妓不同，她们的歌唱既是侑酒助兴，又是一种艺术表演，供人欣赏。

二、瓦肆勾栏的杂剧伎艺表演。瓦肆又叫“瓦子”“瓦舍”，是一种大型的游艺场所。在瓦肆里有许多用栏杆围起来的民间艺术演出的场子，叫勾栏，又叫“勾肆”“游棚”。当时的开封，著名的瓦肆有八座，仅东角楼街的桑家瓦、中瓦、里瓦，就设有大小勾栏五十余座，其中的象棚最大，可容数千人（《东京梦华录·东角楼街巷》）。南渡后，临安的瓦肆更盛，城外有五座，城内有二十座，城内的北瓦设勾栏十三座。在这些勾栏里，每日演出各种伎艺，有杂剧、傀儡、影戏、说书、讲史、舞旋以及杂技等，“其余不可胜数，不以风雨寒暑，诸棚看人，日日如是”（《东京梦华录·京瓦伎艺》）。各种伎艺几乎都有自己的专用勾栏与独擅的演员，其中的杂剧演出，并能配合节序上演一些时令节目，如七夕“便般《目连救母》杂剧，直至十五日止，观者增倍”（《东京梦华录·中元节》）。为了适应广大市民文化生活的需要，有些勾栏白昼通宵，作场不辍。如临安的“独勾栏瓦市、稍远于茶肆，中作夜场”（《西湖老人繁胜录》），使市民的夜生活更为丰富。

三、夜游天街观队舞。队舞是一种群众性的街头歌舞表演。自旧岁孟冬驾回以后，这种鼓吹舞绾者，往往数十队，“每夕皆然，三桥等处，客邸最盛，舞者往来最多。每夕楼灯初上，则箫鼓已纷然自献于下……往往至四鼓乃还。自此日盛一日”（《武林旧事·元夕》）。姜白石有诗云：“灯已阑珊月色寒，舞儿往往夜深还。只应不尽婆娑意，更向街心弄影看。”又云：“南陌东城尽舞儿，画金刺绣满罗衣。也知爱惜春游夜，舞落银蟾不肯归。”颇写出了当时酣歌醉舞的意态。宋代盛行傀儡舞队，人们各扮一剧中人，动作不相同，联合成队，游行表演。这虽是群众性的歌舞表演，但观众亦有酬金，谓之“买市”。这样就使这种群众性的歌舞活动也带有商业性了。

原刊《文史知识》1986年7月

金明池水嬉

——宋代上池风俗

金明池位于汴京（今河南开封）新郑门外，水域辽阔。它始建于五代周世宗显德四年（957），因当时筹备攻打南唐，北方人不谙水性，就开凿了这个大水池用来训练水军。宋太祖建隆年间在池侧建立了神卫水军，在池上演习水战。太平兴国二年（977），太宗仿汉代教池故事，动用了三万五千多名士兵疏凿金明池，并引金河水注入池中，还选拔军中江淮籍士兵善水者，建立了虎翼水军，在池侧置营教习舟楫水战，把这里当作了“水军训练基地”。演习“水战”十分认真，场面非常壮观。杨侃在《皇畿赋》中描绘当时的情景说：“俄而旗影霞乱，阵形星罗，万棹如风而倏去，千鼓似雷而忽过……黄头之郎既众，文身之卒且多，类虬龙而似蛟蜃，骇鲸鲵而走鼋鼍，势震动于山岳，声沸腾于江河。”池上战鼓雷鸣，万棹如飞，成群的水兵在惊涛中出没，呐喊声震天动地，曾亲见演习的袁褧说：“余少从家大夫观金明池水战，见船舫回旋，戈甲照耀，为之目动心骇。”（《枫窗小牍》卷下）后来天下太平日久，君臣的战备观念逐渐淡薄，太宗幸金明池，则多为“观水嬉”“命为竞渡之战”“赐从官饮”，还劝群臣说：“中外无事，宜勿惜醉。”至真宗，四次幸金明池都是“观水嬉”，作方舟竞渡，“百戏竞集”，至“从臣皆醉”（《宋史·礼志·游观》）。宋仁宗送边帅赴任，招待外国使臣，也都要去金明池“观水嬉”，把金明池观水嬉当作礼仪中的一个保留节目（王应麟《玉海》卷一七一“太平兴国金明池”）。从此以后，“水战不复习，而诸军独为鬼神戏”（叶梦得《石林燕语》卷一）。就这样金明池便由一个训练水军的营地演变为一个游乐场所了。到了元丰年间，金明池开池日，不仅都城士民倾城而出，前往游观，连四野村姑无论老幼也都入城赏玩，其时里谚说：“三月十八，村里老婆风发。”“是日郡府为盛会，争标水秋千之戏，皆如上巳，而观者杂遝过之远甚。”（金盈之《新编醉翁谈录》卷三）金明池开池日已成为都城士民一个盛大的游观节日。都人过了灯节，就纷纷相约去游金明池了。

金明池开凿之初，园内并无殿宇亭榭。太宗时因“士人游观，无存泊之所”，始仿唐曲江之制，在池的两岸建造亭馆台榭（宋敏求《春明退朝录》卷中）。此后续有所建，至徽宗政和中更大兴土木，把金明池建造成一个风景优美的游赏胜地。据绘画和文字记载，金明池的大门在池南岸，从池门往西去百余步，有座宏伟宽大、金碧辉煌的临水殿，殿前有宽阔的露台，台上搭设着黄色的大帷帐，是皇帝驾临观争标的地方。再西去数百步有一座南北长数百步的拱桥，中央高高隆起，状如飞虹，名叫仙桥。桥的北端通往池中有一个亚字形的小岛。小岛用石甃砌平，岸边有整齐的石栏杆。岛上建有水心殿，这组建筑一殿居中，四殿在四周，各殿间有廊庑相连，故又名水心五殿。殿中各设御幄，朱漆明金龙床。桥的南端有一座棂星门，门内有砖砌高台，台上建有广百丈左右的宝津楼。这是皇帝观赏诸军表演百戏的地方。池的北岸，有一座高大的屋宇跨水而建，称为澳屋，这是用来修理和存放大龙舟的地方。澳屋内“其下置柱”，上用大木为梁，“决水入澳”即可引船入内，把船吊在梁上，抽出澳内的水，船便悬在空中，可以修补。修理后再引水入澳，撤去梁柱，船即浮起。这是世界上最早的船坞，反映了我国造船业的发达。池的西岸没有建造屋宇，这里“垂杨蘸水，烟草铺堤，游人稀少，多垂钓之士”（《东京梦华录》卷七）。金明池经过多年的修葺，殿宇辉煌，楼观耸立，花木葱茏，垂柳夹岸，成为京城的四大名园之一。每逢重大节日，金明池开池日，八方艺人都来此设场献艺，商贩云集，游人如织，热闹非凡，时人以为有逾唐代的“曲江之盛”（宋敏求《春明退朝录》卷中）。

水嬉，亦称水戏。高承《事物纪原》认为始于三国。他说：“魏明帝使博士马钧作水转百戏，巨兽鱼龙曼衍，弄马列骑备，如汉西京故事，今世皆使其法，盖其始自马钧也。”但这种水转百戏只是用水力运转的木偶来表演百戏，还不是本文所说的水嬉。一些文化史辞典据南宋周密《癸辛杂识·故都旧事》中有关“水嬉”的记载，称鱼跳刀门、乌龟叠塔等水禽戏为水嬉，但这只是一种驯水族的表演，也不是本文所说的水嬉。我们说的水嬉是一种大型水上表演，《宋史·礼乐志》和宋人笔记中多有记载，它是以金明池广阔水面为舞台，适应市民文化娱乐生活需求而产生的一种艺术体育水上表演，有水上百戏、水傀儡、水秋千、掷水球、水上烟火、龙舟竞标等，这些节目把歌舞、杂技、武术、体操等结合起来，使一些古老的艺术获得了新的发展。

水上百戏

百戏起于秦汉之时，是乐舞、杂技等艺术的总称。乐舞有装扮动物的鱼龙曼衍，以及带有简单情节的《东海黄公》等。杂技则包括高絙、寻橦、吞刀、吐火等。百戏的表演规模宏大，人数众多，自汉代以来一直在广场演出。到了宋代始在大船上演出，称为水上百戏。据《文献通考》卷一四七《乐考》记载：“宋朝杂乐百戏……皆隶左右军而散居。”当时皇家把四方身怀绝技的杂技艺人征集来，列名军籍，分成左军和右军，给以官身，月领饷糈，平时由教坊司管理，住京师坊市两厢，每逢圣节、御宴、大朝会等重大活动，由“宣徽院按籍召之”。水上百戏就是左右军艺人以船为舞台，在水上演出的百戏，故又称“水上诸军百戏”。每当金明池开池日，皇帝都要亲临水殿观百戏，赐宴群臣。《东京梦华录》记载当时演出的盛况说，这种水上百戏，在四条彩舟上表演，先由一人上场致词，如同今日的报幕，而后鼓笛声大作，在音乐伴奏下演出，节目有“大旗狮豹、棹刀蛮牌、神鬼杂剧之类”。所谓大旗狮豹，是由一个头戴红巾的艺人舞动大旗，一群乔扮的狮、虎、豹一哄而上，随着舞动的大旗进退翻越跳跃。而后由另一个头戴红巾的艺人手执两面白旗，“旋风而舞”，由乔扮的各种动物表演“上竿、打筋斗”。这是一种歌舞和杂技的综合表演。所谓棹刀蛮牌，是由军健百余人前列旗帜，各执雉尾、蛮牌、木刀，排成行列，互变队形，表演开门、夺桥等阵式。而后在乐声配合下，有两人出阵对舞，“一人作奋击之势，一人作僵仆出场”。接着又有军士表演枪对牌或剑对牌，轮换击刺。这是一场集体武术表演。这两个节目运动量都很大，在难以控制平衡的船上表演，更增加了技巧的难度，很有特色。所谓神鬼杂剧，是一种有简单情节的化妆表演，表演开始时，船上突然烟火大作，在烟雾和火光中，有假面披发的鬼神，口吐狼牙烟火上场，他们上身穿着贴金花的短衣，下身穿着黑裤，手提大铜锣，赤脚起舞。而后一声爆竹响，又有面涂青绿色戴金睛面具的鬼神，披着豹皮锦绣等饰物，拿着刀斧或杵棒登场，“为驱捉视听之状”。再后又一声爆竹响，一个假面长髯“如钟馗像者”登场，有两三个以粉涂身、金睛白面、瘦瘠的髑髅，手执软杖，各作诙谐，趋跄举止若排戏，谓之“亚杂剧”。演出结束时，一声巨大的爆竹声，火光冲天，烟雾缭绕，“人面不相觑”。这个神鬼杂剧把幻术和化妆表演结合起来，演得有声有色，令人眼花缭乱。

水傀儡

傀儡戏，即木偶戏。最早见于《列子·汤问》，巧匠偃师造假人“千变万变，惟意所适”。至宋代尤为盛行，种类繁多，有悬丝傀儡、杖头傀儡、药发傀儡、肉傀儡等，水傀儡是其中一种。

水傀儡源于三国马钧的“水转百戏”。但到了宋代技术大为进步，将舞台设在船上，用水力发动木偶表演各种节目，有钓鱼、划船、筑球、舞旋等。金明池水傀儡戏，是在船上设置一座小彩楼，下有三个小门，如傀儡棚，正对水中乐船。演出开始先有参军色登场致词（报幕），而后乐声大作，“彩棚中门开，出小木偶人”，划一小船上，小船上“有一白衣人垂钓，后有小童举棹划船，辽绕数回”。

随着乐声响起，白衣人“钓出活小鱼一枚”，又乐作，“小船入棚”。继而又有木偶登场，表演“筑球、舞旋之类”。筑球就是木偶表演踢球。舞旋就是由木偶表演舞蹈，都是先各念致语后登场，作乐后退场（《东京梦华录》）。水傀儡扮演的各种动作栩栩如生、活灵活现。范成大曾说：“旱船遥似泛，水儡近如生。”可见是非常逼真的。

水傀儡中还有一种是木偶直接在水中表演的，称为浮泛傀儡。宋人杨侃在《皇畿赋》中说：“别有浮泛傀儡之戏，雕刻鱼龙之质，应乐鼓舞，随波出没。”这种傀儡用木料雕成鱼龙形状，内设机关，它们能在水面上击鼓、跳舞，也能在水波中上下出没。这个节目皇帝和士民都很喜欢观看，当时“銮舆临赏以尽日，士庶纵观而逾月”。皇帝往往一看就是一天，乐此不疲，百姓可连续观看逾月兴致不衰，可见是很吸引人的。

水秋千

水秋千是金明池游乐活动中最受群众欢迎的一个节目。据绘画和文字记载，其表演的场地在金明池临水殿前两艘画船上，“船上立秋千，船尾百戏人上竿”（《东京梦华录》）。画船的船头上立着秋千架，船尾乐人吹笛击鼓伴奏。表演开始时，船上鼓乐大作，左右军健儿登上秋千奋力荡来荡去，秋千愈荡愈高，待与秋千架相平时，表演者脱手离开秋千，从空中一个筋斗投入水中，水面泛起朵朵浪花。王振鹏的《龙池竞渡》对此画得颇为清晰。画面上船尾的乐人正举槌击鼓，鼓声仿佛可闻，一架秋千上的人正荡在半空中，另一架秋千上的人已飞身跳水。这是一个把荡秋千与跳水结合起来的节目，相当于现代的高台花样跳水。据《东京梦华录》记载，在船尾还有百戏人上竿。所谓上竿是在船上用两张长凳叠起一张条案，案上一人仰卧，足蹬高竿，一人爬在竿端，手展长幡，上书“庆国泰民安、贺风调雨顺”字样。这又是跳水和杂技同台演出了。

水秋千是个崭新的游乐节目，不仅姿势优美，而且惊险刺激，引起广大观众的注目，不少诗人曾写诗加以赞赏，南宋诗人朱翌在《端午观竞渡曲江》诗中曾说：“却忆金明三月天，春风引出大龙船。二十余年成一梦，梦中犹记水秋千。”

竞渡争标

竞渡争标是金明池水嬉中一个大型节目。这个节目主要由左右军的船队表演，参加的人数多、规模大，观众往往超过万人，时人称之为“国朝一大盛观”（蔡絛《铁围山丛谈》卷四）。这是金明池水嬉的高潮。

竞渡演出时，据《东京梦华录》记载，先有小龙船

20只、虎头船10只、飞鱼船2只，依次登场。由小龙船上一军校舞旗招引，指挥船队划向池北澳屋（船坞），去牵引大龙船，“大龙船约长三四十丈，阔三四丈，头尾鳞鬣，皆雕镂金饰”，“上有层楼台观槛曲，安设御座”。这条大龙船形体巨大，制作精致，为了保持稳定，从艎板到舱底深数尺，舱底密排桌面大的铁块以压重，大龙船左右水棚各排列六桨，划动时宛若飞腾，可见当时造船技术的高超水平。

大龙船牵引至临水殿后，小龙船在临水殿前东西相向一字排开，虎头、飞鱼等船排在其后，如同两阵相对。而后临水殿前水棚上有一军校手举红旗，不停挥动。音乐声起，龙船各自击鼓出阵，忽而划棹旋转，共为圆阵，称为“旋罗”；忽而一分为二，各作圆阵，谓之“海眼”；忽而二队散开，重又相交，称为“交头”。“海眼”“回头”“收尾”等，都是当时的时新舞曲（《癸辛杂识》后集《舞谱》）。这说明船队的队形变化已融进了舞蹈的成分。这是竞渡夺标的前奏。

争标是竞渡的高潮，在临水殿前水面上进行，军士预先在水中插上红旗，标识距离的远近。船队排在水心殿东面，面对临水殿排成行列，近临水殿的水中插着一根高竿，竿端挂着锦彩、银碗之类的物件。竞渡开始，水殿前军校红旗一招，小龙船、虎头船等分成两队在大龙船两侧扬旗击鼓，鼓噪疾进，竞标夺彩，共三次而止，捷者得标。夺标后，皇帝一时高兴，还会“掷银瓯于波间，令人泅波取之，因御船奏教坊乐，岸上都人纵观者万计”（《宋史·礼志》）。这项活动把划船和游泳两种体育运动结合起来，水上岸边人山人海，锣鼓声、鼓噪声、吹呼声，此起彼伏，真令人惊心动魄。

原刊《寻根》2007 年第五期

说金榜

旧时读书人参加科举考试，考中称“金榜题名”，或云“名登黄金龙虎榜”；落第则说“黄金榜上，偶失龙头望”。这个金榜，辞书上说“多指科举应试考中者的名单”，或“科举考试中式之榜”。但这个名单（榜）为何叫金榜？其质地、形状如何？科举考试从低到高有许多级，它又是哪一级考试的中式之榜呢？

一

我国的科举之制始于隋唐。科举，就是分科取士，即由国家设立许多科目，定期举行统一考试，通过一级级的考试来选拔人才。这是我国古代把读书、应试、做官三者联成一体的一种选官制度，也是封建社会知识分子进入官场的一个通道。

科举考试从低到高有许多级，每一级考试取录的榜有不同的名称。明清时，考试一般为三级：第一级是童试，包括县试、府试和院试。三年两考，未取者可以再考。县试由知县主持，府试由知府主持，这是两次预备性的考试。县试、府试发榜叫“发案”，案即榜。第一场考试的榜叫“团案”，又称“圆案”，就是把中选者的编号书写成圆形，取在50名内者为一圈，圈分内外两层，外层30名，内层20名，外层居正中提高一字者为第一名。圈中用红笔写一“中”字。最后一场考试的榜称“长案”，就是将合格者的姓名直书，按先后次序横排公布。县试、府试合格称为“童生”，然后方可参加院试。院试由各省学政主持，合格才算进学，称“生员”，也就是常说的秀才。院试揭晓名次的榜式，用红笔批写日期、勾勒榜文，加盖印信，称为“红案”。

第二级是乡试，每三年一考，在京城和各省省城举行，由皇帝任命的主考主持，共考三场，每一场一天，考试及格称“举人”。因乡试考期在秋季八月，正值桂花盛开，因而乡试的榜称“桂榜”，亦称“乙榜”。

第三级是会试和殿试，也是三年一次，于乡试次年在京城贡院举行。这是由礼部主持的一次全国性考试，各省的举人都要进京赶考，共考三场，每场三天，连考九天，考中的称“贡生”。会试的考期在春季三月，放榜时正当杏花开放时节，称“杏榜”，亦称“甲榜”。

二

金榜是科举最高的一级考试殿试的排名榜。殿试在会试当年举行，由皇帝于宫中亲自主持，在大殿上对合格的贡生进行考试，也叫廷试、御试。殿试之制始于唐代。至明清时，殿试已成定制，会试当年必举行殿试。殿试只考一场，时间一天，考试科目为策问，主要考察贡生的政治才识，尤其是治国方策。由皇帝命题，贡生作文回答，俗称“金殿对策”。与乡试、会试不同，殿试只是对贡生重新排名，不刷落、淘汰。一般由阅卷和读卷大臣协助，先选出前十名试卷进呈皇帝。试卷上都贴上黄签、拟定了名次，由皇帝最后定夺。殿试排名分为三等，即一、二、三甲。一甲取三名，赐“进士及第”，分别称状元、榜眼、探花。二甲若干人，赐“进士出身”。三甲若干人，赐“同进士出身”。钦定名次后，即于御前用朱笔依次填写，十名以外的考卷则至内阁照阅卷排定名次填写。进士经由皇帝亲试选拔，所以宋以后及第进士都自称“天子门生”。

殿试名次排定后，用皇帝诏令的形式张榜公布。唐代皇帝的诏书，原来“用白纸多为虫蛀”，故自唐高宗上元三年起，改用黄麻纸书写。据《石林燕语》记载，黄藤纸、黄麻纸可以防蛀。故唐中书制诏，敕用黄麻纸，敕牒用黄藤纸，敕书用绢黄纸。因而殿试进士之榜，都用黄纸填写。黄为金色，故称金榜，亦称黄金榜、皇榜。因放榜多定于寅辰时，寅属虎，辰属龙，又称“龙虎榜”。

金榜表里两层，用黄纸裱成。一式两份，有大、小之别。由中书四人写大金榜，四人写小金榜。现存大金榜，有光绪三十年殿试的金榜，黄纸墨字、巨型横幅，长约 19.26 米，高约 82 厘米。榜文内容先写《制》（文告），如：“奉天承运皇帝制曰：光绪三十年五月二十一日策试天下贡士谭延闿等二百七十三名，第一甲赐进士及第，第二甲赐进士出身，第三甲赐同进士出身，故兹诰示。”后列三甲中试名单、姓名、籍贯、名次，以及发榜日期，并盖有“皇帝之宝”的朱印。中间用粗重的墨笔写一个大大的“榜”字，十分气派。大金榜为卷轴式，最长的达数百米。榜的上部每一米左右间隔处，就有一个纸绳扣，用于张挂以告示天下。小金榜为大金榜的副本，黄纸经折式，通常长为 1 米，高约 35 厘米，不押盖“皇帝之宝”的印章，供进呈皇帝御览和举行典礼时宣布名次之用。中国第一历史档案馆 552 号库中保存的大、小金榜两百多件，其中大金榜只有几十件，多数为小金榜。光绪甲辰科小金榜现陈列于故宫博物院内，已成为珍贵的历史文物，还被联合国教科文组织列入了《世界记忆遗产名录》。

三

金榜填就后，次日皇帝还要在皇宫大殿接见新科进士，宣布殿试登第的名次，这叫“传胪”。传胪典礼非常隆重，文武百官都要身穿朝服，按品级排立大殿两旁，新科进士也身着朝服，头戴三枝九叶顶冠，按名次奇偶立于东西丹墀之末，由内阁学士将皇榜捧出，授礼部尚书陈于丹墀正中黄案上，由鸿胪寺官宣制唱名，第一甲第一名某人，引出班就御道左跪；第二名某人，引出班就御道右稍后跪；第三名某人，引出班就御道左稍后跪；依次传唱。第一名状元迎榜时稍前趋立于中陛石上，石正中镌巨鳌，故有“独占鳌头”之美名。

唱名毕，文武百官及新进士行三跪九叩礼。礼毕，皇帝乘舆还宫，由礼部尚书用云盘捧承金榜放在彩亭内。彩亭由校尉抬着，导以黄伞鼓吹，送出太和中门，至东长安门外，张挂于长安街，供百姓观看。张榜之日，万头攒动，人山人海。张榜之地，在唐代是在南院，放榜时别筑高墙，外树棘篱，防人决破。至明清时，则不另筑墙，张贴在天安门外长安横街的长安左、右门。文科大金榜张挂于长安左门（东门），武科大金榜张挂于长安右门（西门），三日后收储内阁大库。所以尽管历经两百多年沧桑，至今仍有一些实物保存下来。

科举考试作为一种制度，发展至明清时弊端百出，遭到了许多思想家的猛烈抨击，认为它腐蚀、毒害了知识分子的灵魂，禁锢了人们的自由思想，甚至有人说明代亡国就是由于科举八股取士等。但是评价一种制度，不能脱离当时的历史条件。隋唐以前，选拔官吏不是凭借血缘亲疏，就是靠门第高下，因而都是世家大族子弟为官。实行科举制后，凭考试成绩择优录取，相对公平，使一批中、小地主阶级的知识分子脱颖而出，从而打破了世族贵胄对政权的垄断，这是一大进步。有人说近代英国、法国、美国等国家施行的文官制度，也脱胎于中国的科举制度（邓嗣禹《中国考试制度史》），不无道理。

原刊《寻根》2013年第三期

第二辑

西施“泛湖说”辨正

西施是我国古代的四大美人之一，她的名字自古以来可谓家喻户晓，妇孺皆知。宋人张邦基说：“西施，美人也。三尺童子皆知其为越献于吴以亡吴也。”（《墨庄漫录》卷七“西施考”）她的故事流播极广，至明代还被梁辰鱼改编为昆曲《浣纱记》，说她在越国灭吴后与情人范蠡一同泛湖而去，成了一个浪漫的爱情故事。但历史上真有西施随范蠡泛湖而去的事吗，这种说法又是缘何而起的呢？

一、“西施泛湖”实无其事

西施的故事发生在遥远的春秋末期。那时在我国东南沿海地区，有两个小诸侯国——吴国和越国，两国连年战争不断。公元前 492 年，吴王夫差起兵伐越，越王勾践兵败被俘。勾践夫妇到吴国去当奴仆，忍辱负重取得夫差的信任，被赦回到越国。勾践归国后，采用文种、范蠡之计，进献美女给吴王夫差，用以引诱夫差沉湎酒色，而自己则发愤图强，还留下了“卧薪尝胆”的故事，终于打败吴国，这是一段真实的历史。

西施是春秋时越国的美女，她原是浙江诸暨苎萝山下一个卖柴人家的女儿。传说其美绝伦，被越王勾践寻来献给吴王夫差。夫差非常宠爱她，为她筑姑苏台。现浙江诸暨、萧山和江苏的苏州，都留下了不少关于她的遗迹。西施本姓施，名夷光，因居住在苎萝若耶溪之西，故称西施，也是一个实有的历史人物。

大凡历史事件和历史人物，总会在史书上留下一些文字记载。但我们查了一下先秦和两汉的史籍，却发现西施与范蠡泛湖的事没有一点记载。现存最早记录这段历史的文献是《国语》。据《国语·越语·勾践灭吴》所记，勾践战败后，“越人饰美女八人，纳之太宰嚭”，并没有说美女中有西施，而且也不是献给吴王夫差。越灭吴后，范蠡辞别勾践，“乘轻舟以浮于五湖，莫知其所终”，也没有说他携西施而去。其时上距吴越争霸的时间还不远，史官们都不知范蠡与西施有故事，直到汉代司马迁的笔下，依然没有显示西施与吴越之战有丝毫关系。司马迁在《史记》里几度写到这段历史，一次是在《越王勾践世家》中，写越国战败后，“勾践乃以美女、宝器，令（文）种间献吴太宰嚭”，没有说献西施于吴王。越灭吴后，范蠡以为勾践这个人“可与同患，难与处安”，“乃装其轻宝珠玉，自与其私徒属乘舟浮海以行，终不反”，只说与他的亲属和心腹门徒一同退隐，而不是携西施以去。另一次是在《吴太伯世家》中，越战败后，只说“越王勾践率其众以朝吴，厚献遗之，吴王喜”，并没有说是献美女，更不用说献西施了。在先秦两汉的正史中，一直都没有见西施之名。

但西子之美却屡见于先秦诸子的文章中。如《孟子·离娄》：“西子蒙不洁，则人皆掩鼻而过之。”赵岐注曰：“西子，古之好女西施也。”这里的“好女”即美女。这个美女名西施，又称西子。《庄子·天运》：“西施病心而颦其里，其里之丑人见而美之，归亦捧心而颦其里。”这就是东施效颦典故的来源。《慎子·威德》：“毛嫱、西施，天下之至姣也。”毛嫱是我国古代的美女，《庄子·齐物论》中就说：“毛嫱、丽姬，人之所美也。”还有《荀子·正论》《管子·小称》，贾谊《新书·劝学篇》《淮南子·修务训》中也都曾提到西施的名字。然诸子之书只说西施是个美女，一句也没有说到与吴越之战和范蠡有何关系。这说明美女西施虽实有其人，但不仅与吴越之战无关，亦与范蠡无涉，至于二人泛湖而去更属子虚乌有了。

首将西施与吴越之战牵合起来，并说她随范蠡而去的，是东汉末赵晔的《吴越春秋》和袁康的《越绝书》。《吴越春秋·勾践阴谋外传》云：“越王谓大夫种曰：‘孤闻吴王淫而好色。’……乃使相者（于）国中，得苎萝山鬻薪之女，曰西施、郑旦，饰以罗縠，教以容步，习于土城，临于都巷，三年学服，而献于吴。”同书《勾践伐吴外传》云，越灭吴后，范蠡“乃乘扁舟，出三江，入五湖，人莫知其所适”。《越绝书》卷十二、卷十四也有类似的记载，不过较为简略。这两部书的作者与西施为同乡，可能得之乡里传闻，始把西施写入吴越之战，将她作为一名女谍献于吴王。但书中并无与范蠡一同泛湖的情事。这里值得一提的是，现在不少文章常引用据说是《越绝书》或《吴越春秋》中的一段话：“西施亡吴国后，复归范蠡，同泛五湖而去。”经查原书，并无此语。西施随范蠡泛湖，只是后人的影撰，实际上并无其事。

二、泛湖说始于何时

在我国历史上，西施的结局一直是一个谜。史书上只说她在吴亡后不知所终，人们同情她，关心她的命运，至唐宋时，对她的下落遂出现了许多不同的猜测，散见于一些笔记及诗词曲中，主要有以下几种：

（一）返乡说

公元前 473 年，越兵攻入吴宫时，夫差携西施、郑旦逃入后苑，越兵见二女灿若神女，“望而不敢侵”，她们并未遭乱兵杀害（王嘉《拾遗记》卷三，影印文渊阁《四库全书》第 1042 册）。后夫差自杀，她们还活着。至于西施的下落，史书则没有一点记载。到了唐初，诗人宋之问在《浣纱篇·赠陆上人》诗中说，她在吴亡后回到了故乡若耶溪。诗云："一行霸勾践，再笑倾夫差。艳色夺人目，效颦亦相夸。一朝还旧都，靓妆寻若耶。鸟惊入松萝，鱼畏沉荷花。"写西施到吴国走了一趟，笑了一笑，就使勾践称霸，令夫差亡国了。多年后归来，依然落雁沉鱼——很美。这是当时的民间传说呢，还是别有所见，就不得而知了。

（二）被杀说

当西施入吴时，伍子胥曾忠言进谏夫差说："臣闻贤士国之宝，美女国之咎，夏亡以妹喜，殷亡以妲己，周亡以褒姒。"这恐怕是最早的女祸论了。自古以来美女都遭受恶名，不得善终，西施也难逃此命运。唐代诗人崔道融就曾为她鸣不平说："宰嚭亡吴国，西施陷恶名。浣纱春水急，似有不平声。"（《西施滩》）到了宋代，就出现了吴亡后西施被杀之说。姚宽在《西子归宿》中引《吴越春秋》说："吴国亡，西子被杀。"（见姚宽《西溪丛语》卷上）我们查阅《吴越春秋》，并无此语，但可以说明在宋代已出现了这种说法。与姚宽同时的董颖写得更加具体。他在大曲道宫《薄媚·西子词》第六支曲子《歇拍》中说，西施在灭吴后，"尚望论功，荣归故里"，但越人怕她迷惑越王，便"从公论，合去妖类"，被自己人用丝带勒死了，"竟殒鲛绡，香骨委尘泥"（见《全宋词》），做了女祸论的牺牲品。还有宋代罗大经《鹤林玉露》说，范蠡在灭吴后，惧西施“复以蛊吴者蛊越”，于是便“挟之以行，以绝越之祸基”。这是范蠡去越，而未尝忘越也。后来范蠡是否杀西施没有明说，然“挟”与“携”，一字之差，情意迥别，仍是女祸论的翻版，且涂上了一层忠君的色彩。王荆公《宰嚭》诗云：“谋臣本自系安危，贱妾何能作祸基。但愿君王诛宰嚭，不愁宫里有西施。”公正地指出吴国之亡，罪责不在西施，其见解比之道学家的罗大经高明多矣！

（三）泛湖说

范蠡功成之后，为了避祸泛湖而去，这在正史上是有记载的；西施在吴亡之后，去了哪里，则未见记载。将二人牵合到一起，说他们一同泛湖而去，从现存的文献记载来看，最早当起于陆广微的《吴地记》。《吴地记》卷九引《越绝书》云：“西施亡吴国后，复归范蠡，同泛五湖而去。”（影印文渊阁《四库全书》第587册）这里的“复归”，暗指西施原属范蠡，“同泛”则表明有情人终成了眷属，成为后来《浣纱记》的张本。但查《越绝书》并无此语，这可能是唐代民间出现了这种说法，而被《吴地记》所采纳。与此同时，杜牧在《杜秋娘》诗中也说“西子下姑苏，一舸逐鸱夷”，更扩大了这种说法的影响。史载范蠡灭吴后，“乃乘扁舟，浮于江湖，变名易姓，适齐为鸱夷子皮”（《史记·货殖列传》）。“鸱夷子皮”是范蠡适齐后的外号。杜牧的“一舸逐鸱夷”，便被理解为是西施追随范蠡乘扁舟泛五湖而去了，随着诗句的流传，这种说法传播极广。

至元明时，西施故事在民间已流传了一千余年。民间流传也是一个再创作的过程，人民群众不忍这位绝代佳人遭受悲惨的结局，为了寄托他们的同情和愿望，不断增饰加工，情节比史书上的记载更加丰满。元杂剧中有关汉卿的《姑苏台范蠡进西施》，赵明道的《灭吴王范蠡归湖》等，至明代有梁辰鱼的《浣纱记》，汪道昆的《陶朱公五湖泛舟》等，其中影响最大的当推《浣纱记》。

《浣纱记》依据旧本改编而成，是一部长达45出的爱情悲剧。写范蠡游苎萝村，与西施在村头溪水边相遇，一见钟情。分别时，西施赠范蠡溪纱一缕，作为定情之物。后风云突变，越国被吴国打败，范蠡随越王勾践去吴为奴三年，受尽屈辱，被赦回越。范蠡牺牲个人私情，劝说西施到吴国去，临别时将溪纱一分为二，二人各持一半。西施入吴后离间吴国君臣，三年后越国反攻，占领吴宫，夫差自杀。灭吴后，范蠡功成弃官，携西施而去，二人在太湖舟中成婚，又取出溪纱，一同泛舟而去。

《浣纱记》是第一部用昆曲演唱的传奇。随着昆曲兴起、繁荣，其中的《拜施》《分纱》《进美》《采莲》等出，一直在舞台上传唱不衰，这使范蠡、西施相爱的故事广为传播，后来民间流传的西施故事，即多源于此。明代学者胡应麟说："今诗家万口相承，即蠡无此事，难乎免矣。"（《少室山房笔丛·艺林学山七》）由此可见，"泛湖说"实始于唐而盛于明，是由诗歌、戏曲传播而深入人心的。

三、西施死于水

西施随范蠡泛湖而去，至明代虽盛传一时，但没有任何文献根据，总是一个缺憾。明清两代是我国考据学从萌芽到兴盛的时代，这个问题引起了许多学者的兴趣和关注，如杨慎、陈耀文、王世贞、胡应麟、张燧等，他们查考原书，考证事情的始末，终于发现西施是被沉水而死的，随范蠡泛湖而去实是误解和附会。

最早提出西施死于水的是著名学者杨慎。杨慎在明代以博洽著称，他读书多、见闻广，又好疑多思、喜欢考证，他在《丹铅总录》卷十三"西施"条中说：

世传西施随范蠡去，不知所出，只因杜牧"西子下姑苏，一舸逐鸱夷"之句而附会也。予窃疑之，未有可证以折其是非。一日读《墨子》曰："吴起之裂，其功也；西施之沉，其美也。"喜曰：此吴亡之后西施亦死于水，不从范蠡去之一证。墨子去吴越之世甚近，所书得其真，然犹恐牧之别有所见，后检《修文御览》，见引《吴越春秋·逸篇》

云："吴亡后，越浮西施于江，令随鸱夷以终。"乃嗟曰：此事正与《墨子》合，杜牧未精审，一时趁笔之过也……既又自笑曰：范蠡不幸，遇杜牧受诬千载，又何幸遇余而雪之，亦一快哉！（影印文渊阁《四库全书》第855册）

杨慎所谓的附会，是指越王进献西施、郑旦给吴王时，伍子胥忠言进谏被杀，吴王用鸱夷（一种做成鸱鸟形的革囊）装着子胥的尸体，投于江中。子胥随流扬波，依潮来往。"随鸱夷"者，原指随子胥。张燧在《千百年眼·西施不随范蠡》中说："子胥之被谗，西施（与）有力焉。子胥死，盛以鸱夷浮之于江。今沉西施于江，所以谢子胥也。"（《四库禁毁书丛刊》史第64册）但范蠡去越，变易姓名，自号鸱夷子皮，乘扁舟浮于江湖。至杜牧诗"西子下姑苏，一舸逐鸱夷"，因鸱夷之相涉，流俗遂误以胥为蠡，出现了范蠡载西施之说。这就是堕后人于疑网的原因。故明清人多认为"范蠡载西施之妄"，乃"出于杜牧之诗"（陈绛《金罍子·越沉西施于江》，《续修四库全书》第1124册），这大致是不错的。

杨慎提出"西施死于水"后，陈耀文在《正杨》中提出不同意见，认为这是杨慎杜撰古书以欺人。他说："逸篇者，出何典记耶？"（影印文渊阁《四库全书》第856册）我们查了据法兰西国家图书馆藏敦煌唐写本影印的《修文（殿）御览》（《续修四库全书》第1212册），没有找到《吴越春秋·逸篇》，这是因只存残卷，《吴越春秋·逸篇》不在其中呢，还是杨慎造假欺人，难以确定。但《墨子》一书现存，在《墨子·亲士篇》中有以下的话："比干之殪其抗也；孟贲之杀其勇也；西施之沉其美也；吴起之（车）裂其事（功）也。"可以证明西施是被沉江而死的，并非欺人之谈。俞弁十分赞成杨慎的说法，在《逸老堂诗话》中说："西施之终，不见于史传，古今咸谓其从范蠡五湖之游，今乃知其终于沉，可以为西子浣千古之冤矣。墨子，春秋末人，其所言当信。"（见《历代诗话》卷下）墨子与西施生活的年代相近，他的记载应是最得其真，也是最可信的。

同时，这也不是孤证。在唐代与"泛湖说"并传的就有沉水一说。如皮日休《馆娃宫怀古》："不知水葬归何处？溪月弯弯欲效颦。"李商隐《景阳宫井》："惆怅吴王宫外水，浊泥犹得葬西施。"《失题》："莫将越客千丝网，网得西施别赠人。"可见言西施被沉于水的不止墨子一人。后来元人杂剧中有《范蠡沉西施》《浮西施》等，都是演范蠡沉西施于湖的故事，《倒西施》还说范蠡亲手杀了西施，断所赠纱，数其罪，盛以革囊而沉于太湖之渊。明清小说中，冯梦龙的《东周列国志》和艾衲居士的《豆棚闲话》中也都以西施沉水作为结束。至清代，一些搞考证的学者遂都认为西施是死于水的。如杭世骏在《订讹类编》卷二《西施无泛湖事》中说："升庵引《墨子》及皮、李诗，以证西施之沉江，确不可易。至杜牧诗有一‘舸’字，明系误用，不得为之曲解也。”从文献根据和致误原因来看，西施死于水是确凿无疑的，这也从反面证明了“泛湖说”是不可信的。

尽管如此，西施随范蠡而去一说，依然受群众欢迎，广为流传。这固然是因为人民群众同情西施，不忍让她去死，同时作为文学作品看，“作随蠡去更好，更有趣，沉江何益也”（张燧《千百年眼 · 西施不随范蠡》）。还有人认为“英雄美女，携手天涯，真是太理想了”，写西施被杀，“这实在是很煞风景的话”（止庵《如面谈 · 西施的结局》）。但历史就是历史，历史上的西施并无与范蠡泛湖而去的事，我们应将历史与文学区分开来。

原刊《寻根》2010 年第五期

漫话虞姬

《霸王别姬》是一出历史名剧，为梅派代表作之一。剧中男主人公西楚霸王项羽，正史有传，是个悲剧英雄，人们对他都很熟悉；女主人公虞姬，史书就付之阙如了。

一、历史上的虞姬

虞姬是项羽军中的一个歌姬。她的乡里、年龄、出身等，史书一无记载。《史记》仅称“有美人名虞，常幸从”，认为“虞”是美人之名。但《汉书》却说“有美人姓虞氏”，又认为“虞”是姓。两位史家对“虞”是名是姓都搞不清楚，就毋论其他了。至宋代，叶梦得在《石林燕语》（卷四）中说，虞姬的“姬”是妇人通称，如戚夫人叫戚姬，虞美人就叫虞姬。到了明代，郎瑛在《七修类稿》（卷二十）中又说，古以“妇人之美者称姬”，“姬”

是“妇人美称”，如《诗经》“彼美淑姬”，可能正因虞姬貌美，又称之虞美人。

虞姬长得十分美丽，深受项王宠爱。项王起兵征战南北，一直把她带在身边。从陈县突围来到垓下时，项王感到大势已去，又身陷重围，若再次突围又生死未卜，因而他面临着一个两难的抉择，是带着虞姬一起突围呢，还是留下虞姬？《史记》记载当时的情景说：“项王乃悲歌慷慨，自为诗曰：‘力拔山兮气盖世，时不利兮骓不逝。骓不逝兮可奈何，虞姬虞姬奈若何？’歌数阕，美人和之。”项王一生身经七十余战，从来没有流过泪，就是这么一个硬汉子，在将别虞姬之时动情地流下了热泪，“左右皆泣，莫能仰视”。

司马迁写到这里便戛然而止，没有了下文。后来清人周中孚说，项王平生爱乌骓马和虞美人，乌骓马送给了乌江亭长，有了下落；“独所谓美人者，竟无一句收场，此史之阙文也”（《郑堂札记》卷四）。他认为太史公对虞姬的下落无一语交代，是一个败笔。所幸陆贾的《楚汉春秋》弥补了这个缺陷，记项王唱罢《拔山歌》后，虞姬曾答诗一首曰：“汉兵已略地，四面楚歌声。大王意气尽，贱妾何聊生！”虞姬歌尽，泪如雨下，就拔剑自刎而死。

虞姬死后，后人把她葬在灵璧县城东七公里处（今宿泗公路旁），临近垓下战场遗址。墓地为一土冢，周围以石墙为栏。墓前立一石碑，碑的横额上刻着“巾帼千秋”，两边刻一副对联，右为“虞兮奈何！自古红颜多薄命”，左为“姬耶安在？独留青冢向黄昏”，表达了人们对她的同情和思念。

二、传说中的虞姬

虞姬鲜血化草的传说，早在唐宋时就已在民间广为流传。其中一种说虞姬自刎后葬于灵璧，那里长出一种草，“红色，见人辄舞，俗名虞美人草”（吴骞《带经堂诗话》，刘声木《苌楚续笔》）。宋代曾子宣夫人《虞美人草行》咏其事云：“三军散尽旌旗倒，玉帐佳人坐中老。香魂夜逐剑光飞，青血化为原上草。”（《苕溪渔隐丛话前集》卷六十）时人黄载万也用“虞美人”词牌作词和之，曰：“葛荒葵老芜城墓，玉颜知何处？至今芳草解婆娑，只有当年魂魄未消磨。”（同上）他们都认为虞美人草是虞姬的青血或香魂化成。我国自古就有痴情女子化石的故事，虞姬为何要化草呢？南宋词人姜夔《虞美人草》诗云：“夜闲浩歌起，玉帐生悲风。江东可千里，弃妾蓬蒿中。化石那解语，作草双双舞。陌上望骓来，翻愁不相顾。”他认为化石不能说话，无以达情，化草在陌上而舞，可以表达对项王的守望和等待，还真是挺浪漫的。

化草的另一种传说，最早见唐代段成式《酉阳杂俎》，说雅州出舞草，“人或近之，歌及抵掌讴曲必动，叶如舞也”(《酉阳杂俎·草篇》)。至宋代，沈括《梦溪笔谈》则说虞姬死后，雅州“褒斜山中有虞美人草……叶两两相对，为之唱《虞美人曲》，则两叶如人拊掌之状，颇中节拍”，应拍而舞，唱他曲则否。由“舞草”发展为“虞美人草”，由“讴曲”发展为“唱虞美人曲”。

虞姬自刎后，民间还有一种传说，说虞姬的鲜血流了三天三夜，鲜血流过的土地变得赤红，在赤红的土地上长出一种花，植株纤秀，长梗直立，未开花时花蕾低垂，似虞姬低头哀怨的样子，花开后红艳照人，花名就叫虞美人。清诗人吴嘉纪《虞美人花》诗云：“几枝亡国恨，千载美人魂。影弱还如舞，花娇似有言。”以为这花是虞姬精魂所化，仿佛在低声诉说着什么。

三、文学史上的虞姬

虞姬有情有义，死后受到了历代诗人的歌咏，与四大美人不同，她还在文学史上产生了一定的影响。

其一是与五言诗的起源结缘。五言诗始于何时，一直是文学史上的一大悬案。齐梁以来，有人认为最早的五言诗当推东汉班固的《咏史》。但许多人不同意这一说法，有的认为当始于西汉苏武和李陵的赠答诗，有的认为应始于枚乘的《杂诗》，等等，众说纷纭，莫衷一是。宋人王应麟在《困学纪闻》中则认为始于虞姬的答诗。他引《楚汉春秋》云：“歌曰：‘汉兵已略地，四面楚歌声。大王意气尽，贱妾何聊生？’是时已为五言矣。”（《考史》卷十二）认为虞姬的答诗是五言诗滥觞的力证。而后清人方濬师在《蕉轩随录》中也说：“虞美人有答项王楚歌云：‘汉兵已略地……’辞旨悲惋，实开汉以后五言之先声。”（《虞美人》卷十二）近人吴世昌在《五言诗起源与妇女文学》一文中也力主五言诗始于虞姬的答诗。（《文史知识》1985 年第 11 期）目前这个问题虽然尚无定论，但虞姬答诗为五言诗起源提供了一个实证，是虞姬对文学史的一大贡献。

其二是“虞美人”成了最流行的词牌之一。虞美人曲，最早见于崔令钦的《教坊记》，是唐教坊的一个曲名。其得名之由来，“《脞说》称，起于项籍虞兮之歌”。（王灼《碧鸡漫志》卷四）华钟彦说：“此词乃以（虞美人）草得名。”（《花间集》卷五）虞兮之歌产生于楚汉之时，词体起于晚唐五代，其间有何“因缘”，二家均语焉不详。考之词作，“虞美人”作为词调出现，最早见于《花间集》，有五十六字和五十八字两种体式，其词内容均与虞姬事迹毫无干系。从现存的词作看，大约至北宋曾子宣夫人魏氏，才始用“虞美人”词牌来写虞美人故事，“以曲志其事者”，世以为工，于是盛传一时，奠定了这个词调与虞姬的关系。其后“虞美人令”“虞美人影”“楚王妃”等异名相继问世，都源于“虞美人”。所以王灼说：“予谓后世以此命名，可也；谓曲起于当时，非也。”（《碧鸡漫志》卷四）南唐李后主曾用“虞美人”写过一首词：“春花秋月何时了，往事知多少？”其内容虽与虞姬故事无涉，却使这个词牌风靡一时，成了人们最喜爱的词牌之一。

原刊《寻根》2015 年第三期

柳永思想评价刍议

在宋代著名词人中，柳永是一个争论较大的作家。自有宋一代始，世人对他的评价就毁誉不一，有的称颂他为“名宦”，有的却斥骂他为“无行”文人；有的说他“傲睨王侯”“厌薄宦情”，有的却说他“薄于操行”……这种争论历经千年，一直延续至今。新中国成立以后，对他的评价也是时起时落，或上或下，这种起落上下大大影响了对柳永研究的深入，也影响到对他的词作出准确的评价。

评论一个作家，首先必须了解他的时代和他的思想，否则，我们就很难对他的作品作出比较准确的评价。长期以来，对柳永的评价褒贬不一，我们认为其中一个主要原因，就是忽视了他的时代特征，对他的思想缺乏正确的理解。为了准确评价柳永和他的词，本文想结合宋代的社会风尚，对柳永思想评价提出一些不同的看法，并对柳永的思想作一个初步的探索。

一

柳永是一个时代的诗人。他在北宋词坛上自成一家，影响很大。他的词在当时“天下咏之”，风靡一时，受到了各阶层群众的喜爱。但是，他在落第后，写了一首《鹤冲天》的小词，遭到宋仁宗的斥落，一生仕途坎坷，流落不偶，在宋代著名词人中官阶是最低的了。由于柳永的这一不幸遭遇，加上他在词中又曾说过“忍把浮名，换了浅斟低唱”一类的话，于是一些文学史和论词专著便据以论断他的思想，认为他蔑视功名利禄，傲视王侯公卿。这种看法互相沿袭，广为传播，近几年来且有所发展，如有的说他“敢于蔑视权贵，鄙弃功名。敢于触世网，向封建礼教挑战”，具有“叛逆性格”（惠淇源《“忍把浮名，换了浅斟低唱”——从柳永的叛逆性格谈起》，《艺谭》1984年第3期）；有的说他“在功名绝望后，别无出路”，“便真像词中所说，去向另一种生活方式去‘寻访’寄托”，“寄迹烟花巷陌，沉溺酒香舞影，纵娱酣歌，风流放浪”了（盖国梁《论柳永词》，《文学评论丛刊》第十三辑），如此等等，几成定论。

鲁迅先生在《“题未定”草》一文中曾说：“倘要论文，最好是顾及全篇，并且顾及作者的全人，以及他所处的社会状态，这才较为确凿。”“倘有取舍，即非全人，若加抑扬，更离真实。”（《且介亭二集》）我们认为对柳永思想的上述流行看法，正是违背了鲁迅先生提出的这条原则，既没有顾及柳永“所处的社会状态”，忽视了柳永思想的时代性；也没有顾及柳永的“全人”和“全篇”，对他的思想作了片面的评述，完全是一种皮相之见，并不符合柳永思想的实际。

柳永历经宋初太宗、真宗、仁宗三朝，他所生活的时代是中国封建社会经济再度上升的时期。这个时期，由于宋王朝采取了一系列奖励生产发展的措施，经过六十多年的休养生息，农业生产迅速得到了恢复和发展，出现了一个“四方无事，百姓康乐，户口蕃庶，田野日辟”（《宋史·食货志》）的繁荣景象。手工业也比唐代有了更大的发展，出现了专业化程度很高、规模很大的手工业坊场。这些坊场雇佣了成百上千的工匠，显示了手工业高度发达的程度。在农业和手工业发展的基础上，中国封建社会内部的商品经济空前发展，国内出现了许多商业大都市，如东京（开封）、成都、兴元（南郑）、杭州、明州（鄞县）、广州等。在这些商业都市里，人烟浩闹，车马喧阗，歌吹沸天，一片欢腾，形成了宋初百年间“两世太平”“四朝全盛”暂时的表面繁荣。

早在宋代建国之初，宋太祖赵匡胤“杯酒释兵权”时，就鼓励官僚大臣“多积金银，厚自娱乐”“多置歌儿舞女，日饮酒相欢，以终其天年”。（《涑水纪闻》）封建经济的回升，社会表面的繁荣，使封建统治者非常陶醉，至乾德五年又诏示天下说："朝廷无事，区宇咸宁，况年谷屡丰，宜士民之纵乐。"真宗赵恒因"天下太平，朝廷无事"，更于禁中请客，"与朝臣共乐""促坐语笑"，赏赐极丰。群臣辞谢，赵恒还说："时和岁丰，中外康阜，恨不与卿等日夕相会，太平难遇，此物助卿等燕集之费。"君臣宴乐，直至四鼓方罢。在帝王的倡导、鼓励下，一时馆阁大臣，如一代名臣寇准、太平宰相晏殊等，"未尝一日不宴饮"，而"世弗非之"。大小文武百官，也无不朝夕宴游。《梦溪笔谈》记载说："时天下无事，许臣僚择胜燕饮。当时侍从文官士大夫（各）为燕集，以至市楼酒肆，皆供帐为游息之地。"朝廷上下，一片歌舞升平。

恩格斯说："当一种生产方式处在自身发展的上升阶段的时候，甚至在和这种生产方式相适应分配方式里吃了亏的那些人也会热烈欢迎这种生产方式。……不仅如此，当这种生产方式对于社会还是正常的时候，满意于这种分配的情绪，总的来说，也会占支配的地位。"宋初百年间是封建经济上升发展的时期，"生产方式对于社会还是正常的"。宋初的社会在长期动乱之后比较安定，人民的生活在生产发展的基础上有所改善，因而一般的人总的来说满意情绪是占支配的地位，他们也无不对一时的太平景象感到兴高采烈，纵情享乐，"垂髫之童，但习鼓舞，班白之老，不识干戈，时节相次，各有观赏"。（《东京梦华录》）在当时的东京，出现了大量的茶坊酒肆、瓦舍勾栏、歌楼妓馆，供都人游乐，据宋人笔记的记载，东京仅大型的高级酒楼有七十二户，中小酒楼“不能遍数”，其中规模最大的白矾楼，“饮徒常千余人”。大小勾栏五十余座，最大的“可容数千人”，扮演各色伎艺，“不以风雨寒暑，诸棚看人日日如是。”（《东京梦华录》）广大的都城人民也都沉浸在太平的欢乐里，生活也极为奢侈。

柳永年轻时生活在东京，他的思想与他的时代和社会环境有着密切的关系。当时的东京是帝都，朝廷上下弥漫着一种“太平时，朝野多欢”的欢乐气氛。在这种氛围里，他在思想上也是“陶陶且醉太平，且乐唐虞景化”。（《乐章集·抛球乐》）他在许多词里，都曾表述了这种思想，如：

……太平世。少年时，忍把韶光轻弃。……愿长绳，且把飞鸟系。任好从容痛饮，谁能惜醉。（《长寿乐》）

……卖花巷陌，放灯台榭。好时节，怎生轻舍？……素光里，更堪游冶。（《甘州令》）

……渐渐园林明媚。便好安排欢计。论篮买花，盈车载酒，百琲千金邀妓，何妨沉醉。（《剔银灯》）

……恁好景佳辰，怎忍虚设？……杯兴方浓，莫便中辍。（《应天长》）

他的《鹤冲天》也是这种具有时代气息的思想的一种

表现。青年柳永在“黄金榜上，偶失龙头望”以后，是十分惆怅的，“明代暂遗贤，如何向”一句，就充分透露了他渴求功名利禄的心情。“何须”“幸有”“且恁”“忍把”，也都从不同的侧面反映了他对功名利禄未能忘情。但是由于他头脑中那种“好时节，怎生轻舍”“好景佳辰，怎忍虚设”的具有时代性的思想，他“未遂风云便”，就去“恣游狂荡”了。“青春都一饷”，还是“且恁偎红倚翠”，及时享乐吧！这是那个时代封建文人学士共有的一种思想，也大量出现在他同代其他一些词人的词中，如晏殊在词中说：

……一声声，齐唱太平年。……又何妨沉醉玉尊前。（《拂霓裳》）

……劝君绿酒金杯。莫嫌丝管声催。兔走乌飞不住，人生几度三台。（《清平乐》）

……绿水悠悠天杳杳。浮生岂得长年少。莫惜醉来开口笑。须信道。人生万事何时了。（《渔家傲》）

……长安多少名利身。若有一杯香桂酒，莫辞花下醉芳茵。且留春。（《酒泉子》）

再如欧阳修在词中说：

……便好开尊夸酒量。酒阑莫遣笙歌放。此去青春都

一饷。休怅望。瑶林即日堪寻访。(《渔家傲》)

酒美春浓花世界。得意人人千万态。莫教辜负艳阳天，过了堆金何处买。(《玉楼春》)

好妓好歌喉。不醉难休。劝君满满酌金瓯。纵使花前常病酒，也是风流。(《浪淘沙》)

……风过小池轻浪起，似江皋。千金莫惜买香醪。且陶陶。(《贺圣朝影》)

所以，柳永的《鹤冲天》根本不是像一些评论所说的表现了对功名富贵的“轻蔑”“否定”，对封建统治者的“狂傲”“反抗”。

同时，我们只要对柳永一生的行事稍加考索，也会发现柳永从落第以后，直到离开人世，终其一生也没有忘却功名利禄。他屡试不第，不仅没有消沉，绝意仕进，相反却“始悔以文词先得名为己累”(《宋稗类钞》卷五)，原名三变，后更名为永，去应试博取功名，直到景祐元年，他五十多岁时，方登进士第。柳永及第后，先后曾任睦州推官、晓峰盐场监官等职。在睦州任上，他供职甚勤，颇有政绩，得到州守吕蔚的赏识(《石林燕语》卷六)；在晓峰盐场任上，他曾写了一首《鬻海歌》，在诗中提出了“去兵”“辍征”“罢盐铁”的政治主张，希望宋仁宗能关心民瘼，恢复三代之治：“愿广皇仁到海滨”“化作夏商周时节”，完全是儒家积极用世的思想，并没有消沉，也没有“向另一种生活方式去寻访寄托”。柳永在江浙一带做了十多年的地方官后，至皇祐中，他已是六十多岁的老人了，在政途上也仍然不甘寂寞。时“会改京官”，他因“久困选调”，还作宫词《醉蓬莱》，求助内官达后宫，以冀进用。王辟之的《渑水燕谈录》记其事甚详：“皇佑中，（永）久困选调，入内都知史某爱其才而怜其潦倒，会教坊进新曲《醉蓬莱》，时司天台奏：‘老人星见。’史乘仁宗之悦，以耆卿应制。耆卿方冀进用，欣然走笔，甚自得意，词名《醉蓬莱慢》。”只是因语不称旨，又一次得罪了仁宗，才不复擢用。但在这次献词应制失败后，他也仍然没有死心，又“亲诣政府”，上访晏殊，请求改官。张舜民《画墁录》说：“柳三变既以词忤仁庙，吏部不放改官。三变不能堪，诣政府。晏公曰：‘贤俊作曲子么？’三变曰：‘只如相公亦作曲子。’公曰：‘殊虽作曲子，不曾道：彩线慵拈伴伊坐。’柳遂退。”柳永自此便结束了仕宦生活，终屯田员外郎。从柳永后半生来看，他从来也不蔑视功名富贵、不傲视王侯公卿。

柳永后期的思想自然是比较复杂的，与前期的思想相比有些不同。他在登上仕途后，因为是外任文官，磨勘转官“须至京引对”（《春明退朝录》），经常过着一种漂泊不定的游宦生活；又因官卑职小，转职要独自乘舟或单人骑马前往，旅途是十分孤寂、凄凉的。不论是“潇潇暮雨”的清秋，还是“千里火云烧”的炎夏，他都得“扁舟一叶”“渺渺烟波东去”，或是“匹马驱驱”“独自向前途”。旅途的劳顿、年华的逝去、佳人又难重偶，常使他怀念过去的生活，产生一种“厌行役”“惜芳辰”的情绪，对功名利禄表现出了一定程度的厌倦。他曾说：“晚岁光阴能几许？这巧宦，不须多取。”（《思归乐》）“屈指劳生百岁期，荣瘁相随。”，“红颜成白发，极品何为？”（《看花回》）等等。但我们认为，这种“厌倦”，并不是对功名利禄的蔑视和否定，而只是对过去享乐生活的流连。他在这一类的词中曾说，“暗想从前，未名未禄，绮陌红楼，往往经岁迁延”（《戚氏》）；“追思往昔年少。继日恁、把酒听歌，量金买笑”（《古倾杯》）；而如今“游宦成羁旅”，却不能再过那种“偎香偎暖，嬉游惯”的生活了。他“难忘，文期酒会，几孤风月，屡变风霜”。（《玉蝴蝶》）他“恨浮名牵系”，不能与佳人“恣情浓睡”。（《殢人娇》）所以他说：“恁驱驱，何时是了，又争似却返瑶京，重买千金笑。”（《轮台子》）与其“浪萍风梗”“孤馆独眠”，还不如“浮名利，拟拚休，是非莫挂心头”，且“向帷幄，醉倚芳姿睡”了。他的厌弃功名利禄，只是因为漂泊不定的游宦生活，使他失去了“偎红倚翠”“幽欢佳会”的享乐生活。这种思想与《鹤冲天》一词的思想是一脉相承的，表面上是厌弃功名，而实质上却是他“且乐太平”思想的另一种形式的表现。

二

柳永是一个通晓音律的词人。由于仕途失意，他一生中常出入于秦楼楚馆，与妓女的关系非常密切。“妓者爱其有词名，能移宫换羽；一经品题，声价十倍”（《醉翁谈录》丙集卷之二），多求永为词。相传他“死之日，家无余财，群妓合葬之于南门外，每春月上冢，谓之吊柳七”。（《方舆胜览》）在他的《乐章集》里有不少怀妓、咏妓之作。因而在柳永的评论中，还产生了一个流行的看法，就是认为他对被侮辱被践踏的妓女非常关心、同情。近几年来的一些评论更加发展、提高，认为柳永长期“置身于妓女、乐工中间，同她（他）们建立了深厚的友谊”“敢于和他们真心相待”“大胆地冲出了封建礼教的藩篱”。（惠淇源《“忍把浮名，换了浅斟低唱”——从柳永的叛逆性格谈起》,《艺谭》1984 年第 3 期）甚至说他“给妓女以应有的人的地位”“明显地反映出他所特有的‘人学’思想”，这种“人学”且是指“作家在作品中，如同高尔基所说的那样，用‘大写的字母’，给被社会践踏、遗弃了的、失去了人格尊严的人，以人的应有的地位，并赋予楚楚动人的美的形象”等。

我们认为，这种流行的看法也是脱离柳永“所处的社会状态”，对柳永思想片面的拔高。柳永经常出入于歌楼妓馆，这与宋代的社会风尚有着密切联系。在宋代，由于帝王提倡、政府允许，以妓女歌唱侑觞，是一种具有时代性的主要娱乐。当时，凡遇朝廷御宴、官府公筵、富户宴乐、三学斋会、缙绅同年会、乡会等活动，都常招妓祇应，社会舆论并不以招妓侍宴为不道德的行为。自上而下，狎妓成风，徽宗微行私幸李师师，理宗“呼妓入禁内”，爱幸唐安安，传为一时风流佳话。政府规定“阃帅、郡守等官”，均可“以官妓歌舞佐酒，然不得私侍枕席”。地方官府每有宴集或达官过境，都要命官妓歌唱侑觞。封建贵族和士大夫之家，都广蓄家妓，如韩琦、寇准、晏殊、欧阳修、宋祁等，都家有妙龄歌妓，以清讴娱宾遣兴，此风之盛，前代莫及。一般的士子、商人、市民，则于歌楼妓馆、平康诸巷，命妓歌唱、追欢买笑。东京的大酒楼，每至“向晚，灯烛荧煌，上下相照，浓妆妓女数百，聚于主廊槏面上，以待酒客呼唤，望之宛若神仙”。一些中小酒肆，“又有下等妓女，不呼自来，筵前歌唱，……谓之‘劄客’，亦谓之‘打酒座’”。(《东京梦华录》)东京院街的东、西鸡儿巷、相国寺的寺南、寺北一带，都是妓女馆会，聚集着大量的私妓，供都人游乐。诸妓集中居住的平康里，“凡举子及新进士，三司幕府，但未通朝籍，未直馆殿者，咸可就游”。(《新编醉翁谈录》卷七)所以，宋代许多著名词人，如晏几道、秦观、周邦彦、吴文英、张炎等，都曾流连于歌楼妓馆，为歌妓们写作新词。柳永的“多游狭邪”，与他仕途失意虽有一定关系，但也是当时的一种社会风气，实无可厚非，更不必责其“无行”。

正因为狎妓是当时的一种社会风尚，所以柳永每至一处都遍游娼楼妓馆。“居京华”时，就“日与儇子纵游娼馆酒楼间”（《苕溪渔隐丛话》卷三十九）；至东都，则“游东都南北二巷”；过金陵，与友人“游陵宝宝家，得累日”；经南剑，“游于妓女朱玉之馆”；在江淮，“惓一官妓”等。他一生相好的妓女可以考见名姓的就有十余人，不知名姓的当更多。他对待妓女的态度完全是一种封建士大夫式的，他自命为“才子”，视心爱的妓女为“佳人”，把和她们的情爱看作是一种风流韵事。他在词中常说：“见了千花万柳，比并不如伊。未同欢，寸心暗许。……美人才子，合是相知。”（《玉蝴蝶》）“争如这多情，占得人间，千娇百媚。……自古及今，佳人才子，少得当年双美。”（《玉女摇仙佩》）“宠佳丽，算九衢红粉皆难比，……每相逢，月夕花朝，自有怜才深意。……风流事，难逢双美。”（《尉迟杯》）他对妓女的爱恋，并不是发自对她们的同情，而是多出于爱她们的色艺。他自己说：“访雨寻云，无非是奇容艳色。”（《满江红》）他爱的是妓女的“明眸”“素颈”“修蛾”“嫩脸”，或是清丽的歌喉，婆娑的舞姿，娇莺般的语言，特别令他倾倒的是那些“能做文人谈笑”，又会“属和新词”的色艺俱绝的妓女。他对这些佳人常恨“不早与伊相识”。他的思想并不像有些评论所说的与妓女同有“天涯沦落”之感，感情上是相通的。

因为在宋代尽管商品经济高度发达，出现新的经济因素，但社会经济的基本形态仍然是封建经济，还不能产生新的思想因素，因而柳永不可能产生“人学 ”思想，以平等的“人”来对待妓女，和妓女产生平等自由的爱情。

但是，柳永的思想也不完全同于他同时代的词人。他长期生活的东京，是当时东方第一大商业都市，在那里聚集着成千上万的富商大贾，官、私营手工业工匠、小商贩、个体手工业者。据《宋会要辑稿》记载的资料统计，当时东京有各业商人两万多户，“资产百万者至多，十万以上，比比皆是”。(《续资治通鉴长编》卷八五）仅官营手工作坊的工匠有八万多人，私营手工作坊的工匠数量也相当可观，还有不计其数的小商小贩和个体手工业者，这就形成了一个人数众多的市民阶层。柳永不像晏、欧生活于高门深院，过着轻歌曼舞的生活，他长期流连坊曲，出入市井，有机会接触市民生活，受到市民思想的影响，因而他在对待妓女的态度上就涂上了一层薄薄的市民思想的色彩。柳永有一首很少为人引用的词《传花枝》，就颇能表现他这种思想色彩：

平生身负，风流才调。口儿里、道知张陈赵。唱新词，改难令，总知颠倒。解刷扮，能哄嗽，表里都峭。每遇著、饮席歌筵，人人尽道。可惜许老了。　阎罗大伯曾教来，道人生、但不须烦恼。遇良辰，当美景，追欢买笑。剩活取百十年，只恁厮好。若限满、鬼使来追，待倩个、掩通著到。

这首词与关汉卿的【南吕】《一枝花·不伏老》在思想、格调上极其相似。它表现的思想既有风流才子“花中消遣”“酒内忘忧”的一面，又有市民阶层大胆追求物质生活的满足，及时享乐的一面。柳永因为受到市民思想的侵蚀，所以在他的怀妓、咏妓词中，出现了不少大胆露骨的肉欲描写。如《慢卷䌷》：“红茵翠被。当时事，一一堪垂泪，怎生得依前，似恁偎香倚暖，抱着日高犹睡。”《迎新春》：“良夜永，牵情无计奈。锦被里，余香犹在。怎得依前灯下，恣意怜娇态。”《菊花新》：“脱罗裳，恣情无限，留取帐前灯下，时时待看伊娇面。”《小镇西》：“意中有个人，芳颜二八，天然俏……百态千娇，再三偎着，再三香滑”等。柳永的思想实际上是“风流才子”和“市井浪人”两种思想的混合物，并不是“大胆冲破封建藩篱”的叛逆性，也没有任何反封建的意义。

我们这样评价柳永的思想，并不否定柳永在反映妓女生活方面也写过一些比较好的词。柳永在与妓女长期的交往中，对妓女的不幸遭遇和内心痛苦是了解的比较深切的，他为妓女歌唱而作的《定风波》《迷仙引》《锦堂春》等词，表达了妓女对幸福婚姻的追求、对自由爱情的向往，但这些词是代言体，必须投合听众的感情需求和艺术趣味，并不足以反映柳永的真实思想。他对一些色艺俱绝的妓女曾写过一些相思词，如《雨霖铃》《八声甘州》《凤栖梧》等，但这只能说明柳永对妓女有一定的真挚的感情，并不能证明他具有“人学”思想。因为这类词在他同时代词人的词中也不乏其例，如欧阳修的《定风波》（“把酒花前欲问伊”）、《锦香囊》（“一寸相思无著处”）、《洞仙歌令》（“楼前乱草”）、《千秋岁》（“罗衫满袖尽是忆伊泪”）、《玉楼春》（“尊前拟把归期说”）等，都是写对歌妓相思之情的，也写得情意绵绵，真挚动人，但我们决不能说欧阳修“给妓女以应有的人的地位”，具有“人学”思想。因此，我们对柳永的思想，只能按他原来的样子还他本来面目，不能为了要肯定他和他的词而加以拔高、美化。他思想上的一些缺陷是时代的问题，我们也不应用今天的标准去苛求古人。

如果我们能对柳永的思想有一个比较一致的认识，那么我们对他的评价就会比较准确，对他《乐章集》中那些反映了时代面貌、具有时代气息的词，也就可以作出比较公允的评价了。

原刊《学术月刊》1985 年 5 月期

王安石与秦淮小宅

王安石二次罢相后，晚年退居江宁半山园，过着悠闲自在的生活，这是大家都了解的。但他最后几年移居城里秦淮小宅，凄凉地度过了他一生中最后的岁月，并病逝于小宅中，这些就鲜为人知了。这座秦淮小宅在哪里，王安石在那里的生活怎样，已出版的几部传记都语焉不详，且多误认为他病卒于半山园（梁启超《王安石传》、张白山《王安石》、汤江浩《王安石——勇进人生》都未云卒于何处；邓广铭《北宋政治改革家王安石》云卒于“江宁城内的秦淮河畔”“一个小小的独院”里，但语焉不详；柯敦柏《王安石》、李建盛《王安石传》误云“病卒于钟山”）。王安石移居秦淮小宅的一段生活对王安石盖棺定论是颇为重要的，为了准确地评价王安石，略加考察特作一介绍。

王安石自熙宁七年（1074）后，身体就一直比较虚弱，他在《再答吕吉甫书》中说：“某今虽无大病，然年弥高矣，衰亦滋极。稍事劳动，便不支持。”（《王文公文集》卷六《再答吕吉甫》）元丰七年（1084）春天，他得了一场重病：目眩头昏，气闷多痰，背上还生了疮，一时“众病并作”，五六十日卧床不起。他在《病中睡起折杏花数枝二首》诗中说：“独卧南窗榻，翛然五六旬。已闻邻杏好，故挽一枝春。”还说：“独卧无心起，春风闭寂寥。鸟声谁唤汝？屋角故相撩。”（《临川先生文集》卷二十六，四部丛刊本）他虽病重，对生活仍饶有情趣，还特地摘了杏花；听到鸟声，还觉得是在撩逗自己。但他的病却愈来愈重，竟至“二日不言”，稍微苏醒时，他对夫人说：“夫妇之情，偶合尔，不须他念。”又握着他的侄婿叶涛的手说：“君聪明，宜博读佛书，慎勿徒劳作世间言语，安石生来多枉费力，作闲文字，深自悔责。”他的夫人劝他不宜说这样的话。他又说：“生死无常，吾恐时至不能发言，及今叙此，时至则行，何用君劝。”（顾栋高《王荆国文公年谱》卷下引《宋名臣言行录》）

王安石病危的消息传到京城，神宗赵顼十分关切，立即令蔡卞（王安石女婿）到江宁“传宣抚问”，继而又遣医送药，为王安石医治。经过国医的多方疗治，王安石的“背疮余毒”“敷贴平完”；“风气冒闷，言语蹇涩”“寻皆痊愈”（《王文公文集》卷十九《谢宣医札子》）。王安石病愈后，为病重时对夫人和叶涛说的话深自悔责，觉得自己“虽识尽天下理，而定力尚浅。……应尚竭力修为”。

（顾栋高《王荆国文公年谱》卷下，中华书局《王安石年谱》三种本）他经历了这次生与死的搏斗，仿佛大彻大悟，他在诗中说：“烦疴脱然愈，静若遗身觉。”（《临川先生文集》卷三《病起》，四部丛刊本）他为了答谢神宗对自己的垂爱，这年六月，他上书请求把自己半山园的住宅改为僧寺，“永远祝延圣寿”（《王文公文集》卷十九《乞以所居园屋为僧寺乞赐额札子》）。并由神宗命名为“报宁禅寺”；还请求把他在上元县购置的荒熟田一律割归蒋山太平兴国寺，为他的亲人营办功德（《王文公文集》卷十九《乞将荒熟田割入蒋山常住札子》，上海人民出版社1978年版）。这年秋天，他就和家人搬往江宁城内赁屋居住，这座租屋名叫秦淮小宅。

由于历史变迁，秦淮小宅今已无遗迹可寻。据宋人周应合的记载，这所租屋即江宁县治后的废惠民药局。他在《景定建康志》卷二十四《风土志》中说：“元丰之末，公被疾，奏舍此宅（指半山园）为寺，……病愈，僦城中屋以居，不复造宅。父老曰：‘今江宁治后废惠民药局，其地即公城中所僦之宅也。’”（李壁《王荆公诗注》卷四《题半山寺壁二首注》）江宁原为南唐都城，故宫“在今内桥北，上元县中兵马司卢妃巷是其地，相传内桥为宫之正门所直”（顾起元《客座赘语》卷一《南唐宫阙》，中华书局1987年本）。宋灭南唐后，以南唐旧宫为府治，陈文述说：“北宋府治，即南唐旧宫，在内桥卢妃巷广储仓一带。”（陈文述《秣陵集》卷一《建康府考》光绪十年淮南书局刻本）南宋初，又以府治为行宫，《景定建康志》卷二十四云：“绍兴三年，以府治建为行宫，以转运衙改为府治，在行宫之东南隅，秦淮水之北。”江宁府治当在内桥之北，秦淮水从其旁流过。惠民局是宋代官营出售成药的卖药所，后又设立和剂局为治药所，取治药以济四方之意，合称惠民药局（《宋史》卷一六五《职官志》，中华书局 1975 年版；《铁围山丛谈》卷六，中华书局 1983 年版；《癸辛杂识别集》卷上《和济药局》，中华书局 1988 年版）当时的惠民药局在行宫西面，为旧安抚司佥厅，《景定建康志》说：“（行宫）西花园在安抚司佥厅，马公光祖改为惠民药局。”（周应合《景定建康志》卷二十四《府治》）王安石的秦淮小宅就在行宫与秦淮河之间这块地方。府县旧衙和惠民药局，今虽荡然无存，但内桥、卢妃巷（今洪武路）等地名尚存。根据内桥之南，秦淮河之北的方位来推测，这座秦淮小宅的所在就大体上可以确定了。绍兴二十八年（1150），周必大在建康任教官时，曾亲自到过这座秦淮小宅。他在《记金陵登览》中说：“金陵旧因李氏宫城为牙署，车驾南渡复取为行宫，而以漕司为府治云。……漕司北厅乃王介甫宅，既舍半山寺，遂居城中。府中有三段石，吴孙皓时碑。”（周必大《二老堂杂志》卷五《丛书集成初编》本）漕司即转运衙，王安石的住宅就在“漕司北厅”，南宋时遗迹尚存。周必大任职金陵时，上距王安石逝世六十四年，时间不算太久，应该是比较可信的。

这座秦淮小宅原是漕司旧厅，只有老屋数椽，非常简陋，位于秦淮河畔一条僻静的小巷内，河边有一排排柳树，巷内有两三户人家，宅前有个小院种了些花木。他在《金陵即事三首》中说：“水际柴门一半开，小桥分路入青苔。背人照影无穷柳，隔屋吹香并是梅。”“结绮临春歌舞地，荒蹊狭巷两三家。东风漫漫吹桃李，非复当年仗外花。”（《临川先生文集》卷三十《金陵即事三首》，四部丛刊本）环境十分幽静。那时从秦淮河的水路可以直达半山园。他怀念钟山时可乘舟前往。元丰八年春天，他就曾扶病乘舟回过一次半山园。他在诗中说：“强扶衰病牵淮舸，尚怯春风泝午潮，花与新吾如有意，山于何处不相招。”（《临川先生文集》卷二十九《秦淮泛舟》，四部丛刊本）他称秦淮小宅为“新屋”，称半山园为“故园”，说：“溯筏开新屋，扶舆绕故园。……难忘旧时处，欲宿愧桑门。”（《临川先生文集》卷十四《过故居》，四部丛刊本）他虽难忘半山园，但觉有“愧桑门”，终于离开了。他在秦淮小宅中摒弃了世俗的追求，有时“卧听檐雨泻秋风”“卧看蜘蛛结网丝”，有时与来访的友人清谈、下棋；有时焚香读佛。王安石生性简率，不事修饰奉养，城中的住屋既破旧又狭窄。有一年秋天，气温特高，秋热虐人，他老衰难耐，就用芦竹编成架棚，上面再盖上松枝以逃暑热，赤身露坐棚下以待宾客。他在《秋热》诗中描绘当时的情景说：

火腾为虐不可摧，屋窄无所逃吾骸。织芦编竹继榈宇，架以松栎之条枚。岂惟宾至得清坐，因有余地苏陪台。恕阳陵秋更暴横，燃我欲作昆明灰。金流玉熠何足怪，鸟焚鱼烂为可哀。忆我少年亦值此，翛然但以书自埋。老衰奄奄气易夺，抚卷岂复能低回。西风忽送中夜湿，六合一气窑新开。帘窗幕户便防冷，且恐霰雪相随来。（《临川先生文集》卷五《秋热》，四部丛刊本）

这所屋子不仅夏天不能防暑，而且冬天不能防寒。王安石说他以前居江宁时，也遇到过暑热，但那时年少并不介意，“但以书自埋”；而今“老衰”便不堪忍受了。这首诗石印本上原有“一僧跋云：‘元丰末，公居金陵秦淮小宅，甚热中，折松枝架栏御暑，因有此作’”。可知这是一篇纪实之作，忠实地记下了他晚年生活的一个侧面。李壁十分感慨地说：“公以前宰相奉祠，居处之陋乃至于此。今之崇饰第宅者，视此得无愧乎！”（李壁《王荆公诗注》卷五，影印文渊阁四库全书本）当时一些南渡官员退职后崇饰第宅，贪图享乐，而一个前宰相的住房却如此简陋，足见王安石暮年生活之俭朴，自律之严了。

王安石临终前一年，朝中政局发生了重大变化。元丰八年三月，年仅三十八岁的宋神宗突然去世，王安石失掉了政治上的倚靠，他想到神宗对自己的知遇与关爱，不禁悲怆欲绝，沉痛地写了一首挽诗，伤心地说：“城阙宫车转，山林隧路归。……老臣他日泪，湖海想遗衣。”（《王文公文集》卷七十八《神宗皇帝挽辞》，上海人民出版社1974年版）神宗逝后，保守派得势，这年五月，司马光入朝秉政，新法尽废，七月罢保甲法，十一月罢方田法，十二月罢市易法，元祐元年二月罢青苗法，三月罢免役，“不数月间，划革略尽”（《宋史》卷三三六《司马光传》，中华书局1975年版）。当王安石听到罢免役法时，“愕然失声曰：‘亦罢至此乎？’良久曰：‘此法终不可罢。安石与先帝议之两年乃行，无不曲尽。’”（转引自顾栋高《王荆国文公年谱》，见《王安石年谱三种》第124页，中华书局1994年版）。与此同时，熙丰旧臣也尽遭窜逐，元祐元年二月，蔡确黜知陈州，章惇黜知汝州，六月窜吕惠卿于建州，窜邓绾于滁州等，凡与安石游者，无不尽遭诋毁，新法遭到了全面的毁坏。王安石虽远离朝廷，仍然关注着政坛的变化，心念改革的命运。他在一封家信中说：“予老病，皮肉皆消。为国忧者，新法变更尽矣！”（《元丰乙丑七月既望寓金陵官舍介甫与弟纯甫书》）他在病后虽努力使自己超然物外，但他最终仍不能忘怀新政，他在《杖藜》诗中说：“尧桀是非时入梦，因知余习未全忘。”（《临川先生文集》卷二十七《杖藜》，四部丛刊本）他的内心十分痛苦，有人向他门下一个沽酒老兵了解他的“动止”，老兵说：“相公每日只在书院中读书，时时以手抚床而叹，人莫喻其意。”（陆友《研北杂志》引自《宋人轶事汇编》卷十，中华书局 1981 年版）他看到改革的成果毁于一瞬，无比忧愤，在精神上受到了沉重的打击。

元祐元年（1086）二月，王安石连续受到神宗之死和新法尽废的刺激，身心交瘁，原来“小愈”的身体又一次病了。到三月末，他已知沉疴难起，写下了他的绝笔《新花》，表示他将不久人世。陆游在《家世旧闻》中追记其事说：“荆公元祐改元三月末间，疾已甚，犹折花数枝，置床前，作诗曰：‘老年少欢豫，况复病在床。汲水置新花，取慰此流光。流光只须臾，我亦岂久长。新花与故我，已矣两相忘。’自此至没，不复作诗。此篇盖绝笔也。”（陆游《家世旧闻》卷下，中华书局 1993 年版）陆游的祖父陆佃是王安石的门生，王安石逝后曾“率诸生供佛，哭而祭之”“未几，知江宁府，甫至”即又去祭王安石墓，是很尊重王安石的。这是陆游从他祖父那里听来的遗闻轶事，当是十分真实的。王安石在诗中坦白承认了他晚年的心境，“少欢豫”而又多病。他爱花爱生命，却不久长了。就在他写下《新花》诗后的七八天，元祐元年四月六日，他就满怀忧愤溘然长逝了。

秦淮小宅是王安石最后的住所，他放弃了全部的田地房产，住在一座简陋的老屋里，过着俭朴的生活，这表现了一个改革家的晚节；他在最后的岁月里思想上虽然存在着许多矛盾，但他至死坚守自己的政治信念，始终不忘改革的命运，这一切秦淮小宅是最好的见证。

附记：

读苏轼《西太一见王荆公旧诗偶次其韵二首》，其二云：

“但有樽中若下，何须墓上征西。闻道乌衣巷口，而今烟草凄迷。”

“闻道”二句，暗指王安石去世以后，旧居荒芜，可作秦淮小宅地理位置推论的参考。

原刊《古典文学知识》2003年第三期

石钟山“声若洪钟”的由来

一

石钟山是江西湖口境内的两座小山，位于南端滨近鄱阳湖口的叫上钟山，位于北端滨近长江的叫下钟山，两山南北对峙，合称双钟山。山以“石钟”为名，最早见于汉代桑钦的《水经》“彭蠡（即鄱阳湖）之口，有石钟山焉”。但石钟山为何以“石钟”为名，桑钦并未交待。北魏郦道元为《水经》作注，解释说这是因山体“下临深潭，微风鼓浪，水石相搏，声若洪钟”，因此而得名。但“水石相搏”怎会“声若洪钟”，人多不解而“常疑之”。至唐代，李渤任江州刺史时，亲往访其遗踪，于潭上得双石，“扣而聆之，南声函胡，北声清越，桴止响腾，余韵徐歇”，便认为是因二石扣之“铿然有声”，由此而得名。（见《苏轼文集编年笺注》卷一一《石钟山记》）至宋代，苏轼不满前人的“简”和“陋”，于元丰七年（1084）六月九日，送长子迈过湖口时，“乘小舟至绝壁下”，作了一次实地考察，见“大石侧立千仞，……山下皆石穴罅，不知其深浅，微波入焉”，“而大声发于水上，噌吰如钟鼓不绝”；在两山间入港口处，还发现“有大石当中流，可坐百人，空中而多窍，与风、水相吞吐。有窾坎镗鞳之声，与向之噌吰者相应，如乐作焉”，便认为这才是郦道元说的“水石相搏”的钟声，是石钟山真正得名之由来。苏轼之论出后，遂“众议定于一”“千古无改评矣”（见《湖口县志》卷九《艺文》、何乔新《石钟山赋并序》、邱濬《后石钟山赋并序》）。但苏轼父子二人游湖口时，时当六月涨水季节，他们并未到达石钟山脚下，亦未见岩洞，所言钟声之源，仍给后人留下了一些疑惑。

二

石钟山本是两座低矮的小山，原来名气并不大，迨苏轼《石钟山记》问世后，遂声名大噪。明代徐溥诗云：“长帽坡公有仙骨，平生好游山水窟。彭蠡湖头一放舟，石钟之山名愈出。”（见《湖口县志》卷九《艺文》）文因山成，山得文传，胜景名文，相得益彰。由于湖口地处交通要冲，为南来北往的必经之地，登石钟山又可一览匡庐烟雨，彭蠡波涛，因而历代途经这里的骚人墨客纷至沓来，均欲一探石钟之谜，故留下了大量的诗文，由宋及清不可胜数，清人李成谋专门搜辑编纂了《石钟山图志》，其中许多诗文记录下了人们对石钟山“山水相搏”“声若洪钟”的不懈探索。

最早的是南宋的周必大，乾道三年（1167）十月十七日，他泊舟湖口，往游石钟山，是时正当枯水季节，“县港仅能容舟，水稍落则不可泊”“江行望上下钟石，皆截嵲数十丈。及游其间，则岩穴亦有幽邃处”。他发现山麓有岩洞，“洞内多熙、丰、崇、观以来士大夫题字”。这说明在熙宁、元丰时，岩洞就已被发现，且有人进洞游览。但他们没有遇到大风急浪，也就没有听到钟声。他在洞外看到“一石高四尺，扣之硿硿然”，而“他石否然”，便认为“李渤所谓南声北音，亦未为无据”。（见周必大《泛舟游山录》卷三）苏轼父子与周必大相反，夜游石钟山时，岩洞为水淹没，也没有听到郦道元听到的钟声。两位文忠公都没有遇上发现的契机，因而就都未能真正破解响钟之谜。

石钟山是由石灰岩构成的，山体下部受江水和湖水的溶蚀冲刷，溶洞特别发达。山麓的石钟洞是个很大的穹形溶洞，可容千人，而且洞中有洞，深邃幽远。明清时，曾有不少人入洞，进行过考察，其中有些遇上急风巨浪，就发现了“声若洪钟”的奥秘。明初的李龄早年读《石钟山记》“尝疑其论”。正统十四年（1449）提学江西时，找了一个当地老人高嵩作向导，曾两次亲往探访，“详察南北诸石”。第一次至北钟山，见“山皆大石，侧立于江滨，高可千余尺”，他们“登舟造钟山之下，俯而观之，石皆穴罅”。但那天“水落风息，不能鸣钟”，因而未能探得石钟之谜。第二次与进士梅君愈又由高嵩陪同，“乘舟至其处”，此日恰遇“风怒浪急，舟不能舣”，乃上到山上小轩聆之，听到诚噌吰如洪钟然”。次日，他们又至南钟山，看到南钟石也是“下俱穴窍，风水搏之，皆能有声”。这些巨石“中空而下虚，故其音如洪钟”。这就说明了石（岩洞）、水（急浪）、大风三者相互作用是“声若洪钟”的由来，“良足以破千古之疑矣”，同时，他也考察了南、北二钟山间港口地方的情状，“疑苏公当日所游，乃港口稍南之景”，“南北钟山恐未到也”。（见《湖口县志》卷九《艺文》、石钟山后记》）他们对苏轼夜游石钟之山，提出了质疑。

稍晚于李龄的夏寅，提学江西时也曾对石钟山进行多次实地考察，对声若洪钟“颇得其情状”。他在冬季去时，“冬暮水枯”，看到岩洞里“去旧痕二、三尺许，石皆巉峭空洞，渔人住来，深入其中，仰视如高屋。下崖差小舟过中流，则响应如人抵掌，謦咳于灵谷渊坑者”。他发现人在岩洞中拍手、咳嗽、谈笑，就如同在深谷中一样回声很响。春夏去时，因水大“风波相激，则长鸣如钟鼓不绝也”。他委婉地批评苏轼说：“李渤谬妄，宜苏陋之，而子瞻景钟、元射之说，予亦不能明其何见也。”（《湖口县志》卷九《艺文·石钟山集序》）其后同样的记载还有很多，如商辂《石钟山集序》说，石钟山“多空中而窍，遇风涛激荡，有声如钟”。（《湖口县志》卷九上《艺文·文征》）王昶曾读书山中，编有《石钟山志》，在诗中也说“……顾我读书颇好静，痴心负笈此中栖。一日大风发沆漭，洪涛击石作钟响”。（同上）朱秉器在《河上楮谈》中说：“山下有岩洞，江涛流转，触而成声”等。这些都说明石钟山的钟声，是由大风、急浪，冲击岩洞三者共同作用而发出的，刘克庄且说，此钟声“非风无以发之”（《石村先生大全集》卷110），风是其中一个重要的条件，其日若不遇大风，也不可能发现这个奥秘。

明代著名学者罗洪先初读《石钟山记》，对苏公的“水石相搏，声若洪钟”，原来也“不详其故”。万历三十四年（1606）途经湖口，遂往一探其实。他至上钟山，“是时水未涨，山麓尽出，缘石以登”，入其中，岩洞很大，“皆若钟形”（中空），由此悟到发声的奥秘。他说：“音固由窾（空）以出，苟实其中，亦复喑然。故钟之制，甬（通）则震，弇（深）则郁，是石钟者，中虚外窾为之也。虚者大，窾者小，故出之有余而应且远。”由于石钟山中空有共震作用，水落洞出，无水时不会发出钟声；而“苟实其中”，灌满水时，也不能发出钟声；只有在水灌入岩洞，水位未达洞顶时，风兴浪作，风水相吞吐，冲击洞壁，才会产生砰訇之声，回音激荡，犹如阵阵钟声。风愈大，浪愈急，声愈洪，这就是“水石相搏，声若洪钟”的原由。他还以瓮、盎、罂、卣四种小口大腹的容器为喻，进一步从声学原理上作了说明：“夫瓮、盎、罂、卣均虚器也，注之水，则瓮盎不若罂卣之声，此中外、大小辨也。”（《念庵先生文集》卷五《石钟山记》）敲击空腹罂卣，比敲击注水瓮盎发出的声音要响亮，证明石钟山是因山体中空，波涛搏击时，方能发出洪亮的钟声，对石钟山的钟声作了令人信服的解说。

及至清代，石钟山多岩洞，愈益广为人知水石相搏，响若洪钟的原由也渐为人晓。清人笔记中就不乏记载。钱泳在《履园丛话》中说，乾隆时，过湖口，乘一小舟游石钟山，“时东北风甚急，仰见石壁，一削千仞，而怒涛搏石罅，其声果如洪钟”。这即是郦道元所说的“水石相搏，响若洪钟”的情状了。小舟后又至下钟崖，“系舟普陀庵下，循径而上，登怀苏亭，亭中碑刻东坡《石钟山记》。亭右即大江，丹崖林立，嵌空玲珑，俯听钟声，宛在足底”。（《履园丛话》卷十八《石钟山》）其后王士祯过湖口，游下钟山。也发现“山根皆玲珑空罅，所激荡噌吰镗鞳，天籁出焉。”（见王士祯《北归志·地理志》）他们都说石壁下的岩洞，遇上急风、大浪，“怒涛搏石罅”，遂发出洪钟一般的钟声，进一步证实了石钟山得名之由来，终于解开了积年之疑。

三

苏轼的《石钟山记》是一篇游记。游记一般多侧重写景抒情，而这则游记却兼重叙事说理，不仅写得富于诗情画意，且深含哲理，因而获得了后世的一致好评。明代学者杨慎评曰："通篇讨论山水之幽胜，……其转折处，以人之疑，起己之疑，至见中流大石，始释己之疑，故此记遂为绝调。"（《三苏文范》卷十四）清人沈德潜评曰："记山水，并悟读书观理之法。……通体神行，末幅尤极得心应手之乐。"（《唐宋八大家读本》卷二十三）尤其是在文末揭示了凡事须"目见耳闻"，应重视调查研究，在二十世纪五十年代后备受推崇，被选入大、中、小学各类教材，风靡一时。

凡是读过苏轼《石钟山记》的人，都相信苏轼父子曾至石钟山，并亲耳听过"声若洪钟"的钟声。但实际上苏轼父子并未到达上、下钟山。明人李龄在《石钟山后记》中早就怀疑苏氏父子"当日所游乃港口稍南之景，……南北钟山恐未到也"。清人钱泳乾隆时过湖口，乘小舟游石钟山，"初见巨石无数，如楼阁然，汩没中流，而又有如牛马、如虎豹者，盘踞于楼阁之下……"更进一步坐实了港口乃苏轼父子夜游石钟山之地（《履园丛话》卷十八）。后来湘军首领曾国藩督师江西，亦曾"棹小舟至钟山下，寻石洞入，可数十丈，仍由东大石下出。大石即东坡所称可坐百人者也”。（李成谋等《石钟山图志》卷十二《文征》）由此可证苏轼父子实未到达石钟山，也未真正揭开石钟山的钟声之谜。

人们发现真理，往往受到许多客观条件的限制，需遇到一定的契机，破解石钟山“声若洪钟”之谜，也是如此。“耳闻目见”，实地考查，固然十分重要，但若不具备所须的条件，也难获其中的奥秘。宋代苏轼父子夜游石钟山时，是在六月涨水季节，其时岩洞没入水中，江水灌满岩洞，不能发声；周必大去石钟山时是在十一月枯水季节，见到了岩洞，但时无风浪，也没有听到钟声，因而均与“发现”失之交臂。明代李龄和夏寅两次去石钟山考察，第一次在“冬暮水枯”时，“水落风息”，没有听到鸣钟；第二次恰遇“风怒浪急”“风波相激”，始听到了长鸣不绝的钟声。由此可知，实地考查也得遇上一定的机缘。天下事理，仅凭“目见耳闻”，还是不够的，考察必须深入，方能获得真知。

沈园非复旧池台

——陆游与沈园的一段情缘

绍兴沈园是南宋越中著名的园林之一。宋室南渡后，绍兴因为邻近都城临安（今杭州），“士家最盛，园亭甲于浙东”（《西塘集·耆旧续闻》卷十），仅享誉一时的名园，就不下百数。这些园林经过风雨的侵蚀和战火的破坏，现多已倾废而荡然无存，能够保留至今的恐怕就只有沈园了。

沈园，原名沈氏园。祁彪佳《越中园亭记》说：“沈氏园，在郡城禹迹寺南，宋时池台极盛。”在南宋时是很有名气的。与沈氏园同时，还另有一个沈园，在“卧龙山之西，旧为虞二守园……后归沈孝廉”，园子较小，在明代就已荒废了。这个沈孝廉园子废后，沈氏园即称沈园。沈氏园旧址在绍兴城内东南角，占地十余亩，园内种植了绿柳、红枫、梅花，林木蓊郁，花草繁茂；还建有池台亭榭，回廊小桥，环境十分优美。园内有一座小土山，山上湖石重叠，山下石洞幽然。山上一株百年古松，挺拔高耸，几里外就能望到它的翠色。这是古沈园的一大景观，在越中名园中是独具特色的。

沈园尤其与众不同的地方还在于它有着深厚的文化底蕴，与大诗人陆游的一段爱情生活有着密切的关系。

陆游（1125—1210），字务观，号放翁，越州山阴（今浙江绍兴）人。《宋史・陆游传》说他“年十二能诗文，荫补承仕郎”，十八岁从曾幾（字吉甫，号茶山居士）学诗，早具文名，20 岁左右与唐琬结婚，十分伉俪相得，但因唐琬“不当母夫人意”，遂被迫劳燕分飞。（《齐东野语》卷一，《西塘集耆旧续闻》卷十）后来陆游另娶王氏为妻，唐琬也改嫁同郡宗子赵士程。两人各有所属，彼此也就音信隔绝了。

时光荏苒，岁月如流。七八年后，也就是宋高宗绍兴二十五年（1155），陆游参加进士考试，由于名列秦桧孙子之前，受到秦桧的嫉恨，在复试时被黜落，回到家乡绍兴闲居。当时沈氏园主人沈百万与陆游和赵士程都交往颇深。一天陆游独自一人到沈园去消愁散闷，在园中与前妻蓦然相遇。唐琬告诉赵士程，遣仆送去黄封酒、果馔，以“通殷勤”。陆游面对此情此景，怅然久之，挥笔在园壁上题下了那首传诵千古的《钗头凤》词：

红酥手，黄藤酒，满城春色宫墙柳。东风恶，欢情薄，一怀愁绪，几年离索。错、错、错！　春如旧，人空瘦，泪痕红浥鲛绡透。桃花落，闲池阁。山盟虽在，锦书难托。莫、莫、莫。

后来唐琬见到了这首词，牵动了自己的愁绪，也和了一首《钗头凤》，词中有“世情薄，人情恶，雨送黄昏花易落……人成各，今非昨，病魂长似秋千索”之句，不久就“怏怏而卒”了。

沈氏园，“后属许氏，又为汪之道宅”（《齐东野语》卷一），曾三易其主。宋高宗绍兴三十年（1160），陈鹄“弱冠客会稽（今绍兴）游许氏园”时，还曾“见壁间有陆放翁所题词……笔势飘逸”。宋孝宗淳熙间（1190—1194），过了30多年，“其壁犹存，好事者以竹木来护之”。大约到了宋宁宗嘉定年间（1208—1224），因沈园荒废，这个诗壁也遭破坏，“不复有矣”。（《西塘集耆旧续闻》卷十）陆游在题壁后，于绍兴二十八年（1158）出仕，先后担任过镇江通判、夔州通判、成都府路安抚使参议官等职，至六十五岁罢职，回到山阴，在府城西鉴湖三山西村，闲居了二十年之久。陆游历经宦海浮沉，虽已垂垂老矣，但与唐琬的沈园相遇，他仍始终不能忘情。光宗绍熙三年（1192）秋天，陆游已经68岁了，还专程到沈园凭吊，并赋诗记事。他在诗前小序中说："禹迹寺南有沈氏小园，四十年前尝题小阕壁间，偶复一到，而园已易主，刻小阕于石，读之怅然。"诗人见林亭依旧，当年题词墨迹尚存，而人去园空，小词则已移刻石上，抚今追昔，不胜沧桑之感，尝赋一律云：

枫叶初丹槲叶黄，河阳愁鬓怯新霜。林亭感旧空回首，泉路凭谁说断肠。坏壁醉题尘漠漠，断云幽梦事茫茫。年来妄念消除尽，回向蒲龛一炷香。

这时陆游已两鬓斑白，想起伤心的往事，却因生死殊途，无法诉说，只有焚香遥祭了。陆游在三山西村居住的二十年间，每入城必往沈园凭吊遗踪。宁宗庆元五年（1199），他已75岁高龄，又去旧地重游，写下了《沈园》绝句二首：

城上斜阳画角哀，沈园非复旧池台。伤心桥下春波绿，曾是惊鸿照影来。

梦断香消四十年，沈园柳老不吹绵。此身行作稽山土，犹吊遗踪一泫然。

这时的沈园，池台非旧，老柳凋残，那曾映照唐琬身影的桥下水波虽然依旧碧绿，伊人却已"梦断香消四十年"了。

古稀之年的老诗人面对春日的夕阳，听着悲凉的画角声，想到自己也行将化为稽山之土，不禁泫然泪下。

陆游与唐琬原本两情相好，一直未忍绝之，后被迫休弃，陆游内心深感愧疚。在沈园邂逅时，唐琬仍遣仆送酒致意，这令他始终难以忘怀。直至宁宗开禧元年（1205），陆游 81 岁，那年岁暮还梦游了沈园，写下了《十二月二日梦游沈氏园亭》绝句二首：

路近城南已怕行，沈家园里更伤情。香穿客袖梅花在，绿蘸寺桥春水生。

城南小陌又逢春，只见梅花不见人。玉骨久成泉下土，墨痕犹锁壁间尘。

沈园梅花依旧，诗壁犹在，而人已久逝，令人伤情。他至死也难忘那无辜被弃怏怏而卒的妻子，心灵的创伤无法平复，直到宁宗嘉定元年（1208）春天，陆游 84 岁，这也是他去世前一年，他还写了一首《春游》诗说：

沈家园里花如锦，半是当年识放翁。也信美人终作土，不堪幽梦太匆匆。

陆游这段爱情悲剧，最早见于宋人笔记，后经诗话和词话转录、辨证，还被编成戏曲搬上舞台，几乎成了一段家喻户晓的文坛佳话。沈园几易其主，在明代尚存，后来经过数百年沧桑，就大部分被破坏了。到解放后，这座名园原有的亭阁几乎已倾圮无遗，原址大部分成了菜畦，既无围墙，也无台榭，只有几间简陋的平房，四周长满了衰草和残菊。园内一角尚存一葫芦形的水池，池上有石板小桥，池中长满绿藻，池边有假山、水井，相传是当年的旧物。尽管沈园风物非旧，但由于一曲《钗头凤》传诵千古，沈园广为人知，凡是到绍兴的游人都要去寻访沈园。1962年10月，诗人郭沫若到绍兴，一个清晨就特地去游览了沈园，并依陆游《钗头凤》的原韵，填了一首词来描绘当时沈园的情景。其词曰：

宫墙柳，今乌有。沈园蜕变怀诗叟。和风袅，晨光好，满畦蔬菜，一池萍藻。草、草、草。

那天沈园主人的后代沈兴仁夫妇从上海回乡省亲，恰遇郭老来游，送郭老一册《陆游》以作纪念，郭老在词中表示感谢说：

沈家后，人情厚。《陆游》一册蒙相授。来归宁，为亲病，病情何似，医疗有庆。幸、幸、幸！

如今斯人已逝，古园犹存，怎不令人感慨万千！

1963年，沈园由于政府的重视，被列为省级重点文物保护单位，由国家拨巨款修复。自 1987 年以来，经过多次修葺，已初步恢复了往日的面貌。修复后的沈园占地 18 亩半，大门口门头上的横匾“沈氏园”三字，为郭沫若先生所题。园内建筑有双桂堂和冠芳楼东西峙立，孤鹤轩端居园中，左拥六朝井亭、闲云亭，右揽宋井亭、葫芦池。葫芦池中萍藻繁生，池边垂柳依依，紧贴水面有小石板桥，绕过水池不远，就看到诗境石和题词壁南北相望，壁上的碑刻为一代词宗夏承焘先生手书的《钗头凤》词。园内曲径回廊，花木扶疏，假山池塘，梅影点点。园右后方还新建了陆游纪念室，一进门立有陆游的塑像，室内陈设了陆游著作的各种版本。沈园的确是“非复旧池台”了，它不仅是越中一座景观名园，而且还是座文化园林。

沈园的复建显然与陆游的爱情故事有着密切关系。然而这个爱情故事由于南宋人记载存在异辞，清人多认为是“小说家傅会，不足深信”（王士禛《带经堂诗话》卷十八、吴骞《拜经楼诗话》卷三、吴照衡《莲子居词话》）。甚至还有不少人认为这首词是“蜀中冶游之作”，不是为唐琬而写的。但南宋人刘克庄的《后村诗话》曾说：“旧读此诗，不解其意，后见曾温伯，言其详。温伯名黯，茶山孙，受学于放翁。”刘克庄距陆游时代不远，又是从陆游老师曾幾之孙曾黯那里听到这个故事的。这说明陆游的《钗头凤》为感念前妻而作是有事实依据的。即使《钗头凤》为唐琬而作有争议，那六首沈园诗却是铁定的事实。

陆游与沈园的这段情缘是永远否定不了的，沈园将与陆游永远并存于后世。

原刊《寻根》2003 年第三期

宋代名优丁仙现

在我国戏剧史上，曾经产生了许许多多名噪一时的著名演员，如唐代的黄幡绰、宋代的丁仙现、元代的珠帘秀、明代的马锦、清代的魏长生等等。但是，我国自古以来视优伶为贱业，有关演员的材料，史传极少记载，因而绝大多数的著名演员都湮没无闻，使戏曲史留下了大量空白。演员的艺术活动是戏曲发展史的一个有机组成部分，对著名演员及其表演艺术的研究，应该受到重视。本文拟对宋代名优丁仙现作一考索，以期引起大家的兴趣，共同来填补这块空白。

一

丁仙现，一作丁先现，又作丁线见，是宋代著名的杂剧演员。他的生卒年月，现已很难确考。据宋人蔡絛《铁围山丛谈》记载，他在宋神宗“熙宁初”已颇负盛名，时年绝不会太小。“熙宁初”为 1070 年左右，假定他此时为二十五岁，则他约生于宋仁宗庆历五年（1045）。据宋人叶梦得《石林避暑录话》记载，丁仙现在宋徽宗“崇宁初”尚未退出教坊，仍然健在。假定他于崇宁末（1107）辞世（实际上可能要晚到大观年间），则知他的一生约活了七十多岁。这与朱彧所说的丁仙现衰老时已“在教坊数十年”（《萍洲可谈》）是完全相符的。因而丁仙现主要是活动在宋神宗和哲宗两朝，这个历史时期正是北宋经济从高度繁荣逐步走向衰退的一个转折年代。

丁仙现的乡里，没有一点记载，已无可考。据宋人笔记的一些零星资料，我们知道他在汴京（河南开封）开始他的艺术生涯，在教坊中度过了他的一生。汴京是北宋的都城，其时因太平日久，经济发达，十分繁华，人口达到一百四十多万，是世界上最大的城市之一。在这个大都市里，适应广大市民文化娱乐的需要，出现了许多固定的游乐场所——瓦子。据《东京梦华录》所载，当时汴京东角楼街“街南桑家瓦子，近北则中瓦，次里瓦。其中大小勾栏五十余座，内中瓦子莲花棚、牡丹棚，里瓦子夜叉棚、象棚最大，可容数千人。自丁先现、王团子、张七圣辈，后来多有人于此作场”。这些瓦子“不以风雨寒暑，诸棚看人，日日如是”“每日五更头回小杂剧，差晚看不及矣”。由此可知丁仙现曾在当时最大的瓦子勾栏里作场，是一个民间职业演员。在这些大剧场里，他能日日吸引住上千观众，见出他的杂剧表演艺术水平是很高的。

宋代帝王的娱乐由教坊供奉。据《宋史·乐志》说："宋初循旧制，置教坊，凡四部。……四方执艺之精者皆在籍中。"但是朝廷每遇内宴，仍常向民间征取，呼民间艺人一同参加演出。如内宴中的女弟子队、小儿队舞乃至作乐、杂剧等都是临时勾集的（《东京梦华录》）。因而当时民间许多伎艺出众的艺人常由此进入内廷。丁仙现在当时以"捷才知音"（才思敏捷、通晓音律）著名，遂被征入教坊。教坊中"有使、副使、判官、都色长、色长、高班、大小都知。……使、副岁阅杂剧，把色人分三等，遇三殿应奉人阙，即以次补"（《宋史·乐志·教坊》）。丁仙现进入内廷教坊后，熙宁初仍时在勾栏戏场演出；至元丰、元祐时，因才艺出众成为教坊中主要人物，被任命为"教坊使"（皇家剧团的团长），时俗呼之为"丁使""丁大使"。他在教坊的职责是"阅杂剧"、分角色、以次供奉朝廷；自己也登台参加演出，"凡国之庆事"，还要"进歌乐词"。他在教坊数十年，因供奉有劳，曾受到哲宗的奖赏。睿思殿的旧文簿上曾有"教坊使丁仙现祗应有劳，特赐银钱一文"的记载（《铁围山丛谈》），可见他不仅才艺出众，管理才干也是很突出的。

丁仙现进入教坊以后，仍一直保持着民间优人敢于刺上的优良传统，大胆对时事提出批评意见。他"自言及见前朝老乐工，间有优诨及人所不敢言者，不徒为谐谑，往往因以达下情。故……亦时时效之”（《石林避暑录话》）。他仿效前朝老乐工敢于直言以达下情，“在教坊数十年，每对御作诽，颇议正时事”（《萍洲可谈》）。积极以戏剧形式干预现实生活，反映民间疾苦。王安石当政时，推行新法，号令骤出，于人情每有不适，“故臣名士，往往力争其不可，且多被黜降”。一时朝臣噤若寒蝉，独一教坊使丁仙现敢于“肆其消谑”，可见他刚正不屈的气节了。

丁仙现的容貌，“俨然如大夫”。他很有可能是个落第的文士。在他担任教坊使时，副使丁石就是与宰相刘莘老同贡的举人，后因失途，才进入教坊（《过庭录》）。他们都有较高的文化水平。刘莘老拜相时，教坊长、副按朝廷故事前往庭参，刘莘老因他们出身文士，“引见于书室中”，对他们十分礼遇。因而丁仙现不仅能粉墨登场，而且能吟诗填词。现《草堂诗余》（后集）中就收录了他的一首【绛都春】《上元》词：

融和又报。乍瑞霭霁色，皇州春早。翠幰竞飞，玉勒争驰都门道。鳌山彩结蓬莱岛。向晚色、双龙衔照。绛绡楼上，彤芝盖底，仰瞻天表。　　飘渺。风传帝乐，庆三殿共赏，群仙同到。迤逦御香，飘满人间闻嬉笑。须臾一点星球小。渐隐隐、鸣鞘声杳。游人月下归来，洞天未晓。

这首词十分真实地描绘了汴京元宵灯节的盛况。上元之夜，鳌山（灯山）结彩，金碧相射，锦绣交辉。左右门上的草龙“密置灯烛数万盏，望之蜿蜒如双龙飞走”。宣德楼上“宫嫔嬉笑之声，下闻于外”，楼下露台上，“露台弟子、更互杂剧”，游人直至天色将晓，仍不散去（《东京梦华录》）。词中对都城的灯景之盛，或是宫廷观灯之乐的描写与史志的记载莫不一一相合。丁仙现一定曾亲历其境，还很可能参加过露台上的杂剧演出，否则这首词是不会写得如此形象真实的，这可看出他具有较高的文学素养。

二

宋杂剧是继承唐代参军戏传统，又吸收了歌舞、技艺等艺术特长发展而成的一种表演形式。《都城纪胜・瓦舍众伎》说：杂剧“大抵全以故事、世务为滑稽，本是鉴戒，或隐为谏诤也”。丁仙现发挥了杂剧“隐为谏诤”的功能，借史事和时事[①]，对现实生活进行讽刺、嘲弄，积极运用戏剧手段以达下情。他在民间剧场演出的情形，现无记载，已不可考，在内廷教坊的演出，据一些零星记载，我们知

① 冯沅君《古优解》：“宋杂剧的题材，则包括‘故事’与‘世务’。‘故事’当是过去的史事或传说，‘世务’当是当时的现有事件。”

道他上自帝王、宰相，下至官吏士夫，大自朝廷大事，小至文艺风尚，无不曾一一加以议论嘲讽：

一、对帝王、宰相的批评

元丰五年，神宗赵顼仿汉代原庙制度，在正庙之外又于禁中别立一庙（景灵宫）以祀先帝后。据《宋史·神宗本纪》载，这件事发生在元丰五年。该年十一月，“壬午，景灵宫成，告迁祖宗神御。癸未，初行酌献礼。乙酉，以奉安神御赦天下，官与享大臣子若孙一人”。这是一件劳民伤财之举，丁仙现在奉安大典的途中，曾以戏剧形式给予了大胆的嘲弄。邵伯温《邵氏闻前录》记载说：

元丰中，神宗仿汉原庙之制，增筑景灵宫。先于寺观迎诸帝后御容奉安禁中。涓日以次备法驾，羽卫前导赴宫，观者夹路，鼓吹振作。教坊使丁仙现舞，望仁宗御像引袖障面，若挥泪者，都人父老皆泣下。

当时迎奉帝后御像的仪式非常肃穆，鼓吹沸天，沿途观众夹路，丁仙现在路上边行边舞假扮悲悼仁宗，望着御像哭泣，对神宗原庙之举扰民进行讽刺，手法十分巧妙。都人父老见丁仙观的表演都纷纷垂泪，可见艺术效果之佳妙。

熙宁三年，王安石为相，实行变法。这在历史上是一次具有进步意义的重大改革。

但新法在推行过程中，由于操之过急不利于民，不仅遭到保守派的强烈反对，也引起了平民百姓的不满。丁仙现来自民间，了解民间疾苦，对王安石变法进行了猛烈的抨击。蔡絛《铁围山丛谈》记载说：

熙宁初，王丞相介甫既当轴处中，而神庙方赫然，一切委听。……丁使遇介甫法制适一行，必因燕设，于戏场中，乃便作为嘲诨，肆其诮难，辄有为人笑传。介甫不堪，然无如之何也。因遂发怒，必欲斩之。神庙乃密诏二王，取丁仙现匿诸王邸。二王者，神庙之两爱弟也。故一时谚语有“台官不如伶官”。

这则记载说王安石当政时，新法制刚刚推行，丁仙现便在剧场中对新政“作为嘲诨”。作者没有具体说演某一个戏，但据周贻白先生说，《萍洲可谈》卷三所载，讽刺王安石起用新人太多的“有脚者尽得上”；《渑水燕谈录》所载的嘲弄王姓为“甜采”，都是丁仙现讥弹王安石的实例。我们从丁仙现“肆其诮难”“为人笑传”，王安石“不堪”“发怒”“欲斩之”，可以想见丁仙现对新政的抨击是很尖锐激烈的。从惊动神宗密令岐王赵颢和嘉王赵頵“取丁先现匿诸王邸”，并产生了“台官不如伶官”的谚语，可见在当时的影响是很大的。

二、对官吏的嘲讽

王安石当政前，就曾提出兴修水利，发展农业生产，是“理财”的根本途径。他当上参知政事后，立即派官员到各地去考察农田水利，于熙宁二年十一月，颁布了《农田水利条约》，规定只要向政府提出一个计划方案，小则随事酬劳，大则量材录用，因而许多投机分子“以图恩赏”便不顾百姓死活大开河道。熙宁九年（1076）教坊为庆祝太上皇生辰，演出《献香杂剧》，丁仙现就借对都水监侯叔献的辛辣嘲讽，巧妙地向皇上指出开河之弊。《续墨客挥犀》五记载说：

熙宁九年，太皇生辰，教坊例有献香杂剧。时判都水监侯叔献新卒。伶人丁仙现假为一道士善出神，一僧善入定。或诘其出神何所见？道士云：“近曾出神至大罗，见玉皇殿上有一人，披金紫，熟视之，乃本朝韩侍中也，手捧一物。窃问旁立者，曰：‘韩侍中献国家金枝玉叶万世不绝图。’”僧曰：“近入定到地狱，见阎罗殿有一人，衣绯垂鱼。细视之，乃判都水监侯工部也，手中亦擎一物。窃问左右，云：‘为奈河水浅献图，欲别开河道耳。’”时叔献兴水利以图恩赏，百姓苦之，故伶人有此语。

熙宁九年（1076），时当王安石第二次罢相，丁仙现作为食皇家俸禄的教坊大使，敢于在皇帝和文武百官面前、公开揭露兴修水利的弊病，提出了不要乱开河道，这是何等的及时、大胆！

熙圣初，修天津桥成。右司员外郎贾种民身着朝服，手拿鞭子，坐在道旁督工。丁仙现恰由此经过，贾种民以桥成“未有敢过者”“诃止之”，丁仙现对他这种一本正经而又滑稽的形象进行了直接嘲讽。《石林避暑录话》载说：

绍圣初，修天津桥，以右司员外郎贾种民董役，种民时以朝服坐道旁，持挞，亲指挥工役，见者多非笑。一日桥成，尚未通行，仙现适至。素识种民，即诃止之曰：“吾桥成未有敢过者，能打一善诨，当使先众人。”仙现应声云：“好桥！好桥！”即上马急趋过。种民以为非诨，使人亟追之已不及。久方悟其讥己也。

“好桥”是讥贾种民朝服持挞、桥边督工“好乔”也。（“乔”在宋元多为骂人语，意为“古怪”“装模作样”。）群众“见者多非笑”正是为此。这一现场表演表现了丁仙现的“捷才”巧慧，也见出他的机智、勇敢。

三、对文艺的批评

元祐年间，士大夫效苏轼的短檐高筒帽，一时流行，谓之“子瞻样”。当时一些不学无术甚至目不识丁之徒，也往往模仿，“人人皆戴子瞻帽”，但是他们却孤陋寡闻，学识浅薄。丁仙现在杂剧表演中对这些争赶时髦而虚有其表的文士也进行了辛辣的嘲弄。李廌在《师友谈记》中说：

东坡先生近令门人作《人不易物赋》。或戏作一联曰："伏其几而袭其裳，岂为孔子！学其书而戴其帽，未是苏公。"廌因言之，公笑曰："近扈从宴醴泉观，优人以相与自夸文章为戏者，一优（丁仙现者）曰：'吾之文章，汝辈不可及也！'众优曰：'何也？'曰：'汝不见吾头上子瞻乎？'"上为解颜，顾公久之。

崇宁四年（1105），宋徽宗下诏，令大晟府议颁新乐。时因"自唐以来，正声全失，无徵角之音，五声不备"。大观二年（1108），进士彭几进乐书，论五音，言尚缺徵调，建言乞补（《宋史·乐志》）。然所补的徵声皆不得本均。丁仙现洞晓音律，对当时那些不解音律的官吏和二三流乐工为了讨好应命、自作聪明、妄自增补，给予了无情的冷嘲。叶梦得《石林避暑录话》记载说：

崇宁初，大乐阙徵调。有献议请补者，并以命教坊燕乐同为之。大使丁仙现言："音已久亡，非乐工所能为，不可以意妄增，徒为后人笑。"蔡鲁公亦不喜。蹇授之尝语余云："见元长，屡使度曲，皆辞不能。"遂使以次乐工为之。逾旬，献数曲，即今《黄河清》之类，而声终不谐，末音寄杀他调。鲁公本不通声律，但果于必为，大喜。亟召众工，按试尚书省庭，使仙现在旁听之。乐阕，有得色，问仙现如何，仙现徐前，环顾座中曰："曲甚好！只是落韵。"坐客不觉失笑。

所谓"落韵"即"落腔"（戈载《词林正韵发凡》），曲子甚好，然腔调不准，这是多么扫兴的嘲讽。北宋后期，民间艺人的表演多涉文艺批评，如西昆之诗、东坡之词、徽调之曲、三舍之文等，都是剧中经常性的主题，丁仙现的表演正可见一时之风尚。

从以上记载的事迹，我们可以看出：丁仙现的杂剧表演虽以诙谑滑稽的形式出现，但在内容上却多具有强烈的人民性和战斗性。他为人正直，敢于借用舞台"以达下情"，为人民说话；他演技精湛，对当时政治的黑暗和不合理现象进行了尖锐的批评，可以称得上是一个杰出的表演艺术家。

三

宋代是我国戏剧发展的一个重要时期。

演员的艺术活动是研究戏剧发展的一项重要资料，从丁仙现的艺术活动，我们可以看出戏剧演出在当时已经普遍流行，而且正经历着一个重大的转折。

从演出的时、地看，唐代优人演出，都是在白天，演出的地点多在宫廷。但入宋后，由于商品经济的空前发展，都市人口的大量增加，中国城市的坊（住宅区）、市（商业区）制度遭到了破坏，住宅区和商业区交相杂处，出现了许多供市民娱乐的瓦子勾栏，同时商业活动也不再限于白天，出现了夜市，汴京的夜市通宵达旦。因而民间的戏剧演出活动就不仅在白天，为适应市民白天劳动没有闲暇，演出出现了夜场。如《东京梦华录》“京瓦伎艺”条说：“每日五更头回小杂剧，差晚看不及矣。”《西湖老人繁胜》“瓦市”条说：“有独勾栏瓦市，稍远于茶肆，中作夜场。”不同于宋以前只有盛大节日时才在夜晚演出。演出的地点也不限于宫廷，更多的是在民间的戏场和广场。宋代是戏剧演出从白天向夜晚，从宫廷向民间过渡的时期。

从演出形式看，杂剧在宋代已成为一项独立的艺术。我们从丁仙现的演出活动可以看出，它是一种故事表演，以科白为主，装扮的人物采取谐音、表情动作等艺术手法对御作俳，寓谏诤于诙谐之中，情节比较单纯，表演时间比较短暂，往往在帝王生日和重大节日的宴会上，作为一个项目，与歌舞、杂伎同场献演。如宫中春秋三大宴的节目单所载的各种伎艺共十九项，杂剧表演前后两次（见《宋史·乐志》）。民间的京瓦伎艺包括各种形式，其中有武术、说唱故事、歌舞、傀儡、影戏等，“杂剧”仍不过是许多伎艺中之一项。这样各种伎艺轮替着演出，相互借鉴吸收，彼此掺和，就使杂剧博采众长，而把科白、歌舞、杂伎等熔于一炉，逐步成为综合艺术，并扩为长剧，成为专场演出，如“构肆乐人，自过七夕，便般目连救母杂剧，直至十五日止，观者增倍”（《东京梦华录·中元节》）。就是一个很好的实例。这说明宋代戏剧已由单一向综合，由一个场次向专场发展。

从演员供职看，宋以前的优人都是给帝王逗乐，供奉朝廷的。宋代是中国封建社会的一个转型期，中国社会到了宋代进入了一个新纪元，出现了一个平民社会。这就为文化娱乐提供了一个广大的观众，促进了民间职业艺人的产生。丁仙现等就是在勾栏演出的专业艺人，后来他被征入教坊，虽然没有完全脱离宫廷优人的特点，但瓦子勾栏里仍存在着大量的职业艺人。这个时期的演员是为宫廷服务的优人向民间职业艺人发展的转折期。

原刊《艺术百家》1999 年第二期

一代名伶珠帘秀的归宿

元代是我国戏剧的黄金时代。在元代的剧坛上，不仅产生了许多举世闻名的大戏曲家，也产生了许多名噪一时的女演员。但是由于我国古代视优伶为贱业，女艺人的命运十分悲惨，因而她们往往被人歧视而致湮没无闻，珠帘秀即是其中之一。

珠帘秀，一作朱帘秀，或珠帘绣，元代著名的女演员。我国第一部系统记述演员生活的《青楼集》说她"姓朱氏，行第四"。珠帘秀是她的艺名。"珠"系取"朱"的谐音；"帘"，盖由"珠"而及之；"秀"则为元代女艺人命名的一时风尚。当时许多女演员的艺名中都有一"秀"字，如梁园秀、大都秀、顺时秀、燕山秀等。古代伶人多用艺名，亘古无字，故至今我们已无法知道她的真名了。

珠帘秀在当时剧坛上，以色艺双绝，名重一时。陶宗仪在《辍耕录》中称她"姿容姝丽"，许多文人的歌咏说她“七窍生香”“出落着神仙”。她身材纤瘦，“背微偻”（《尧山堂外纪》），却有绰约的体态风姿。她唱曲歌喉婉丽，声遏行云，韵味无穷，“险些儿羞杀啼莺”。她鼓瑟弄筝，如“冰弦散雨，总是才情”。但这卷“珠帘”却“不许那等闲人取次展”，品格高尚，玉洁冰清。

珠帘秀不特才艺出众，而且还能诗工曲。她的诗已成卷，著名文学家胡紫山曾为她的诗卷写了序，惜今诗已散佚，无从一窥其貌。她的散曲，今存小令【双调·寿阳曲】《答卢疏斋》、【落梅风】《冬季会黎正卿分司席上》、套曲【正宫·醉西施】，都写得情真意切，十分感人，表现出她具有很高的文学素养。故一时名流多与她交往，赠诗赠曲、互相唱和，由是声名益彰。

根据当时笔记、诗文的零星记载，珠帘秀青年时为大都官伎，曾在大都作场。与顺时秀、司燕奴相颉颃。珠帘秀在大都时曾收燕山秀、赛帘秀为徒，这些高足也都旦末兼擅，才高艺绝，名震一时。

1279 年，宋亡以后，天下一统，故都杭州成为人们游乐、观光的“圣地”，戏曲演出中心由北南移，珠帘秀到了扬州，隶籍扬州乐籍，在江淮一带演出。至元二十六年（1289）秋天，江南浙江道提刑按察使胡祗遹和福建闽海道提刑按察使王恽同行赴任、途经扬州时，珠帘秀与他们相识。胡祗遹是元代著名文学家，当时已 63 岁，声望很高。这时珠帘秀正值“芳年”，诗方成卷，乞胡祗遹为她的诗卷写序，胡祇遹对她极为钟爱（《辍耕录》卷20），为她的诗卷写了《朱氏诗卷序》，并咏帘以寓意，作【沉醉东风】《赠伎朱帘秀》曲相赠，高度赞扬了她高超的表演艺术和一尘不染的高洁品格。王恽与胡祇遹为好友，也是当时著名文学家。他为珠帘秀的诗卷写了《题珠帘绣序后》（一作《题朱帘秀诗卷》），并赠以【浣溪沙】《赠朱帘秀》词一首。这一曲一词反映了珠帘秀在扬州乐棚演出的情景，据说她一出场亮相，就把观众迷住了。

珠帘秀最擅长的是扮演杂剧角色。夏庭芝说她“杂剧为当今独步，驾头、花旦、软末泥等悉造其妙”（《青楼集》）。元人北曲杂剧以唱为主，每本四折演唱四套宫调不同的曲子，用女子扮演主角演唱。珠帘秀有深厚的歌唱功底，能演唱“诸路之音声”（各种声腔），尤擅楚调，因而在当时鲜有其比。其时杂剧的种类已有“驾头、闺怨、鸨儿、花旦、披秉、破衫儿、绿林、公吏、神仙道化、家长里短”等（《青楼集志》）。但演剧尚在草创时期，演员分工不细，戏路比较宽。女演员既可扮女性角色，也可扮男性角色。因而珠帘秀不仅能扮演花旦，而且还能扮演驾头杂剧（专演帝王的杂剧）、软末泥（扮演青年书生的角色）等，旦末双全，演得都很成功。胡祇遹在《朱氏诗卷序》中，曾用骈文对她的表演艺术作过全面的描述，说她能扮演各式各样的人物：“危冠而道，圆颅而僧。褒衣而儒，武弁而兵。短袂则骏奔走，鱼笏则贵公卿。卜言祸福，医决死生”——僧、道、儒、兵、医、卜、奴仆、公卿等，无一不能。而且她扮演人物已开始注意到人物性格的塑造，“九流百伎，众美群英，外则曲尽其态，内则详悉其情，心得三昧，天然老成”（《紫山大全集》卷八），创造了各种类型的人物形象，如“慈贤”的婆母、“孝贞”的媳妇、“巧辩”的媒婆、“娉婷”的闺秀、“污浊”的下吏、“公清”的官长、慈父孝子、圣君贤相等，无不扮演得维妙维肖，神情逼真，在表演上达到了很高的艺术水平。

在江淮活动期间，珠帘秀还结识了散曲名家卢挚。卢挚的年龄略长于珠帘秀，二人感情很深。卢挚现存赠珠帘秀的曲作【双调·蟾宫曲】《醉赠乐府珠帘秀》和【双调·寿阳曲】《别珠帘秀》，与当时名公士大夫的赠作就绝然不同。名公士大夫的赠作都是“切其名而咏之”，卢挚则是直抒胸臆，表达了对珠帘秀的一片深情。如【双调·寿阳曲】《别珠帘秀》：“才欢悦，早间别。痛煞煞好难割舍。画船儿载将春去也，空留下半江明月。”大胆倾诉了与珠帘秀离别的痛苦和怅惘。珠帘秀为酬答他也写了一支【双调·寿阳曲】《答前曲》相赠，现题为《答卢疏斋》：

山无数，烟万缕，憔悴煞玉堂人物。倚蓬窗一身儿活受苦，恨不得随大江东去。

珠帘秀坐在船上就要离去，倚窗望见江边群山云雾迷蒙，岸上送行的卢挚面容憔悴，黯然神伤。她想到自己别后“一身儿”形单影只，孤独凄凉，几痛不欲生。他们的友谊非同一般，十分亲密。过去田汉在话剧《关汉卿》中说珠帘秀和关汉卿曾相爱，但那只是艺术上的虚构。珠帘秀和卢疏斋相恋，倒真是有点历史的影子哩！

珠帘秀中年后的行踪，因史料不足，已难知其详。她大约在大德四年（1300）前后，从扬州到了南宋故都杭州。《词林白雪》中有一首署名珠帘秀的套曲【正宫·醉西施】，透露了一点蛛丝马迹，珠帘秀似曾嫁人被弃。但这首套曲是南曲，时贤多认为“殊可疑”。然从旧时代艺人不幸的命运来看，想亦离事实不会太远。

关汉卿于大德年间也南下到了杭州。他曾去寻访珠帘秀，写了一首【南吕·一枝花】《赠朱帘秀》给她，曲子借物咏人，通过对“珠帘”的反复咏唱，表现了珠帘秀的秀美风姿，在曲子尾声中并透露了其时她已委身于人，他说：这珠帘“恰便是一池秋水通宵展，一片朝云尽日悬。你个守户的先生肯相恋，煞是可怜！则要你手掌儿里奇擎着耐心儿卷”。希望这位“卷帘人”对珠帘秀要珍惜、爱护。这表现了这位举世闻名的大戏剧家和一代名优的深厚友谊。

据《绿窗记事》和《辍耕录》的记载，珠帘秀最后嫁给了钱塘道士洪丹谷。洪丹谷是一个“滑稽轻佻”、文思敏捷的人，珠帘秀对他颇为钟情，二人相识时彼此都很痴迷，结褵二十年，二人因同历尽沧桑，亦颇相爱。珠帘秀临终前曾对洪丹谷说：“妾死在旦夕，卿须自执薪，还肯作一转语乎？夫妾，歌儿也，卿能集曲调于妾未死时，使预闻之，虽死无憾矣！”洪丹谷遂戏作《与妓下火文》曰：“二十年前我共伊，只因彼此太痴迷。忽然四大相离后，你是何人我是谁。共惟称呼，秀钟谷水，声遏楚云。玉交枝坚一片心，锦传道余二十载。遽成《如梦令》，休忆《少年游》。哭相思两手托空，意难忘一笔勾断。且道如何是一笔勾断，《孝顺哥（歌）》终无孝顺，《逍遥乐》永遂逍遥。”

珠帘秀听毕，一笑而卒。从珠帘秀临终前顾念洪丹谷在她死后无人执薪，以及听了下火文后“一笑而卒”来看，珠帘秀虽未嫁给知心朋友卢挚，晚景还算差强人意。她和洪丹谷共同生活了二十年，活了七十多岁，后辈艺人都尊称她为朱娘娘，在剧坛上享有极高的地位。

原刊《文史知识》1995 年 5 月期

杨慎“傅粉簪花”“醉酒狎妓”辨

杨慎（1488—1559），字用修，号升庵，四川新都（今属四川省成都市）人，是明代著名的文学家和学者。他出生于一个官宦书香家庭，自幼读尽家中藏书，二十四岁中状元，任职翰林院，又多读中秘藏书，以博学闻于当世，作为文学家，他诗、词、曲兼擅，在明代文坛不算居首位，也属上乘；作为学者，他在古音学、考据学、俗文学等方面都卓有成就，引领一代学术风气。明代著作之富，推慎第一（张廷玉等撰《明史》卷一九二《杨慎传》）。他在文学史上和学术史上都产生过重大影响。

一

杨慎于嘉靖三年（1524）议礼获罪，三十七岁谪戍云南永昌卫（今云南省保山市）。入滇之初，他先去中缅边境上的卫所服役，在军中充任文书，不久因地方当局的优容，移置昆明附近的安宁，他在《送刘霞峰之官安宁》诗中说："云峰精舍学宫连，我住中间二十年。"（《升庵遗集》卷十八）尔后又迁往昆明高峣，亦有诗云："高峣亦吾庐，安宁亦吾宅。屏居三十年，宛如故乡陌。"（《升庵全集》卷十六《晨发高峣柬丘月渚杨墨池》）他在这两个地方住了近三十年。晚年因思乡日切，欲依军政条例申请由子替役归乡，但未获允准。嘉靖三十一年（1553）以奉戎役的名义，携妻儿侨寓江阳（今四川省泸州市）。在江阳住了六年，因遭细人告密，于嘉靖三十七年（1558）冬，复被枷回，曾有诗云："七十余生已白头，明明律例许归休。归休已作巴江叟，重到翻为滇海囚。"（《升庵全集》卷二十九《六月十四日病中感怀》）他流放云南三十六年，明世宗朱厚熜始终不肯饶恕他、放过他，枷回次年，含恨逝于昆明高峣（今云南省昆明市碧鸡镇高峣村）。

杨慎在云南度过了他的后半生。在滇南和泸州时，盛传他常用白粉涂面，头梳双髻插花，诸妓捧觞，由门生用肩舆抬着，游行城市。有关此事的记载十分之多，散见于各种笔记、方志，亦见于戏曲、绘画以及诗歌、书信等，传播极广，影响很大。

见于笔记的，如明朱孟震的《河上楮谈》云：

杨升庵先生在滇，尝出游，乘一木肩舆，仅容膝，状如升，所谓升庵也。庵前题一联曰：“士到东都须节义，地当东晋且风流。”为张愈光含笔。先生与人游，无问贵贱，酒闲吟次，时命声伎佐之，舞裙歌扇，笑拥弥日。不知者有登徒子之讥，然先生意不在是也。

明王世贞的《艺苑卮言》云：

用修在泸州，尝醉，胡粉傅面，作双丫髻插花，门生舁之，诸伎捧觞，游行城市，了不为怍。人谓此君故自污，非也。一措大裹赭衣，何所可忌？特是壮心不堪牢落，故耗磨之耳。

明蒋一葵的《尧山堂外纪》卷九十五云：

（杨慎）以议礼戍永昌，侨寓安宁，遍游临安、大理诸郡，所至携倡伶，通良家妇女，皆大理董秀才为杨罗致之，呼为董牵头。

这类记载有的说事在滇南“临安、大理都郡”，有的说在四川“泸州”，这说明在滇、蜀两地都曾发生过同样的事，这是当时轰动一时的一条社会新闻，在民间广为流传，存在不同版本。

见于戏曲的有明沈自徵的杂剧《杨升庵诗酒簪花髻》，演杨状元戍滇时，用白粉涂面，穿大红女衣，拥妓出游，醉酒后在妓女白绫衣上题字，表现他的落拓不羁，诗酒风流。明代传奇盛行，杂剧已衰微。这部杂剧搬上舞台后，被誉为明代“北曲之最”，现有《盛明杂剧》本。

见于绘画的有明画家陈洪绶的《升庵簪花图》，绘杨慎以粉傅面，头梳双髻，着宽袖长袍，头微扬似在吟哦，二女持觞相随。画为绢本，设色，右上方款识题云：“杨升庵先生放滇南时，双结簪花，数女子持尊踏歌行道中，偶为小景识之。洪绶。”此画现藏北京故宫博物院。

明　陈洪绶　升庵簪花图

沈自徵、陈洪绶均为明崇祯间人，《簪花图》作于崇祯十年，这说明杨慎傅粉簪花，醉酒狎妓，由明及清一直被认为实有其事。而一经搬上舞台，绘成图画，又超越时空，流播于后世，故至今仍常为人当作实事称说。

当时社会上对杨慎的傅粉簪花、醉酒狎妓，有很大反响，议论纷纷，同情他的人说，这是“英雄人既与世法无分，不觉为玩世耳”。或云这是“壮心不堪牢落，故耗磨之耳”，共为升庵之才惜。而那些正人君子则讥讪他，说他“困蹶夷险，降志辱身，厌溺嗜欲”，认为升庵失志变节，颓废堕落了。甚至还借机攻击他，诬蔑他“耽意于美色”“通良家妇女”，给他抹黑。

但当时也有人对杨慎的怪异行为感到可疑。如重庆太守刘绘，就是一个代表。刘绘（1505—1573），字子素，号嵩阳，嘉靖十四年进士。其文纵横似苏子瞻，是明代文章一大作手。他对杨慎“仰之有年”，是杨慎的一个崇拜者，对杨慎的为人、学识有较深的了解，不信杨慎失志沉沦。他以杨慎入滇后的大量著作为据，驳斥那些正人君子的诬蔑说：杨慎“自蒙难以来，呕心苦志，摹文续经，延搜百氏，穷探古迹，凿石辨剥泐，破冢出遗忘”。仅中土流传已见的著作，经学有《丹铅总录》、诗学有《升庵诗话》、古文有《金石古文》、杂著有《墨池琐记》《书品》《画品》等。这是僻儒苦士，皓首穷年，终其一生也难以完成的。杨慎果真逸于声色，怎能完成如此之多的著作！他不信杨慎失志沉沦，认为一定别有隐情。杨慎的好友简绍芳也说，升庵的这种行为“匪恒情所易测”，其间似有不便明言之处，幕后究竟发生了哪些事，今天我们应据当时相关史料，一探究竟，还杨慎一个清白。

杨慎是个秉性耿介的人。他的最后一部诗集《七十行戍稿》中，有不少自白性的诗句，如“我骨已仙元不馁，何须食柏与餐霞”（《雪关绝粒谕从者》），“翠柏苍松元自劲，岁寒那肯变天真”（《十二月廿三日高峣大雪四首》）等。他的老友李中溪在《哭杨修撰升庵》诗中也称他“独持三礼议，斧钺不回头”（《中溪家传汇稿》卷二）。他的二弟杨惇说他“汉廷献策，贾生是友；朝端折槛，朱云可求”“任飘蓬，壮节犹能守”（《杨慎词曲集·玲珑唱和》）。他至死都坚贞不屈，没有低头，终其一生不改其志。而“傅粉簪花”“醉酒狎妓”等记载，却称其自污辱身，变节失志，这件事关乎他一生的大节，直接影响到对他人格和品节的评价，因而不能不为之一辨。

二

明有天下，传十六世。第十任皇帝武宗朱厚照，十五岁即位，是历史上有名的风流天子。三十一岁暴卒，无子嗣和亲兄弟，皇位无人继承，王朝岌岌可危。当时主持朝政的内阁首辅杨廷和力排众议，定策选立兴献王之子朱厚熜“嗣皇帝位”，是为世宗，改明年为嘉靖元年。

杨廷和，字介夫，号石斋，四川新都人，十二岁以神童举于乡，十九岁中进士，任职翰林院。弘治初，因受到孝宗朱祐樘的青睐，擢为皇太子朱厚照的侍读。弘治十八年（1505）五月，朱厚照即位为武宗，即升廷和为詹事府詹事，入东阁专典制诰。从正德元年（1506）至十六年（1521），历任文渊阁首辅，一直在中枢辅助朱厚照治理大明帝国。朱厚照“好逸乐”，继位不久，即不常视朝，离开京城，南北巡游。出京时，就把“居守”的重任交给杨廷和，命他“好生看家”。杨廷和对皇帝的荒唐行为屡加谏阻，但朱厚照皆不听。杨廷和只得忠心居守，为皇帝管理着这个国家。当时“流贼炽而无土崩之虞，宗藩叛而无瓦解之患”，都赖有杨廷和居中枢，维持着国家的正常运转。朱厚照死后，权力出现了真空，危机四伏，杨廷和主持朝政四十余日，一面调兵遣将，计擒手握重兵、怀有异心的江彬，为朝廷清除了隐患；一面以遗诏的名义，确定了皇位继承人，迎接新皇帝来京；一面着手革除“正德中蠹政”，保持权力的平稳过渡，被誉为一代名相。

朱厚熜是兴献王朱祐杬的独子，是孝宗朱祐樘的侄子，武宗朱厚照的堂弟，封地在湖北安陆（今湖北省钟祥市）。正德十六年四月，朱厚熜接到遗诏，立即赴程进京，以外藩入继大统。他虽不满十五岁，但很有主见。即位第三天，即遣使去安陆迎母来京，第五天，又命礼部集议兴献王的称号和礼仪。他自己做了皇帝，生父不能再用藩王礼仪，要重新给自己父母拟定一个合理的尊号和礼仪。礼部尚书毛澄与杨廷和商量，召集群臣集议，援旧例提出宜尊孝宗为皇考，改称兴献王为皇叔父兴国大王，王妃为皇叔母兴国王妃，即先继嗣后继统。而朱厚熜则认为武宗遗诏是命其“嗣皇帝位”，是继统而非继嗣，欲尊生父为兴献皇帝，生母为兴献皇后，须用皇帝的礼仪，这就是历史上著名的大礼议。

继嗣和继统是不同的：统是指王朝世系的合法继承，嗣是指家族惯例的血统继承或过继继承。继统，不存在小宗、大宗，旁支、本支的区别，可以堂而皇之、名正言顺地继为正统，这自然而然就提高了旁支的地位。朱厚熜因系外藩，主张直接继统，几次召见杨廷和，“从容赐茶慰谕，欲有所更定，廷和卒不肯顺帝指”，并言“三代以前，圣莫如舜，未闻追崇其生父瞽瞍”。朱厚熜命博考典礼，务求至当，三上三却，久议不决，陷入僵局。

正当双方坚持不下之时，礼部观政进士张璁上疏，极言礼官之谬，谓“当继统，不继嗣”。朱厚熜见疏大喜，“遣司礼太监持示廷和，言此议遵祖训，据古礼，宜从”。又“御文华殿，召廷和、（蒋）冕、（毛）纪，授以手敕，令尊父母为帝后”。廷和等又严词拒绝说“臣不敢阿谀顺旨”，并“封还手诏”。所谓“封还手诏”，就是使用内阁的封驳权，不执行皇帝的命令。至九月，兴献王妃抵京，闻改称老兴献王为叔父，拒不进城，又哭又闹，要返回安陆。朱厚熜亦宣称愿放弃帝位，奉母归藩。杨廷和等方不得不让步，改称兴献王为兴献帝，兴献妃为兴献太后。嘉靖元年下诏，称孝宗为皇考，但称兴献帝、后为“本生父母”，不加“皇”。

朱厚熜对生父只称“帝”而不是“皇帝”，仍不满足，意常恨恨，曾多次派司礼太监去内阁做工作，命加称“皇”字，但均遭杨廷和等的拒绝。嘉靖二年六月，朱厚熜又命司礼太监至内阁谕意，命加称“皇”字，杨廷和以死相拒。朱厚熜于是又在谨身殿平台召见他和蒋冕，亲手把一道敕书交给杨廷和，命尊父兴献王为兴献皇帝，母兴国太后为皇太后，命内阁直接去执行。杨廷和与蒋冕仍拒不奉旨，司礼太监一起跪求，连连叩头，杨、蒋均不为所动，坚拒不从。

杨廷和是朱厚熜登上皇位的定策者，拥立有功。当时有各种主张，没有杨廷和定策，朱厚熜是不可能继位的。朱厚熜原对他心存感激，欲有所倚仗。但杨廷和主张先继嗣后继统，又是议礼的反对者。他担忧年幼的皇帝重蹈武宗的覆辙，一心想管束他，期望他做个好皇帝，因而事事有所谏诤，自大礼议起，“廷和先后封还御批者四，执奏几三十疏，帝常忽忽有所恨”。《大学士杨廷和行状》还记载“司礼太监奉命来阁中讲论者三十余次”，杨廷和均“执不可”，使朱厚熜处处掣肘，不能如其所欲，感到皇权受到侵犯。因而朱厚熜对杨廷和逐渐“意内移”，从心有芥蒂，到心生怨恨，到最后决裂，终于听任杨廷和辞职，致仕还乡。

杨慎是杨廷和的长子，正德六年（1511）状元，授翰林修撰。朱厚熜继位后，曾任经筵讲官，给世宗讲过《尚书》。大礼议之初，他恰外派四川代祀江渎及蜀藩诸陵寝，人不在京城，没有卷入议礼斗争。杨廷和致仕后，大礼议复起。时兴献王已尊称“本生皇考恭穆皇帝”，兴国太后尊称“本生圣母章圣皇太后”。嘉靖三年（1524）三月，张璁同官桂萼复上疏云：“自古帝王相传，统为重，嗣为轻。”请改称孝宗为皇伯，尊兴献帝为皇考，去“本生”。朱厚熜见疏大喜，下群臣议，并任张、桂为翰林学士，召他们入京。桂萼的上疏打破了两年来的沉寂，使议礼斗争再次激化。杨慎坚决站在反对派一边，与翰林院三十六同人上疏云：“臣等与萼辈学术不同，议论亦异。……臣等不能与同列，愿赐罢斥。”以集体辞职的方式要挟皇帝维持原议。朱厚熜见疏大怒，罚他们全都停俸。七月十五日，朱厚熜召集文武百官于左顺门，下令去“本生”，杨慎又与丰熙等上疏谏阻，群臣亦各上疏谏诤，朱厚熜皆留中不发。罢朝时，群情激愤，杨慎当众呼曰：“国家养士百五十年，仗节死义，正在今日。”于是群臣齐伏左顺门哭谏，杨慎等撼门恸哭，群臣皆哭，声彻殿廷，自辰至午，不肯散去。朱厚熜震怒，七月十五日命逮杨慎等为首者七人下诏狱，十七日廷杖。过了十日，有言十五日罢朝时，原来群臣已散，是杨慎等人遮留，纠众闹事。朱厚熜原来心里就暗恨杨廷和，但因是前朝老臣，拥立有功，一直隐忍未发，现闻杨慎率众闹事，遂怒而于二十七日“复杖之”。十日内两次廷杖，“杨慎毙而复苏”，谪戍云南永昌卫。明代的刑罚，死刑之外，充军最重。充军按戍地不同，分四等，杨慎是最远的一等；按时限不同，分终身、永远两等，杨慎“永远”充军，也是最重的一等。由此可见朱厚熜对杨慎痛恨之极，俗话说“刨不着冬瓜刨瓠子”。他把对杨廷和的全部怨恨都发泄到杨慎的身上。杨慎入滇后傅粉簪花、醉酒狎妓的种种怪异行为，都直接与朱厚熜和杨氏父子的恩怨有着密切关系。

三

在明代十六位皇帝中，朱厚熜位列“中材之主”，史称其“英察自信”，实际上这是说他性格固执苛刻，不仅执拗，而且记仇、报复心强。凡后妃、臣下触犯了他，他都睚眦必报。他的伯母张太后，是与杨廷和共同定策，选他继位的，对他有拥立之恩。但只因他的生母蒋太后初入宫时，张太后以藩妃之礼待她，生母的跪拜使他感到屈辱而衔恨，张太后终生都遭到朱厚熜的报复。两位太后寿诞时，他免去对张太后的恭贺而羞辱她；重大典礼时不允许张太后参加而贬抑她；张太后住的仁寿宫遭火，再三拖延不给重建；张太后之弟张延龄为人告发，朱厚熜多次欲以谋反罪族其家，幸张璁再三谏诤，张延龄方免遭满门抄杀。最后张太后逝世时，朱厚熜只允许用规格最低的仪式埋葬她，由此可见其心性之狭小了。

朱厚熜对他的臣下也是如此，他从外藩入继大统时，没有自己的班底，只得倚靠前朝的内阁老臣。这些老臣拥立他为帝，但都反对他追封他的生父为皇帝。

他继位时方十五岁，左右不了局势，深感自己势孤力薄，觉得杨廷和“欺朕冲年”，使他不得从其所欲。经过激烈的斗争，他终于实现了自己的愿望。嘉靖七年《明伦大典》成，他即回过头来算旧账，“追论”前事，凡反对他追封生父为皇帝的老臣，一个个都重新予以定罪，如内阁首辅杨廷和，时已辞职家居，仍加以“谬主濮议”，“以定策国老自居，门生天子视朕”，定为罪魁祸首，“法当僇市，特宽宥削籍为民”。礼部尚书毛澄，主持议礼，罪以“不能执经据理”，时已病故，仍“夺生前官职”。何孟春以侍郎掌礼部，“鼓舞朝臣伏阙喧呼”，犯罪特重；吏部郎中夏良胜胁持庶官，酿祸独深，俱削籍为民，等等。许多大臣即使已经病故、退休、免职，都被“追论”加罪，无一幸免。

杨慎谪戍云南后，由于朱厚熜的记恨，也未能免遭“追论”，朝中六次大赦，独不赦慎，并多次查问杨慎在云南的情状。《明史·杨慎传》说：“世宗以议礼故，恶其父子特甚，每问慎作何状，阁臣以老病对，乃稍解。”《列朝诗集小传》云：“用修在滇，世庙意不能忘，每问杨慎云何。阁臣以老病对，乃稍解。”杨慎虽远谪蛮荒，朱厚熜心里还是忘不了他，常向阁臣了解他在云南说了什么、做了什么，想找个名目给他加罪，都因阁臣以“老病”回答，杨慎方免遭不幸。朝中有人把这一消息暗中告诉杨慎，杨慎闻讯，曾在诗中说：“孤臣白首困尘埃，官里犹询小秀才。”他担心朱厚熜的进一步迫害，便做出种种怪异的行为来伪装自己。朱茹在《杨升庵诗序》中说：

用修之谪戍也，世庙每询于当国者，赖以猖狂废恣对。已又询不置，将物色之，祸几及，当国者又以前语对，得以免。于是用修闻之，惕然股栗，故自贬损，以污其迹，事在嘉靖中年。茹先兄宪伯南谷暨同乡白君辙、翁君磐，亦与大礼议，茹尝闻之，既涉世，又从郎署中司知之也。世乃以纵欲荡情、披风抹月过用修，亦乌知用修者哉！

朱茹，字以汇，号泰谷，四川泸州人，嘉靖三十三年（1554）进士，曾任河南新蔡知县。泸州朱家为当地望族，一门三代五进士，其堂兄朱藻，字以荐，号南谷，正德十六年（1521）进士，曾任户部主事，嘉靖三年（1524）因参与议礼，被廷杖谪官。嘉靖二十八年（1549）起复，授湖广副使，以病终。朱茹年幼时曾听堂兄朱藻和同乡翁磐、白辙说过这些政坛旧闻。翁磐，字进吉，泸州人，曾任礼部员外郎，嘉靖八年，转广东右参议，母老致仕。白辙，生平不详，待考。《明史纪事本末·大礼议》中有一张左顺门请愿的229人的名单，朱藻名列户部主事第六，翁磐名列礼部员外郎第一，白辙名列刑部郎中第九。他们都是这次事件的亲历者，熟知朝中掌故，所述当是十分可信的。朱茹登上仕途后，自己在同官的言谈中也得到印证。

朱茹所述情事，与他书所记略有不同，皇帝所询者非“阁臣”，而是“当国者”。阁臣，人数较众，当国者只一人。所答亦非“老病”，而是“猖狂废恣”。老病，不足解恨，“猖狂废恣”言杨慎放浪失志，颓废堕落，可减却皇帝对杨慎的怨恨。但朱厚熜仍“已又询不置”，过了不久又问，一直放不下，杨慎差一点遭祸，多亏当国者曲意回护，又以前语对，才使得杨慎免遭一劫。

这件事发生在“嘉靖中年”。一般说“中年”约在四十岁左右，即嘉靖二十五年（1546）前后。朱厚熜一生两件大事：前半生议礼，后半生玄修。他自嘉靖二十一年壬寅宫变之后，即移居西苑，专事玄修，凡三十余年，不视常朝，除少数侍直大臣外，朝廷百官罕得一睹龙颜。严嵩自嘉靖二十一年（1521）加武英殿大学士，入阁办事，至嘉靖四十一年，在朝近二十年，其中有十六年任内阁首辅，独承顾问，随侍左右，朱厚熜所询之“阁臣”“当国者”，最有可能就是严嵩。

严嵩是杨廷和的门生，正德年间又与杨慎一同供职翰林院，是相知的好友。杨慎谪戍云南后，他们仍常有书信往还。严嵩曾千里求杨慎为他选诗、评诗，并赠诗、赠历。杨慎也写诗答谢，求老友相助，在《与云南当道书》中曾说：“当国者介翁极相悯念，必欲使归，此至顺至易事也。”（《升庵遗集》）信里就称严嵩如“当国者”，杨慎曾求严嵩施以援手，严极表同情，允诺相助。故朱茹说的“当国者”当指严嵩，其时也只有严嵩常在朱厚熜身边，有这种暗中相助的机会。一般认为严嵩是奸臣，是坏人，但马克思主义哲学告诉我们，纯粹的现象是没有的。评价历史人物不能简单化地认为坏人一切皆坏。事实上坏人有时也并非不能做一两件好事，严嵩暗中为杨慎缓颊，就是一例。

综上所述，我们至此可知杨慎“傅粉簪花”“醉酒狎妓”一事的轮廓。朱厚熜身居西苑深宫之中，仍念念不忘杨慎，常问“当国者”杨慎在云南的情状，严嵩私下将这个信息透露给杨慎，并嘱杨慎有所应对。杨慎闻讯后，相应做出种种伪装，严嵩以老病回答，使朱厚熜少解。而后朱厚熜仍“追问”不止，“几遇祸”，杨慎“惕然股栗，故自贬损”，更做出“醉酒拥妓”，在妓女衣上题字等行止。所以朱茹说：“世乃以纵欲荡情、披风抹月过用修，亦乌知用修者哉！”其实这是杨慎佯狂自污，制造假象，用以迷惑世宗，逃避迫害，并非真的醉酒狎妓，失志堕落。这一点前人也有看破其中机关的。如清人李慈铭就曾说：

升庵编戍后，世庙犹念之，乃以狎妓自污，至绾角髻，簪花、穿绯衣，令妓舁之行。内侍有自滇回京者，以闻，世庙以为病风，乃得免。是其佯狂避祸，同于袁海叟之对使者唱《月儿高》一曲，亦古之智士欤！

袁海叟，是袁凯的别号。袁凯，字景文，明初人。陆深《金台纪闻》说他因回答太祖问，“持两端”获罪。后诡称风疾不起，太祖仍欲罪之，乃以铁索锁项，自毁形骸，佯狂唱《月儿高》方获免。李慈铭把杨慎比作袁海叟装疯，称他为“智士”，可谓别具慧眼。清尤侗也说，杨慎“胡粉傅面，双丫髻插花，诸妓拥之，游行城市”“不然，何以免世宗之忌乎”（《艮斋杂说》卷三）。真是异代之知音。李慈铭《越缦堂读书记》还说杨慎醉酒狎妓等情状，是由一名“自滇回京”的内侍报告给皇帝的。朱厚熜对内廷太监比对阁臣更为信任，又因系其在滇亲闻亲见，故深信不疑，这恐怕也是杨慎脱罪的一个原因。

历史现象纷繁复杂，因种种原因而常被扭曲。我们评价历史人物，应拂去历史的灰尘，恢复历史的本来面目。杨慎的傅粉簪花，醉酒狎妓，实际上是一种受到迫害时的伪装，并非真的生活放浪、堕落。明乎此，我们就不仅不会责怪杨慎品行不端，反更加钦佩他学术上的坚守与殊多创获。

女词人徐湘蘋和拙政园

苏州娄门、齐门之间的拙政园，是我国著名的江南园林，被列为我国重点文物保护单位之一。

拙政园园址，传说是唐代诗人陆龟蒙故宅旧地，元代曾在这里建有大弘寺，自然景色优美，有“不出郛廓（外城），旷若郊野”的特色。拙政园始建于明代正德八年（1513）前后。御史王献臣与当代权贵不合，退居林下，就在大弘寺遗址，营建别墅，取晋代潘安《闲居赋》中“筑室种林，逍遥自得……此亦拙者之为政”中“拙政”二字作为园名，含有自我解嘲之意。明代著名画家、书法家文徵明为拙政园绘图作记。从文徵明等人的记载中可看出，初建时的拙政园其规模比现在还要大，由于这座名园几易其主、迭经变迁，造成面积愈变愈小。

据记载，王献臣死后，他的儿子因嗜赌，把家产变卖，拙政园为同里徐泰时所有。明崇祯四年（1631）拙政园东部园林荒废，为侍郎王心一买去。入清以后，名园为“镇将所据”，不久为大官僚海宁陈之遴所得，“复加修葺，煊赫一时”。顺治十五年（1658），陈之遴被革职籍没家产。拙政园入官后，为驻防将军寓居。康熙初又为吴三桂女婿王永宁所有。吴三桂叛清后，园又入官，康熙十七年改为苏松道署。乾隆三年（1738）前后，拙政园又归太守蒋诵先，取名“复园”，为拙政园“旧观仍复”之意。同治十年（1871），巡抚张之万把拙政园改为八旗奉真会馆，恢复拙政园旧名，但其西部却为张履谦割为“张氏补园”。这以后拙政园又几度易主，太平天国时为李自成忠王府。中华人民共和国成立以后，政府收回了拙政园被割部分，经过几番整修，名园焕然一新，重放异彩。

拙政园是我国江南园林中的艺术杰作，水清石秀，花木扶疏，亭榭精美，画楼掩映，一年四季，各地游人络绎不绝地来这里游览，欣赏这座驰名全国的名园。但是，来拙政园的游人中，已经很少有人知道明清易代之际有名的女词人徐灿（湘蘋）和拙政园的关系了。徐灿是位著名的女词人，就是上文提到的清初大官僚陈之遴的妻室，她的词集就名为《拙政园诗余》。

徐湘蘋，名灿，号深明，苏州人，湘蘋是她的字。陈之遴，字彦升，号素庵，浙江海宁人，明巡抚顺天右佥都御史陈祖苞之子。关于徐湘蘋与陈之遴婚配经过，清人陆长春在《香饮楼宾谈》“徐氏二女”一条中有如下记载：

海宁陈相国（陈之遴），精举业，兼善星学。尝推己命，当位至台辅，欲求女命之至贵者聘之，久而未得。弱冠举乡荐，公车北上，舟次松陵（唐代为苏州镇名）。值风雪大作，枯坐蓬窗，旅怀殊寂。舟人言此处富室徐姓，有园亭，擅花木之胜，主人极好客，盍往游乎？公素性不羁，即书刺令通。徐询知为新孝廉，衣冠肃客入。公述来意，徐笑颔之……知公未昏（婚），阴有择婿意，而未便骤言。既又知其精子平（星象学），乃曰："仆有二女，俱待字闺中，将来得嫁贵人否，乞为推算。"公诺之。欢饮至暮，沾醉回舟。推二女命，长者年十九，次十七，皆一品夫人也，大奇之……次早复诣徐，曰："女公子命皆大贵，足耀门楣矣。"徐曰："以君之才之美，取青紫如拾芥，如不以寒贱为嫌，愿附姻好，长幼（长女幼女）惟所择。"公大喜，遂聘其长女，委禽（送聘礼）而去。是年，公成进士，入翰苑，乞假归娶，偕夫人入都供职。

这条记载，也见于董潮《东皋杂抄》中，可能是传闻。陈之遴是崇祯十年进士，据这条记载，徐湘蘋与陈之遴是崇祯十年结婚。婚后，徐湘蘋就离开苏州随陈之遴北上，侨居都城西隅。结婚的第一年，他们的生活很美满。陈之遴说：

丁丑（崇祯十年）通籍后，侨居都城西隅。书室数楹，颇轩敞……亭前合欢树一株，青翠扶苏，叶叶相对……余与湘苹咏其下，再历寒暑……时史席多暇，出有朋友之乐，入有闺房之娱。湘苹所为诗及长短句，多清新可诵。（《拙政园诗余》序）

可是好景不长，崇祯十一年（1638）陈之遴父陈祖苞“坐失事系狱”，八月诛失事诸臣三十二人，陈祖苞先于狱中仰药死。“帝怒祖苞漏刑，锢其子编修之遴，永不叙（进用）。”（《明史》卷二百四十八）陈之遴甫登仕途，即遭家难，又被永远断绝了前程，只得扶柩南归，心中恨透了明室。所以在清兵入关后，顺治二年（1645）他便北上投清。

投清后的陈之遴，初授秘书院侍读学士。五年，迁礼部侍郎。六年，加右都御史。八年擢礼部尚书，又加太子太保。九年，授弘文院大学士。顺治十三年，陈之遴因“结党营私”被劾。十五年，陈之遴“又行贿赂，交结犯监（太监吴良辅），大干法纪”，被“革职，并父母兄弟妻子流徙盛京，家产籍没”。

陈之遴拥有拙政园是在清初顺治年间。“相国自买此园，在政地十年不归，再经谴谪辽海”，所以连园中有名的、为江南仅见的“宝珠山茶三四株”也“从未寓目”。可以想见，徐湘蘋在拙政园居住的时间也不会多长，但是，徐湘蘋寓居拙政园的时间虽然不长，她对拙政园的感情却很深厚，她在顺治九年刊行的词集便称为《拙政园诗余》。

徐湘蘋的《拙政园诗余》，其中作品有的作于明亡之前，有的作于明亡之后，分为小令、中调、长调三卷。清初陈其年评论其词说："南宋以来，闺房之秀，一人而已。其词娣视淑贞（朱淑珍），姒畜清照（李清照）。"

李调元说："近来才女，应以徐灿为第一……所著拙政园词，皆绝工艳流丽。"吴衡照说："徐湘蘋夫人拙政园词，清新独绝，为闺阁弁冕。"近人俞平伯评论她的词说："其词令慢并工，长调尤胜。以妍妙丽则之词，写家国身世之感，称为词媛名家，洵不虚也。"（见黄裳《翠墨集》）黄裳认为，徐湘蘋的词，就"小令"的绝大部分看，特色并不显著，也不脱女词人的本色。但当她一接触到家国之事，作品的内容与形式就开始变化了，有些词完全脱去了脂粉气，充溢着兴亡之感。她的长调，一向流传人口，技巧更为成熟，在那个时代，以至整个清代，都不愧为词林翘楚。

陈之遴因其父仰药自杀，自己被永不叙用，对明室怀有深仇大恨。徐湘蘋对此却并无怨言，仅于《满江红·感事》一词中道其事："斧钺行边遗恨在，楼船横海随波灭。到而今，空有断肠碑，英雄业。"陈之遴北上投清被授秘书院侍读学士时，徐湘蘋寓居吴下，得信惊喜，有"鹊声喜，传来凤阁，重典旧丝纶"句（《满庭芳·寄素庵》）。但很快就有怨恨夫婿出仕新朝之意："悔杀双飞彩翼，误到瀛洲。"（《风流子·同素庵感旧》）徐湘蘋北上之后，时时忆及江南，不用说，她是非常怀念拙政园的："寒月多情怜远客，长伴我，滞幽洲。……梦里江声和泪咽，频洒向，故园流。"（《唐多令·感怀》）"吴山九曲碧漫漫，还有许多风流待人看。"（《虞美人·有感》）"江南景，绿阴稠，倦红收。暂飞乡梦，试看归鸿，也算忘忧。"（《诉衷情·暮春》）徐湘蘋的词集中，类似的诗句还有不少，这些作品，虽然不能断定都是入清以后北上之作，但有相当一部分写于这段时期，是毫无疑问的。从这些词作中，我们可以看到，徐湘蘋对江南故乡，当然也包括拙政园，是多么怀念啊！

特别值得一提的是，在《拙政园诗余》中，徐湘蘋写下了感慨南明覆亡的诗篇《青玉案·吊古》：

伤心误到芜城路，携血泪，无挥处。半月模糊霜几树。紫箫低远，翠翘明灭，隐隐羊车度。

鲸波碧浸横江锁，故垒萧萧芦荻浦。烟水不知人事错。戈船千里，降帆一片，莫怨莲花步。

这首词抒发了"家国兴亡之感"，含蓄地写出了扬州浴血抗清和清兵的残酷屠杀（"伤心误到芜城路，携血泪，无挥处"），指出由于弘光王朝的腐败，马阮的误国（"人事错"），才导致弘光王朝的覆灭（"降帆一片"），而国家的覆亡，女子是不能负责的（"莫怨莲花步"）。

当然，徐湘蘋并没有劝阻陈之遴投靠新朝，她和陈之遴生活在一起还不时唱和。但是，就在陈之遴再入春明仕途得意之时，徐湘蘋能写下像《青玉案·吊古》这样的词，也就难能可贵了，更何况，类似这样的词徐湘蘋并非仅此一首。

陈之遴在顺治十五年，被革职流徙尚阳堡，家产籍没，拙政园当然也籍没入官，陈之遴死于谪所。十二年后，徐湘蘋上疏扶榇南还，道经吴门时，她特意与子媳一道至拙政园一憩。昔日为自己寓所的拙政园，而今已经易主。人世沧桑，盛衰转瞬，此情此景，怎不令人感慨系之。徐湘蘋流连于拙政园中，家国之感、身世之悲，一时涌上心头，于是赋长歌一首，来抒写自己久结于胸中的郁郁难伸之情。这首长歌，当时颇为时人所传诵，可惜今天能见到的只有两句：

一家骨肉花前坐，相对残枝更黯然。

虽然只有两句，但透过这两句可以看出，徐湘蘋的无限家国之感、身世之悲，都抒写在这首长歌之中了。

也许徐湘蘋这时在悔恨，她最大的悔恨应该是自己没有反对陈之遴北上投清。陈之遴出仕新朝，做了二臣，落得个家破人亡的下场，这是再也无法挽回的遗恨了。徐湘蘋有《和王仲瞿西楚霸王墓》二律，其中有四句是这样写的：

青史但援成败例，白云长作古今愁。美人报主名先得，功狗邀封悔已多。

“功狗邀封悔已多”，对陈之遴来说，也应作如是观。据近人笔记记载，徐湘蘋这位词媛名家，晚年皈依佛法，画佛奉母以终。

原刊《名媛与名园》

第三辑

古书的标点

我国在新文化运动后，白话文始加上新式标点，因而人们往往认为，标点是西风东渐后，从国外传入的舶来品。这实在是一个误解。我国古书不用新式标点，并不等于我国古代就没有标点，不过名称不同而已。我国古代不但有标点，而且很早就出现了加标点的书，只是数量不多，鲜为人知罢了。

一

标点，古称句读，一名句断、句投、句绝，它是读书时用来断句的。汉语是表意性的文字，一个字就是一个意义单位。古书不加标点，同一段文字，断句不同，含义就大不一样，甚至相反。《韩非子》中有一段话说，古代有一个精通音乐的人叫夔，尧任命他做乐官。哀公问孔子说："吾闻夔一足（一只脚），信乎？"孔子答道："夔有一，足，非一足也。"意思是说夔有此一人就足够了，并非只有一只脚。可见"夔一足"与"夔一，足"标点不同，意思就完全不同。《论语·泰伯》云："民可使由之，不可使知之。"意思是说，老百姓可以使他们这样去做，不可使他们知道为什么这样去做。把老百姓当作劳动工具，对老百姓很不尊重，态度是极为错误的。但康有为把这句话的标点改动了一下："民可，使由之；不可，使知之。"意思就成为：老百姓同意，就叫他们去做；不同意，就给他们讲道理，说服他们去做。这对老百姓很尊重，即使在今天也应加以提倡。我国古籍中这类例子不胜枚举，经书中亦屡见不鲜。在古代，经文出现歧义是件大事，古人十分重视，所以提出读经必先审句读，早就认识到标点的重要性了。

我国古代的文字，最早是刻在甲骨和金石上的，早期的书则多刻写在竹简木牍上，受物质材料的限制，文字力求简练，不加标点。后来出现手写本，照原本抄录，也没有标点。古代的标点是怎么产生的呢？任何一件新生事物的出现，都源于现实的需要，小小的标点也概莫能外。

古书无标点，古人读书需要自己断句，因而古代学校自学生入学伊始就十分重视断句的训练。《礼记·学记》说："比年入学，中年考校。一年视离经辨志。"入学第一年就要考查"离经辨志"，所谓离经，郑玄注曰"断句绝也”，就是在两字之间隔开，即点断句子；“辨志”，则是正确领会经文的含义。若是断句错了，就不能正确理解经义，这是读懂古书的起点。断句需有丰富的专业知识，可以看出一个人的学识水平。所以古谚说：“学识如何观点书。”（李匡义：《资暇集》卷上“字辨”）古人读书一般是边读边点，点书常作些标记，如在字旁加一个小圈、在字中间加一小点等，这些点书的记号，日久便演化成了标点。

古人作文“文不加点”，一直到近代仍是如此。1929年5月20日，胡适还曾写信劝陈寅恪写文章“不可不加标点符号”。文不加点，往往造成后人的误读，尤其是人名、地名、少数民族名，时过境迁，会令人无法辨读。顾炎武在《日知录》中讲了一个例子，《汉书·地理志上》济南郡十四县名：“东平陵、邹平、台、梁邹、土鼓、於陵、阳丘、般阳、菅、朝阳、历城、猇、著、宜成。”前人多“不得其句读而妄为之说”，后人如不实地考察也是无法正确点断的。因而古代有些作者怕文句被误解，写作时遇到容易混淆的地方，常作个标记告诉读者，如汉代西陲遗简中有一简云：“燧长常贤充克世绾鹤等……”在贤、世、绾后加上“乚”的符号。王国维说，这是因为“四人名相属，虑人误读”，故于“燧长四人，前三人名下皆书乚以乙之，如后世之施句读”。这类写作时所加的符号，有些后来也演化为标点。

我国古书，两汉时设专官校定，及至宋代活字印刷发明后，异本增多，促进了校书事业的发展。南宋馆阁校书，校改已有一定的程式和标识。陈骙《南宋馆阁录》卷三“校雠式”云：“多字，以雌黄圈之；少者，于字侧添入……倒置，于两字间书乙字。”“其有人名、地名、物名等合细分者，即于中间细点。”校书的符号有圈，有点，有乙，人名、地名、物名在字中间加细点作书名号等。许多私人藏书家仿馆阁制度，校改也有一定符号，因衍而删去之字，以圆圈围之；增入之字，以方圈围之；颠倒之字，以墨线曲折乙之等。（方崧卿《韩集举正校例》）这些校书的符号行之日久，约定俗成，为大家所采用，也演化为标点，说明中国化的句读完全是中国文化土壤上固有的产物。

二

我国古书虽不加标点，但我国古代还是有标点的。早在春秋时期，甲骨文和金文中就出现了双短横号“=”，《殷墟粹编》第二五六片：“王受又 =，册至。”郭沫若注：“又 =，乃又重文。”金文中除双短横号外，还出现了钩识号，用来划分层次。这可说是标点符号的萌芽。

到了汉代，由于读书和注书的需要，标点符号有了很大的发展。出土的汉简和帛书中，我们可以看到《长沙马王堆三号汉墓竹简》使用的标点符号有五种,《长沙马王堆三号汉墓帛书》使用的标点符号有六种，如圆点号、钩识号、逗号、顿号、黑方号、二短横号。(袁晖《标点符号词典》修订本)因而，章学诚《丙辰札记》说:“点句之法，汉以前已有之。”

标点源于读书，是读书时所做的记号。《史记·滑稽列传》载，东方朔初入长安，公车上书，有三千奏牍，“令两人共持举其书……人主从上方读之，止，辄乙其处，读之二月乃尽”。其中“乙其处”的“乙”即“乚”，表示停顿，这是汉武帝读简时所做的一个记号，以便以后从这里接着读。后来，许慎把这些符号收入《说文解字》中，“、”字云:“有所绝止，、而识之也。”说明这是用来断句的，亦即今日读(逗)号。“亅”部“乚(乙)”字段玉裁注云:“用钩表识其处。”即今之句号。“、”和“乚”正式收入字典，这说明这两个标点符号已得到社会的承认，并为公众所使用。

古代经书无标点，又不分段，初学者读书断句、分段、正确理解经义，是有困难的。因而，汉代设立了五经博士，每部经书都有专人传授，包括“句读”。句读之名最早见于汉何宴《春秋公羊传解诂序》“援引他经，失其句读”。当时诸经各有师承，高诱《淮南子注叙》云:“自诱之少，从故侍中同县卢君，受其句读，诵举大义。”高诱受教于卢植，卢植受教于马融，马融则是曹大家(班昭）的弟子。句读作为一项专门学问，师徒一代代口耳相传，各家亦不尽相同。如“春秋以木铎修火禁凡邦之事跸”（《周礼·宫正》），先郑（郑众）和后郑（郑玄）断句就不相同。

魏晋至唐五代，在原先基础上，又产生了一些新的标点。如圆点在字下连用表示删节，《史通·点繁》云：“凡字经点者，尽宜去之。”圆圈置于字之右，表示书名人名。乙字，表示调整字序等。人们对标点作用的认识也日益加深，韩愈《师说》即云：“句读之不知，惑之不解。”从汉至唐标点符号在数量上代有所增，但在使用上却未能出现突破性的发展。

印刷术发明之前，书籍全凭刀刻手抄，复本极为稀少，这限制了标点的运用，宋以前全加标点的书几无一册。至宋代，由于活字印刷代替刀刻手抄，书籍有许多复本，印数有的多达千卷。复本既多，读书人便可边读边点，从头至尾给书加上标点。《宋史·何基传》说：“凡所读无不加标点，义显意明。”“标点”一词，即始见于此。宋时钩号已变成圆圈，标形如○，有大、中、小之分。朱熹的《四书章句集注》每章之前用大的○，每句之间用○，一句未完停顿用“、”，全句完画一个“。”。何基是朱熹门人黄榦的学生，得朱熹之传，王柏从之学，“于《论语》《大学》《中庸》《孟子》《通鉴纲目》标注点校，尤为精密”（《宋史·王柏传》）。这证明至宋代已出现了加标点的书。藏书家叶德辉说："刻本书之有圈点，始于宋中叶后。"（《书林清话》卷二）这是可信的。岳珂在《刊正九经三传沿革例》中说，世所传九经，"监、蜀诸本，皆无句读，惟建本始仿馆阁校书式，从旁加圈点，监卷瞭然……惟蜀中字本、兴国本，并点注文，益为周尽"。当时建安余氏、兴国于氏是刻书名家，他们刻的书正文和注释"皆分句读，称为善本"。现存宋刻本《春秋公羊解诂》《春秋穀梁传》都使用了标点。宋刻本《南华真经注·杂篇·天下》："彭蒙、田骈、慎到。"人名加了专名号线。宋版《西山先生真文真公文章正宗》二十四卷，旁均有句读圈点。（叶德辉《书林清话》卷二）

刻本书使用标点，滥觞于南宋，流及于元明。据钱泰吉《曝书杂记》"元人四书五经标点"条云："常熟毛黼季藏元人标点五经，魏叔子为之记。"他还曾在泰兴季振宜御史家见过元人王鲁斋标点的四书与五经。叶德辉说缪《记》中载元刻叶时《礼经会元》四卷、何焯校《通志堂经解目》、程端礼《春秋本义》三十卷，都"有句读圈点"（《书林清话》卷二）。至明代，我国最大的类书之一《永乐大典》手写本，正文墨笔抄写，有红色句读，是刻模加印上去的，位置固定，用法规范。至清代，高邮王氏刻本《广雅疏证》《经传释词》等，都加有句读符号。从这些古书来看，我国古代不仅使用过十多种标点符号，而且还出现了不少加标点的书。

三

从宋代到明清，我国古籍中虽出现了一些有标点的，但数量不多，绝大部分的古书仍没有标点。明代《永乐大典》手抄本，虽用印模加上红色的句读，但清乾隆年间编纂的“四库全书”墨笔手抄，则全除句读，经、史、子、集中无一本有标点。这说明标点的使用，仍未得到官方的认可，清人刻书、作文一般还是不加句读。

鸦片战争后，西方的科学文化传入我国，国人开始学习西方。清同治七年（1868）二月，清廷派使团访问欧美，同文馆第一批英文班的学生张德彝随往，归来写了一本《欧美环游记》，书中首次向国人介绍了西方各国的书籍都有标点，但他认为烦琐，并不提倡，影响甚微。1897年，广东人王炳章在香港出版了一本《拼音字谱》，在国产句读和西方标点的基础上，草拟了十种标点符号，有逗号、句号、段号、惊叹号、诘问号、连接号等，比较简便实用，受到学界欢迎。1904年严复的《英文汉诂》、1909年鲁迅与周作人合译的《域外小说集》都开始用了新式标点，但影响仍然不大。

五四运动前后，《新青年》《每周评论》等杂志在提倡白话文的同时，发表了许多倡导新式标点的文章，1919年发表的鲁迅的小说《药》，同年出版的胡适的《中国哲学史大纲》，都使用了新式标点。1919年12月，马裕藻、周作人、朱希祖、刘复（半农）、钱玄同、胡适等人代表“国语统一筹备会”，向北洋政府提出《请颁行新式标点符号议案》。次年 2 月，北洋政府教育部发布了《通令采用新式标点符号文》的训令，从法律上确定了现代文必须使用标点符号，这才结束了我国书籍的“无点”现象。

那么，原有的古书无标点，又如何解决呢？这就不得不说到上海亚东图书馆的汪原放了。汪原放，安徽绩溪人，与陈独秀、胡适是同乡。他是上海亚东图书馆老板汪孟邹的侄儿，时任亚东书局的编辑。约在 1917 年，他读了胡适的《藏晖室札记》中的《论白话》《论标点符号》等文后，受到启发，尝试将《水浒传》标点分段出版。汪孟邹担心书的销路，陈独秀听说后大力支持，看了汪原放的书稿后，更是连声赞扬，建议删掉眉批、夹注，排印出版。

1920 年 8 月 20 日，由汪原放标点、分段的《水浒传》，由亚东图书馆正式发行，陈独秀和胡适分别为书作了序，陈序说：“亚东图书馆将新式标点加在《水浒传》上翻印出来，我以为这种办法很好。”（陈独秀《水浒新叙》）胡序说：“这是用新式标点来翻印旧书的第一次，我可预料汪君这部书，将来一定要成为新式标点符号的实用教本。”（胡适《水浒传考证》）从此揭开了标点翻印古籍的序幕。

亚东本的《水浒传》初版只印了 2000 部，一上架便销售一空，于是加印到 4000 部，一时好评如潮，受到读者欢迎。这更增强了汪原放的信心，从 1920 年至 1928 年他又陆续标点出版了《儒林外史》《红楼梦》《西游记》《海上花》等十多部古典小说，被誉为我国标点古籍的第一人。鲁迅先生读了亚东标点本后，高度肯定汪原放的尝试说：汪原放君“标点和校正小说，虽然不免小谬误，但大体是有功于作者和读者的”（鲁迅《望勿“纠正”》，收录于《热风》）。上海滩的书商们遂抓住商机出版古籍标点本，如商务印书馆“万有文库”中的“国学小丛书”句读用一圆点。“丛书集成初编”编辑凡例中说：“各书一律断句，以便读者。”分段用“○”，断句用“、”和“。”。上海杂志公司的“中国文学珍本丛书”（第一辑），断句一律用“·”。一时蔚然成风，出版了许多标点的古书。但多数古书的标点，使用的标点只限于顿号和圆点，仍未脱旧式句读的窠臼。

我国是个历史悠久的文明古国，古籍数量庞大。新中国成立前，标点的古籍只占极小一部分。新中国成立后，开始大规模整理古籍。1951 年，我国颁布了《标点符号用法》，包括 14 种符号，新式标点进一步规范化。1952 年起，人民文学出版社相继出版了《水浒传》《三国演义》《红楼梦》等古代优秀小说的新标点本。1958 年，我国成立了古籍整理出版规划小组，几经改革，现为全国古籍整理出版规划领导小组。小组制定了古籍整理出版规划，有计划地系统出版文史哲古籍。如“诸子集成”，20 世纪 30

年代由国学整理社编辑、世界书局出版，原无标点；至20世纪50年代，中华书局用原纸型修订重印，用“·”断句；1982年开始，又出了“新编诸子集成”，全部采用了新式标点。“二十四史”由一批史学家点校、整理，出了新点校本。其他历代诗文集、笔记小说等，也都加上了新式标点出版，以方便读者阅读。据《中国古籍总目》不完全统计，我国现存古籍约20万种，已整理的逾万种，尚有大量古书有待整理标点，任务是十分繁重的。

原刊《寻根》2020年第一期

《天问》“东流不溢”新解

《天问》是屈原的一首长诗，被称为奇作。“天问”，就是问天，向天发问。全诗从天上事问到地上事，再问到人间事，涉及许多宇宙自然和社会历史中不可解的问题。“东流不溢，孰知其故?”就是其中的一问。

我国的地势是西北高东南低。神话中说，这是共工与颛顼争帝，怒触不周山造成的。中国大地上的水都是由西向东流，百川之水，滔滔汩汩，日夜不息，东流入海，这个现象引起了诗人的深思和疑惑，他问道：天下之水全都向东流入大海，大海却不满溢出来，这是什么缘故？流到大海里的水，到哪里去了呢？

神话中的三种回答

古代人们受自然科学知识水平的限制，还不能正确认识自然界的复杂变化，对一些不能解释的自然现象，往往凭借神话想象来解说，把自然力神化。水是生命的本源，因而最早产生了洪水泛滥、鲧禹治水等一系列神话。这些神话对天下的水“东流不溢”有三种回答：

一、沃焦说

沃焦是东海南部的一座大山。我国古代有后羿射日的神话，这个故事说羲和生十日，尧时十日并出，禾稼尽枯，民无所食，尧为救百姓，命羿射日，“羿射九日，落为沃焦”。这座沃焦山，据说就是羿射日落下的陨石。这块陨石十分巨大，“方圆四万里，厚四万里”，而且温度非常高，“海水注者无不燋尽”。大地上万川归海，而海水一触沃焦山，就立即被烧干了。《玄中记》说：“沃焦，山名也，在海东面，方三万里，海水灌之而即消，故水东南流而不盈也。”（《太平寰宇记》卷二十二）这就回答了屈原“东流不溢”的疑问。后来唐吴融作《沃焦山赋》，综合前人零星记载，虚构了城中公子和方外先生的对话，借方外先生之口说：“混沌死，乾坤始，东南倾，川泽委。帝乃虑海旁溢。彼山中峙，复孕以火，用销其水，此沃焦之为义，真宰之元旨者也。”（高似孙《纬略》卷七）吴融说天帝忧虑大海旁溢，怕给百姓带来灾难，便孕火于山，来烧干海水，所以“沃焦”即“沃燋”之意。《华严经》卷五十九中还编造出沃焦为大海底下一块巨大的吸水石，石下有阿鼻地狱之火烧炙，石常高温，可以吸水。

二、尾闾说

尾闾，是百川之下海水聚集的地方，也是大海之尾、海水外泄之所。《庄子·秋水》说：“天下之水，莫大于海，万川归之，不知何时止而不盈；尾闾泄之，不知何时已而不虚。”沃焦是高温使海水化气而干，尾闾则是让海水外泄，海底之下仿佛还有一些很大的空洞，可以蓄水。张岱《夜航船》卷二曾描绘海水下泄的情状说：“尾闾，台州宁海县东，海中水湍急，陷为大涡者十余处，百凡浮物，近之则溺。”说海底有十几个大洞，在泄水时，水面形成十几个大漩涡，因而百川归海，大海才不会满溢。

三、归墟说

归墟，是东海之外的一些无底深谷，为天下众水汇聚之地。这种说法在《山海经》《庄子》《列子》诸书中都有记载。《列子·汤问》记叙较详：“渤海之东，不知几亿万里，有大壑焉，实惟无底之谷，其下无底，名曰归墟。八纮九野之水，天汉之流，莫不注之，而无增无减焉。”据说那里有五座大山，其山高下周旋三万里，其顶平处九千里，山与山之间相距七万里，形成一个个深谷，谷皆无底，海水就流归那里。《庄子·天地》说：“夫大壑之为物也，注焉而不满，酌焉而不竭。”深谷的容量巨不可测，因而百川归之不溢。

古代神话中的这些答案，今日看来只是反映远古人们对自然界的一种幼稚认识，是不科学的。但是其间也并非全无道理，像沃焦说就包含了汽化的因素，也有一些合理的东西。

《天对》和循环说

《天问》问世后，对屈原之所问，司马迁、刘向、扬雄等都曾加以解说，但都“不能详悉”(王逸《天问后叙》)。直到唐代的柳宗元才一一对应地给以回答，详释其疑。柳宗元是唐代著名的文学家，也是一个唯物主义哲学家，他针对《天问》作了《天对》，其中对“东流不溢，孰知其故”一问，回答说：“东穷归墟，又环西盈。脉穴土区，而浊浊清清。坟垆燥疏，渗渴而升。充融有余，泄漏复行，器运浟浟，又何溢为！就是说，水向东流到归墟，又环行回来充盈于西方。它们以土壤中的孔穴和缝隙为孔道，从东方流回西方，有的混浊，有的清澈。那高地上有黑色干燥而疏松的土，水渗入后就被不断吸收而逐渐升向高处。西北高处的水因此充足，即使在流行途中泄漏掉一些，仍会不断流向东南。水就这样循环流着，怎么会溢出来呢？他认为水从西方高地流到东方低处，因土壤中缝隙的虹吸作用，又升向西方高地，循环流动无穷，因而大海不溢。

这种循环说，最早见于《吕氏春秋·君守篇》，但只有两句："东海之极，水至而返。"比较简短，少为人知。至柳宗元的《天对》，方受到学界的广泛注意。宋代朱熹注《楚辞·天问》就引了列子、庄子和柳子的话评论说："三子之言，递相祖述，而柳又明归墟之泄，非出之天地之外也。但水入于东，而复绕于西，又渗缩而升，乃复出于高原，而下流于东耳。此其说亦近似矣。"朱熹对此说只云"近似"，还不是很肯定。至清代陈本礼则大加赞赏说："百川之水，其源皆出于山，而下注于海……名山大川，孔穴相通，此盈则彼绌，彼消则此息，循环运转，周流不息，故万古不溢也。"（《屈辞精义》）他认为海水出于山，流归大海，山和海之间有"孔穴相通"，因而大海不溢。这种循环说，解决了水的去处的问题，但若用科学的眼光来看，显然是不符合实际的。

杨慎的汽化说

至明代中叶，由于资本主义萌芽出现和西学东渐，随着实学思潮的兴起和发展，自然科学开始由沉寂转向兴盛，在天文、历法、数学、医农等方面，出现了一批著名的科学家及科学论著。明代文学家杨慎以博学闻名于世。他受时人的影响，突破前人旧说，提出了一个新看法——汽化说。他说：

《楚辞·天问》“东流不溢，孰知其故”，柳子之对，朱子之注，大抵以归墟为说。余谓水由气而生，亦由气而灭，今以气嘘物则得水，又以气吹水则即干，由一滴可知其大也。(《丹铅总录》卷二“东流不溢”)

杨慎从日常生活现象出发，以小见大。正面从人以气嘘物，时间稍久，尤其是在冬季，便会产生水滴；反面从物体微湿，风久吹则干，用来说明水是“由气而生，亦由气而灭”，推而广之，则证明“东流不溢”是因水的“汽化”。他还引《庄子》之言为证说：“日之过，河也有损焉；风之过，河也有损焉。”他说太阳照在河水上，风吹过水面，河水会有所减损，只是减损甚微，人感觉不出来罢了。但如果把潮湿的衣裳晒在烈日下，或放在风中，就很快会被晒干、吹干，立即见到效果。他更扩而大之，引证《山海经》中“汜天之山，赤水穷焉”“不姜之山，黑水穷焉”“歼涂之山，青水穷焉”“白水之山，白水穷焉”“不庭之山，荣水穷焉”等，说明众流各有穷处，它们在各自流归之处即化气而升。如同倒一杯水在堂下很快就干，把水洒在燋原上立即就化为水汽一样，各地的水都可随地化为气，不须最后到归墟、尾闾才化气。杨慎的汽化说是一种直观感觉的推论，还不是理性的科学认识。时至今日，人们都知道水有液态、气态、固态三种形态，因温度不同而互相转化。陆地和海洋表面的水，汽化转化成水蒸气，水蒸气上升至高空，遇到冷空气凝结成小水滴，降落下来便成了雨。雨汇聚到江河，流入大海，又时时汽化，循环反复，永不停止，所以“东流不溢”。

海水相通说

明代以后，因西风东渐，人们对“东流不溢”的缘故，又有了新的认识，这就是徐文靖的海水相通说。

我国古人对世界的认识，都以为天下有九州，中国为赤县神州。中国之外还有八个州，上面有宫殿，还住着神仙等。对于大海的认识，也是充满了人为设想。以前认为我国江河之水，东流入海，就是最后归宿了。那时人们还没有“洋”的概念，说到大海之外还有海，也以为是神话。地球知识的缺乏限制了人们的视野，这使当时人不能更宏观地看世界。

早在《山海经》中，古人就曾说海外还有海。《海内西经》说：“（河水）西南入渤海，又出海外。”《大荒北经》中的“河济所入”，郭璞注云：“河济注海，已复出海外。”都说到江河之水流入大海后，又从大海流向海外。但那时人们没有信以为真，把它当作神话。至晋张华《博物志》说：“天地四方，皆海水相通，地在其中，盖无几也。七戎六蛮九夷八狄，形类不同，总而言之，谓之四海……四海之外，皆复有海。”那时的人已认识到地球表面大部分是水，海洋面积很大，陆地面积“盖无几也”。但《博物志》仍属小说家言，还是没有人相信，也没有受到人们的重视。

及至清代，西方世界关于地球的认识也传入中国，当人们了解了这些科学知识，再回过头来看古人的记载，就有了新的理解。乾隆年间，徐文靖读邹衍著作时就是如此。他在《楚辞集注》中引邹衍之说云：“儒者所谓中国者，于天下乃八十一分居其一分耳。中国名曰赤县神州，内自有九州……中国外，如赤县神州者九，有裨海环之。如此者九，乃有大瀛海环其外。”故徐文靖对屈原的疑问回答说：“九州之水，皆入于海，复有大瀛海环之，此所以东流而不溢也。”（《管城硕记》卷十五）中国占天下 1 / 81，面积是很小的，而海洋的面积很大，而且海之外还有洋，洋与洋又彼此相通。东流入海的那一点水，实在是微乎其微的，他认为这是东流不溢的真正原因。

人类对大自然的认识由浅入深，随着自然奥秘一个个被揭开，我们对“东流不溢”这个难解之问，也逐渐得到更深入也更科学的解答。

原刊《寻根》2017 年第四期

石——汉代工资等级单位

读《史记》《汉书》，常看到官员的俸禄有“秩万石”“秩二千石”“秩八百石”，对这个“石”字，有不少《史》《汉》注本比较轻忽，一般都不加注。《辞源》里的“石”字有多种义项，作量词用时，一是容量单位，十斗为石；二是重量单位，百二十斤为石，音 dàn。于是有的书上便把这个“石”字也当作量词，说“汉官俸石，读担，指担米”。不少读者按通常理解，也以为“秩二百石”的官员，每月可领取两千斗或两万四千斤粮食，这实在是一个莫大的误解。其实《史记》《汉书》中“秩 ×× 石”的“石”，并不是一个数量词，而且也不读 dàn。顾炎武在《日知录》卷一一“汉禄言石”中说：禄以石计级，“所谓二千石以至百石者，但以为品级之差而已”。石只是一个品级单位，而不是粮食单位。“秩 ×× 石”就如同今天的工资“×× 级”。谢肇淛在《文海披沙》卷一“二千石”

条中说："石字即古'钧石'之'石'，五权之名，北人多读作旦音，非也。"他举时人语"徒见二千石，不如一逢掖"等为例，证明"石音如字"，就是说仍读 shí。如果我们误将品级"××石"当作俸禄若干石粮食，那对汉代官员的每月实际收入，就会产生很大的差讹。

我国古代官员按不同品级发给俸禄，远在周朝就已施行了。据《礼记·王制》记载，那时王者制定的爵位等级，分公、侯、伯、子、男五等，诸侯国分上大夫、卿、下大夫、上士、下士五等，共为十个等级，给以禄田，"天子之田方千里，公、侯田方百里，伯七十里，子、男五十里"，"百里之诸侯，以四十里为采地；七十里之诸侯，则以二十里为采地；五十里诸侯，则以十五里为采地"（程大昌《续考古编·采地世传》），卿士的采地比照公、侯、伯、子、男的标准分给。这些分封的土地叫采邑，用土地上的收入作为官员的生活来源，可以世袭。

到了战国时期，不少国家打破了以宗法血缘关系维系的世袭制，确立了郡、县两级制。地方行政长官由国君直接任免，官吏的俸禄由分级采地的禄田制改为发给粮食的俸禄制。各国用不同的容器计数发给，除用斗、斛外，还有用钟、盆、釜、区的，各不相同。战国末期的秦国，始用"石"作为爵位和俸禄的计算单位。据《商君书·境内》记载，当时对军功的奖励，获一级爵位可任五十石之官，获二级爵位可任一百石之官。但尚不成系列，每级没有对应的俸禄。

汉承秦制，确定用“石”作为官员的俸禄品级单位，并把职位与俸禄一一对应起来，使之制度化，按品级发给俸粮和俸钱。据《后汉书·百官志》记载，两汉官秩约分二十级，每级所领俸谷如下：

万石　俸谷月三百五十斛；

中二千石　俸谷月一百八十斛；

二千石　俸谷月一百二十斛；

比二千石　俸谷月一百斛；

千石　俸谷月九十斛（原表为八十斛）；

比千石　俸谷月八十斛（原表无）；

六百石　俸谷月七十斛；

比六百石　俸谷月六十斛（原表为五十斛）；

四百石　俸谷月五十斛（原表为四十五斛）；

比四百石　俸谷月四十五斛（原表为四十斛）；

三百石　俸谷月四十斛；

比三百石　俸谷月三十七斛；

二百石　俸谷月三十斛；

比二百石　俸谷月二十七斛；

一百石　俸谷月十六斛。

“百石”级以下，尚有斗食俸，月十一斛；佐史俸，月八斛等。俸禄的品级约二十级。

这张“百官受奉例”表，原无“比千石”一级；“比六百石”至“比四百石”的俸谷数量也与他书记载微有不同。王鸣盛在《十七史商榷》卷三四“官俸”条中说：“考其上下，二千石有比二千石，六百石有比六百石，四百石有比四百石，三百石有比三百石，二百石有比二百石，何以千石别无比千石?”他认为这是“传写者于‘千石奉’之下，误脱落‘月九十斛比千石’七字”。此说十分有理，上表即据此改补。此外，在《汉书·百官公卿表》中还有“谏议大夫，秩比八百石”一级，因而在“比千石”后似乎还应有“八百石”“比八百石”两级，表中也没有，这是值得进一步研究的。汉代官员俸禄最高一级为“万石”，俸谷月三百五十斛，一斛为十斗，等于三千五百斗。若将“万石”当作俸禄，一石为十斗，就有十万斗，相悬之数实在太远，可见作为俸禄等级单位的“石”，是绝不可误为俸禄实际收入的。

汉代官员的俸禄虽以“斛”计量，但在发放时并非全部发给米谷，而是“半钱半谷”(《汉书·百官志五》)。据荀绰《晋百官志》注记载，东汉延平年间官员俸禄的钱谷数如下：

中二千石　月钱九千，米七十二斛；

真二千石　月钱六千五百，米三十六斛；

比二千石　月钱五千，米三十四斛；

一千石　月钱四千，米三十斛；

六百石　月钱三千五百，米二十一斛；

四百石　月钱二千五百，米十五斛；

三百石　月钱二千，米十二斛；

二百石　月钱一千，米九斛；

百石　月钱八百，米四斛八斗。

这说明当时每月俸禄有钱有米，官员在俸钱之外还领禄米。东汉贡禹上书就曾说自己“年老贫穷”，“妻子糠豆不赡，裋褐不完”。后来他做了谏议大夫，“俸钱月九千二百，廪食太官（谓太官给其食）”，及为光禄大夫，“奉钱月万二千，禄赐愈多，家日以益富”（见《汉书·贡禹传》）。这都证明当时的俸禄是半钱半谷。俸钱的钱数“按照当时谷价之贵贱，以钱代给其半”（见《十七史商榷》卷三四）。粮食市价不同，月钱就有些上下，这就是各书所记钱数常有不同的原因。这张半钱半谷的俸禄表也是以“石”计级，就更证明“石”是品级的单位了。

现代人的工资全部发钱，古代官员何时才改为发钱的呢？有一本书上说：“唐以后，薪俸才专发钱，叫作俸钱或俸料钱。”这大概是看了唐诗中“今日俸钱过十万”（元稹《遣悲怀》），“岁愧俸钱三十万”（白居易《醉后走笔酬刘五主簿长句之赠兼简张大贾二十四先辈昆季》）等诗句，不遑细考造成的错误。其实唐朝官员的俸禄还是半钱半谷。王楙《野客丛书》卷一六《汉唐俸禄》说：“唐初禄制：正一品，米七百石，钱九千八百；正二品，米五百石，钱八千；正三品，米四百石，钱七千，大率如此。”

到了宋代，官员俸禄除禄米、俸钱之外，还有职钱、料钱等，十分丰厚。俸钱是“一分见钱，二分折支”，所谓折支是以实物折算的一种补贴。宋代对下级和边远地区官员的俸禄似乎比较灵活，“县尉全给见钱，广东川峡并给见钱”（《宋史》卷一七《职官志·俸禄上》），这大概就是官俸全发钱的滥觞了。后来官员俸禄全部发钱，那恐怕要到清代了。

据闻《辞源》将出修订本，希望新版《辞源》在“石”的义项中能补上这一条。

原刊《寻根》2010 年第一期

“不求甚解”的旧说新解

“好读书，不求甚解”，是陶渊明《五柳先生传》中一句自况的话。这句话经过长期流传、演化，至今仍活在人们的口头上。但现代这句话的意思，一般都理解为“读书只求懂得个大意，不求深入理解”，或是“读书马虎，浅尝辄止”等。这不仅失却了这个词的原意，而且词的感情色彩还带有贬义。

《五柳先生传》是陶渊明的一篇托名的自传，萧统《陶渊明传》、《宋书·隐逸传》等书都说它作于其年轻时；清人杨希闵《晋陶徵士年谱》、近人逯钦立《陶渊明事迹诗文系年》则说它“必其晚年文字”。我也认为这是他的一篇晚年之作。陶渊明生活的魏晋时期，在当时的社会风气下，士人重郡望、讲门第、追求做官、贪恋富贵；而《五柳先生传》则自称“不知何许人”“不详其姓字”“不慕荣利”“读书不求甚解”，这就表达了他对讲求出身、官位的不屑与否定，抒发了他甘于清贫、坚守高洁的志趣和情怀。这不仅是他的自况，也是他的自许和自赞。我们若将“不求甚解”当作读书不认真，与全篇文意岂不相悖！

因而“不求甚解”当作何解，无论是对正确理解这个词的词义，还是对理解陶渊明的为人，都值得一辨。

一

秦灭之后，我国先秦典籍多已散亡。汉兴，惠帝除挟书之令，文帝设五经博士。至武帝更置写书之官，命秦博士背诵记录，同时还广开献书之路，访求民间遗书，因而儒家经典陆续面世。复出的典籍，由于时代变迁、今古文不同、名物制度的变异，如不加注释便不易读懂，于是学者纷起传疏，有的以今言释古言、有的专详名物，愈来愈烦琐，尤其在武帝“罢黜百家，独尊儒术”之后，阐明经义往往求其微言大义，愈来愈冗长。这是汉儒注经之大弊。

陶渊明读书，颇厌汉儒注经的烦琐冗长，因而与之相对提出了读书“不求甚解”，这是对汉儒注经的大胆扬弃，他的“不求甚解”，并非不求深刻地理解，而是不刻意一字一句地诠释，重在理解经书的大义，领会精神。

明末清初诗人冯班（晚号钝吟老人）在《诫子帖》中

批评有一种人读书草草，却借口是师法陶渊明读书“不求甚解”。他告诫他的儿子不可与这种人为友：

陶公读书，止观大意，不求甚解。所谓“甚解”者，如郑康成之《礼》、毛公之《诗》也。世人读书，正苦大意未通耳。今者朝读一书，至暮便竟，问其指归，尚不知所言何事，自云“吾师渊明”。不惟自误，更以教人。（影印文渊阁《四库全书》第 886 册，《钝吟杂录》卷七）

冯钝吟认为，陶渊明读书，高处就在于“止观大意”，重在会通其“大意”，把握经书的主要精神实质。而世人读书则拘泥于字句，“正苦大意未通”。他的所谓“甚解”，具体地说就是如郑玄注《礼》、毛公注《诗》，由于时代久远、简册错乱、字画错讹等原因，经文常有于理不合，不可解处。“不求甚解”就是对这些不可解处，不要强解求通为穿凿之说。宋人周密在《解经恶穿凿》中就曾说，解经“不必用意过当，为穿凿之说，无悖圣人经旨可矣！”（《野客丛书》卷十三）重在领会经文的精神，就是说的这个意思。

二

陶渊明生活的时代，是我国儒学衰微、玄学风行的两晋时期。所谓“自中朝贵玄，江左称盛”（《文心雕龙·时序》），就是说玄学自西晋兴起，至东晋盛行一时。玄学的兴起打破了儒学的一统天下，儒家经术随之衰落，经学章句受到鄙视。这对儒生是一个思想解放。魏晋文士再也不像汉代经生那样对经传注疏亦步亦趋，而能自由思考，注重会通其意。陶渊明的思想受到当时玄风的影响，从“得忘筌鱼”“得意忘言”得到启示，读书不再过分穿凿字句，而注重会通其意。元人李治在《敬斋先生古今黈》中论及陶渊明的“不求甚解”时说：

> 陶渊明读书不求甚解，又蓄素琴一张。弦索不具……此二事，正是此老自得处。俗子不知，便谓渊明真不著意，此亦何足与语……盖不求甚解者，谓得意忘言，不若老生腐儒为章句细碎耳……今观其平生诗文可概见矣……使果不求甚解，则何为自少学之以至于欣然而忘食耶！（《敬斋先生古今黈·逸文二》）

陶渊明少有高趣，李治认为他读书“不求甚解”，与抚琴“弦索不具”一样，表现了他的一种生活情趣，一种自得。这里的“自得”，不是自己舒适、得意，而是得其“趣”，得其“意”。“盖不求甚解者，谓得意忘言”，即不再像老生腐儒纠缠于细碎章句，而直接去获得经义的主旨。这是受魏晋玄学思想影响后一种新的解经方式，是对汉儒解经烦琐穿凿的一种反拨。

明末学者朱国桢对陶渊明的读书不求甚解，根据自己读书的体味，从不同角度提出自己的看法说：

> 读书不求甚解，此语如何？曰：“静中看书，大意了然。”惟有一等人，穿凿求解，反致背戾，可笑。故曰：“解是不解，不解是解。”（《涌幢小品》卷十）

读书是为了求解，怎么会“不求甚解”呢？这里的“甚”，不能作“很”讲，而是过分之意。“甚解”即用力过当，过分求解。他说有一种人专心读书，对经书主旨了然于胸，虽然局部有不解之处，但全书却是读通了。另一种人对局部穿凿求通，反而愈解愈背离其意，往往不得经旨。读书，主要是“得意”，抓住书中主要的精神实质。所以说“不解是解”“解是不解”。

三

陶渊明“好读书，不求甚解”，与汉儒读经的拘守不同，表现了他读书思想的解放。这不仅是他个人的生活态度与读书心得，而且也是一种好的读书方法。宋人王应麟谈读书时就说，“不求甚解”是“善读书者”，（《困学纪闻》卷二十《杂识》）明人何孟春说，“是真正解书者”

（《余冬序录》卷三十五），清人吴调侯说，“是为善于读书者”（《古文观止·五柳先生传》注）。他们都认为“不求甚解”是一种好的读书方法。

近人钱钟书更是把陶渊明读书“不求甚解”与培根读书中的“书有只可染指者，有宜囫囵吞者，亦有须咀嚼消纳者”相比较，认为陶的“不求甚解”即培根之“只可染指者”“囫囵吞者”，陶的“疑义相与析”即培根之“咀嚼消纳者”，这说明中外的读书经验是相通的。

但钱先生又进而指出，培根之说虽“语较周密，然亦只道着一半”，“书之须细析者，亦有不必求甚解之时：以词章论，常须带草看法；而为义理考据计，又必十目一行”（《管锥编》（四）卷一四六《全晋文》）。他所说的“带草看法”即为“不求甚解”，“十目一行”则为“疑义相析”。这样“不求甚解”就不仅适用于读经，而且也适用于读其他的书了。

我国古人读书积累了丰富的经验，宋元以来有许多精彩的论述，有关“不求甚解”的也不少，如宋代理学家陆象山说：“读书且平平读，未晓处且放过，不必太滞。”（影印文渊阁《四库全书》第1156册，《象山集》卷二十八）“未晓处且放过”即是“不求甚解”，放过是暂时的，这是不因小而失大的意思。朱熹说：“《论语》要冷看，《孟子》要熟读。《论语》逐文逐意各是一义，故用仔细静观；《孟子》成大段首尾通贯，熟读文义自见，不可逐一句一字上理会也。”（影印文渊阁《四库全书》第700册《朱子语类》）这里的“熟”，据钱先生考据当为“热”，与“冷”相对。所谓“热看”，即“谓快读也”，即“带草看法”“怀素看法”，亦即“不求甚解”；而“冷看”则是“仔细静观”，逐字逐句去理解文义，也就是“疑义相析”。可见不同的书当用不同的读法。

这种读书方法就是不死钻字眼、过分求解，不因小失大，为局部放弃整体，而要前后连贯，会通其意，领会文章的精神实质。这即使到了今天也还是适用的。

20世纪90年代，四川大学缪钺教授发表了《陶渊明“好读书，不求甚解”新释》。他“透视汉魏、魏晋、晋宋三次易代之际的历史”，从历史的角度提出了新解。他说：“陶渊明饱经更世之后，知道当时政治上许多事件，表面上公布的是一回事，而实际做的又是一回事，所以借‘好读书，不求甚解’以寄慨，言外之意是，读书如此，对当时之事亦应作如是观。”我们且不说《晋书》成书的年代多在南北朝各史之后，即使如《三国志》在晋世修成，也是手稿，并未流传，陶公读史，是难以读到的；而且陶渊明明明说，读书“每有会意，便欣然忘食”，若是历史上丑恶的事，何能欣然会意？缪钺先生是我素来尊敬的学者，但他的这个“新释”却不敢苟同。

原刊《寻根》2012年第五期

再谈捣衣

我国古代许多诗人都写过捣衣诗。汉乐府中有无名氏的《捣衣曲》，六朝诗中有曹毗、谢惠连、萧衍、王僧孺、柳恽、温子昇等的《捣衣》诗，唐诗中有王湾、李白、杜甫、白居易、刘禹锡、孟郊等的《捣衣篇》等。人们读过这些捣衣诗，常感到疑惑不解：古人为何都在夜间捣衣，捣衣捣的是什么，究竟怎么捣等。20世纪80年代，学界曾对这个问题进行过一次讨论，大家一致认为捣衣不是洗衣，即把衣服浸湿放在石上，用木棒槌来捶打。但有人说捣衣是“捣帛缝制寒衣”，有人说捣衣是“捶打浆洗过的衣服”，有人说捣衣是“脱胶处理”等，最后没有结论，仍是个悬案。陈四益同志在《文汇读书周报》发表了《捣衣·捣衣》(1998年3月7日)，再次提出对捣衣“至今仍未弄清”，不久周洪同志写了《也谈捣衣》作为回答，认为“捣衣实际就是捣软麻布以制冬衣”(《文史知识》1998年8月期)。然而大量的捣衣诗明明写着捣的是帛、练、纨、素等丝织品，因而这个说法，仍值得商榷。

捣衣诗，始见于汉代，盛于六朝、唐朝。它的产生似与汉唐时边境多战争、男子去服兵（徭）役、女子缝制寒衣有密切关系。在这段历史时期，不仅出现了大量的捣衣诗，而且还出现了《捣素赋》和《捣练图》。辞赋近于散文，可以对捣衣作较具体的描述，绘画则是捣衣形象的再现。如果我们能结合当时的风俗和有关的科技知识，再根据这些辞赋、诗歌、绘画从不同角度来作一番考察，也许能对捣衣作出比较符合实际情况的解释。

明代学者杨慎在他的《丹铅录》中曾说："《字林》云：'直舂曰捣。'古人捣衣，两女子对立，执一杵如舂米然。……尝见六朝人画《捣衣图》，其制如此。"（《丹铅总录》卷二十《捣衣》）由此可知，古代捣衣是两个女子合作的一种劳动。我国古代男主外、女主内，妇女日兴夜寐操持家务，白天少有闲暇，纺绩、缝纫多在夜晚。《汉书·食货志）云："春令民毕出在野，冬则毕入于邑。……民既入，妇人同巷，相从夜绩，女工一月得四十五日。必相从者，所以省费燎火，同巧拙而合习俗也。男女有不得其所者，因相与歌咏，各言其伤。"（《汉书》卷二十四）她们每日夜间三三两两相伴劳作，不仅多得十五个劳动日，而且还节省了燎火之费。《诗经·七月》中就有"昼尔于茅，宵尔索绹"。这也是一种古老的民俗。六朝妇女夜间捣衣，就如同汉代妇女夜间纺绩一样，是一种民俗的延续。何况捣衣这种劳动需要两人合作或两人以上配合。因而每当秋风起、制寒衣时，妇女们就会趁着“八月九月正夜长”（白居易《闻夜砧》），“秋月三五夜”月光明亮（吕温《闻砧》），相约一同去捣衣，于是就形成“千声万声无了时”“砧声满长安”了。

捣衣，《文选》五臣注曰：“妇人捣帛裁衣，将以寄远也。”（《文选》卷三十杂诗（下）谢惠连《捣衣》题注）《乐府诗集》注曰：“盖言捣素裁衣，缄封寄远也。”（《乐府诗集》卷九十四《新乐府辞·捣衣曲》）可见捣衣即捣帛或捣素，是裁制寒衣前的一道工序。所以许多捣衣诗写道：“月明中夜捣衣石，掩帷下堂来捣帛。”（古乐府《捣衣曲》）、“谁家思妇秋捣帛，月苦风凄砧杵悲。”（白居易《闻砧》）等。那么，帛在制衣前为何要捣呢？帛是丝织品的总称。蚕丝的主要成分是丝素和丝胶。丝素是近于透明的纤维，即茧丝的主体；丝胶则是包裹在丝素外表的黏性物质。丝素不溶于水，丝胶易溶于水。丝胶在缫丝时可以除去一部分，但仍会有一部分黏附丝素上，这使得生丝或坯绸显得粗糙、僵硬，需要进一步湅丝帛方能变软。《周礼·考工记·㡛氏》记载说：古人“湅丝，以涚水沤其丝”“湅帛，以栏为灰”。就是说生丝要用微温的水浸泡，帛则要放在楝木灰中浸泡，利用水温和楝木灰中的碱加速化学处理，进一步使丝和帛上的丝胶溶解。浸泡后的丝帛，需用木杵反复捶捣，一是使丝帛上的丝胶易于随浆水析出，二是与现代制丝工艺中的“掼经”（又名“弩丝光”）作用相似，可使生丝和坯绸更加白净柔软而有光泽。丝、帛经捶捣后还要浣净，所以捣衣一般多在河滨和庭院里进行（赵翰生《中国古代纺织与印染》，商务印书馆）。制衣用的有些丝织品，有的还经过了染色。我国商周时已有很高的染色技术，《诗经》中就有“素衣朱襮”“载玄载黄”等诗句。当时的染料多为天然矿物或植物染料：染赤色，最初用赤铁矿粉末，后改用朱砂（硫化汞）；染黄色，主要用栀子果实中的黄色素，其中含有藏花酸；染黑色主要用栎实、柿叶和乌桕叶，其中含有单宁酸。《周礼·天官·染人》云：“春暴练夏纁玄。”因染料中酸的化学作用和曝晒，晒干后的丝织物又变得粗糙而多皱褶，因而在裁剪、缝制前必须捶捣，使它柔软平整。这就是帛在制衣前要捣的原因。

那么，怎么捣呢？杨慎说：两人对立，像舂米的样子。这从当时人的诗文和绘画中都可得到印证。现存的捣衣诗直接描绘捣帛的不多，但亦可一斑窥豹。柳恽的《捣衣诗》：“秋风吹绿潭，明月悬高树。佳人饰净容，招携从所务。”谢惠连的《捣衣》：“夕阴结空幕，霄月皓中闺。美人戒裳服，端饬相招携。”描述了当时妇女在秋天的月明之夜，相邀一道去捣衣。曹毗的《夜听捣衣》：“纤手迭轻素，朗杵叩鸣砧。”费昶的《华观省中夜闻城外捣衣》：“金波正容与，玉步依砧杵。红袖往还萦，素腕参差举。”就直接描述了捣衣先把帛折叠起来放在砧上，而后二人站着对捣。庾信的《夜听捣衣》:“并结连枝缕，双穿长命针。”谢惠连的《捣衣》:“裁用笥中刀，缝为万里衣。”则描述了“纨素既已成”后的剪裁、缝制。其中写得最为完整的当推无名氏的《捣衣曲》:“月明中庭捣衣石，掩帷下堂来捣帛。妇姑相对初力生，双揎白腕调杵声。……秋天丁丁复冻冻，玉钗低昂衣带动。夜深月落冷如刀，湿著一双纤手痛。回编易裂看生熟，鸳鸯纹成水波曲。重烧熨斗帖两头，与郎裁作迎寒裘。”这首诗描绘出了妇姑二人月下捣帛至制衣的全过程，特别值得注意的是她们捣的浸泡的湿帛，而且捣后要用熨斗熨平，这正与《捣练图》等绘画相合。辞赋对捣帛描写比诗歌要具体。相传为班婕妤所作的《捣素赋》说:“……改容饰而相命，卷霜帛而下庭。……于是投香杵、扣玟砧，择鸾声、争凤音。……调非常律，声无定本。任落手之参差，从风飙之远近。或连跃而更投，或暂舒而长卷。……望明月而抚心，对秋风而掩镜。阅绞练之初成，择玄黄之妙匹。准华裁于昔时，疑形异于今日。……侈长袖于妍袂，缀半月于兰襟。表纤手于微缝，庶见迹而知心。……书既封而重题，笥已缄而更结。……”(《古文苑》卷四)这篇赋篇幅较长，从妇女相约、卷起白帛下庭，而后写到捣帛、染色，直写到按照男子昔日的身材裁剪、缝制。其中的“或连跃而更投，或暂舒而长卷”，证明当时捣帛是二人对立直捣，捣的是练(霜帛)，使坯绸更白净，以利于染色。而后“阅绞练之初成，择玄黄之妙匹”，是写染帛，“绞练”是当时一种染帛方法，把“霜帛”染成玄黄色，用来制衣。这说明捣衣不仅与坯绸浸沤后脱胶有关，而且与染色后捣软有关。

以捣衣为题材的绘画，据中国绘画史记载有两幅：一为晋代画家张墨的《捣素图》，惜久已亡佚；一为唐代画家张萱的《捣练图》，原本也已亡佚，幸有宋徽宗赵佶的摹本存世，现藏美国波士顿博物馆。这幅《捣练图》为绢本，设色，惟妙惟肖地描绘出了唐代妇女捣帛、络线、熨平等劳动情景。画卷为横幅，可分为三个部分：右面画中画有一长方的木砧，上面放着用细绳捆扎的白色坯绸，旁边站着四个妇女，其中两个妇女对立，手持木杵正在捣练；另外两个妇女手持木杵拄地，站着休息。木杵长同人高，两头方中间圆呈细腰形。这给我们形象地再现了唐代妇女捣帛的情景，以及捣帛工具的形制。左面画中有两个妇女对立紧拉着一幅长长的白帛。右边女子身着素净的衣裙，肩披红色长绸，双手反握着细长的帛轴；左边的妇女身着深色长裙，肩披红色长绸，双手正握帛轴，身子略微向后倾，表现用力绷紧；中间站着一个白衣红裙的妇女左手扶帛，右手握着熨斗的长柄在熨帛。外侧一白衣女孩用手扶着帛的外沿，内侧一红衣女孩蹲着由下向上看帛的背面。旁边一个女童在火盆旁煽火。中间部分，画中有两个白衣女子，一个坐在矮凳上，一个席地而坐，在缝制衣服。这说明了帛在浸泡脱胶晾干后，还须经过捶捣、熨平，方能缝制衣服。在这幅《捣练图》上，画家没有画浣洗，因而元人程钜夫题《张萱唐宫〈捣练图〉》诗说：“月杵轻挥快似飞，霜纨熨帖净辉辉。诗人不识画师意，微脉《周南》浣濯衣。”（《雪楼集》卷二十七）这说明元人就已不解捣衣为何了。

《摹张萱捣练图》（局部）

在赵佶临摹张萱《捣练图》后不久，一幅以捣衣为题材的壁画在河北井陉柿庄一座墓室的东壁上绘成。这幅作于金代初年的彩色《捣练图》壁画，宽 240 厘米、高 100 厘米，反映了民间妇女捶衣、晾衣、熨帛的情景。壁画的右边画有两口井和井架，一个人在担水。壁画中间，画的是两个女子拉着一幅长长的帛，中间一个女子右手按帛，左手在熨帛，与张萱《捣练图》相似。画的左边，左上角画的是一根横杆、上面晾着不同颜色的帛，左前方有一高高的方池，用以浸帛或染帛，一个妇女站在池旁边，另一妇女坐在圆池边捶洗、浣净，这幅壁画进一步说明了捣衣包括浸泡、捶洗、熨烫等内容，值得注意的是画中画的是一个人坐着捶洗。捣衣在汉唐时本是两女子对立执一杵直捣，但后来逐步演化，变为坐着捶洗。《字林》说："今易作卧杵，对坐捣之，取其便也。"《字林》是晋吕忱为补《说文》漏略而作，在唐以前与《说文》并重。由此可知捣衣从晋代开始有时就已由二人"对坐捣之"，不过还不普遍，所以唐代张萱的《捣练图》上仍画的是"对立捣之"。金代的壁画向我们揭示了演化的线索。

我国古代的捣衣诗的内容，大都包含捣帛、缝制、缄封、寄远，诗中很少直接描绘捣衣的动作，不如绘画形象可以给人以鲜明的形体印象，因而就诗论诗来讨论捣衣是什么，就很难说得清楚。在捣衣诗的历史发展中，从六朝曹毗《夜听捣衣》、费昶的《华观省中夜闻城外捣衣》、庾信《夜听捣衣》又多从声音角度着笔，这影响到后世出现了李白的"长安一片月，万户捣衣声"（《子夜吴歌·秋歌》）；白居易的"千声万声无了时……一声添得一茎丝"（《闻夜砧》）；孟郊的"月下谁家砧，一声肠一绝"（《闻砧》）；直至李煜的"深院静，小庭空，断续寒砧断续风"（《捣练子令》）；贺铸的"斜月下，北风前，万杵千砧捣欲穿"（《捣练子》）等，这些诗写得凄婉动人，唤起人不尽的愁思，创造出我国特有的一种听觉形象——砧声。这恐怕也是捣衣令后人不解的原因之一。

原刊《文史知识》2000年12月期

阳关·阳关曲·阳关三叠

在汉代的边关中，有两座关因唐诗的流播特别有名：一座是“春风不度”的玉门关，另一座是“西出无故人”的阳关。玉门关相传为和阗玉经此输入中原而得名，阳关则因其位居玉门之南而得名，宋周辉《清波杂志》说，阳关是“汉将杨兴败走此关，因以为名”，那是没有根据的。如今玉门关基址尚存，即今敦煌西北的小方盘遗址，而阳关却失去了踪迹，无处寻觅了。

一

玉门关和阳关都是汉武帝时为抗击匈奴而设置的军事重镇。匈奴是我国古代北方的一个游牧民族，常常南下侵扰我国西北边境。秦汉之际，匈奴冒顿单于统一各部，统治了大漠南北地区，汉初仍不断南下进行武装掠夺。汉高帝曾率大军 30 万迎战，遭白登之围，此后多次忍辱和亲，一直都没能阻止匈奴的进扰。至武帝时，西汉王朝经过数十年的休养生息，国力强盛，从元朔二年（前 127 年）起，多次派卫青、霍去病等率大军出塞远征，深入“胡地”两千余里，把匈奴赶到大漠以北，最西到达现在新疆罗布泊旁。武帝元鼎六年（前 111 年）在酒泉设郡之后，又设立了武威、张掖、敦煌三郡，合称“河西四郡”，“四郡”中最偏西的是敦煌郡。敦煌郡下属六县，于是便在最西的龙勒县境内筑建了玉门关和阳关，作为防御匈奴进犯的军事要隘。

玉门关和阳关也是中原与西域往来的交通要道。《汉书 · 西域传》说：“西域以（于）孝武时始通，本三十六国，其后稍分至五十余，皆在匈奴之西，乌孙之南。”汉武帝曾两次派张骞出使西域，与西域诸国建立友好往来。据两汉书《西域传》记载，两汉时期长安通往西域有两条路：一条出玉门关西行，沿北山（今天山山脉）南麓经伊吾（今哈密）、鄯善（今罗布泊附近）、龟兹（今库车东）、疏勒（今喀什）等地，越过葱岭，到大宛（今乌兹别克费尔干纳一带）、康居（今哈萨克斯坦），称天山北路；一条出阳关，沿南山（今昆仑山脉）北麓，经若羌（今新疆若羌县）、且末（今且末西南）、于阗（今和阗西南）、莎车（今新疆塔里木盆地西部），越过葱岭，向西到大月氏（在今阿富汗境内）、安息（今伊朗）等地，称为天山南路，这便是举世闻名的丝绸之路。在海路尚未开通以前，中国与西方的交往无不通过这两条道，因而玉门关和阳关也就成为中国与西方交通的必经之路。

到了唐代，玉门关和阳关因在军事和交通上发挥着重要作用而享有盛名。唐代高僧玄奘就是出玉门关，取道天山北路往西方取经，历经 17 年，又经天山南路，入阳关回到京师的。初唐、盛唐时期，许多文人投笔从戎，或奉命出使，或去边庭幕府工作，在诗中都常吟咏玉门关和阳关，如王昌龄的“青海长云暗雪山，孤城遥望玉门关”（《从军行》），王维的“呜笳瀚海曲，按节阳关外”（《送不蒙都护归安西》）等，更使阳关具有浓厚的文化意蕴。

但唐以后，因海路的开通，丝绸之路日益衰落，两关逐渐失去了昔日的光辉，阳关被西南来的风沙侵袭，逐渐为流沙所吞没，宋元以后即不见记载。阳关遗址何在？今已成千古之谜。20 世纪 40 年代中央研究院西北史地考察团、70 年代酒泉文物普查队，相继对阳关进行过实地考察和地下发掘，寻找遗址。著名学者向达先生为西北史地考察团成员，他据巴黎藏石室本《沙州图经》等史料提供的线索，对阳关做了两次实地考察。他说汉代阳关在龙勒县境内，“汉龙勒县，至唐曰寿昌（县），即今敦煌西南之南湖也。阳关即在南湖”。《旧唐书 · 地理志》曾云：“阳关在寿昌西六里。”那么“今南湖西北隅有地名古董滩，流沙瓮塞，而版筑遗迹以及陶片遍地皆是”，推测阳关故址大约就在这里（向达《长安与西域文明·两关杂考》）。酒泉文物普查队在古董滩西面发现大型版筑遗址，经过试掘，结合文献材料，初步断定“汉唐时代的阳关就在这里”（成大林《阳关之谜》，《文史知识》1981 年第 3 期）。90 年代，甘肃考古研究所等单位又进行了多次实地考察，认为“阳关已被一望无际的黄沙所掩平”，“通常认为阳关在南湖西的古董滩上，其确切位置仍待证实”（马建华、张力华《长城》，敦煌文艺出版社）。因而阳关究竟在哪里，至今仍是个谜。

二

《阳关曲》，是唐代大诗人王维送友人出使安西而写的一首诗。《王右丞集》（卷五）原题为《送元二使安西》，后教坊乐工取以入乐，名《渭城曲》曲，出于何人之手已无可考。因诗中末句有“阳关”之名，又名《阳关曲》。歌诗是唐人的一种时尚，此诗入乐作为送别曲，在唐代传唱盛极一时，成为当时一首有名的流行歌曲。

唐代在中国历史上是一个堪与汉代相媲美的时代，它对西域的经营，承汉之后又超越汉代。唐初，西域广大地区为“匈奴别种”的突厥族控制，东突厥各部散居漠北一带，西突厥各部则散居在玉门关以西一带。唐代建立曾得到东突厥的援助，建立后，东突厥的颉利、突利两可汗，常不断向唐索求，唐多次受其威胁。太宗时，他们还不断入塞扰民。贞观四年（630），太宗遂派李靖率大军十万主动进击，生擒颉利可汗；贞观二十三年（649），又派兵征服金山（阴山）以北的残余力量，一举消灭了东突厥，分设单于、瀚海二都护府统辖这些地方。为了对抗东突厥，对西突厥先是采取怀柔政策，贞观十四年（640），太宗乘其内乱之机，讨平了高昌（今新疆吐鲁番东南），降服了焉耆（今新疆道音郭楞蒙古自治州北部）、龟兹（今新疆库车附近），使疏勒（今新疆喀什）、于阗（今新疆和阗西南）臣服，设置了安西都护府统治这些地方，至此，广大的西域地区都置于唐的统治之下，唐朝的势力还进入了突厥斯坦，对西域的经营取得了划时代的进展。

因边防需要，唐代在西域常驻有十多万军队，境内的都护府有许多幕府工作人员，还有东西方络绎不断的商队，与长安的交通是十分频繁的。阳关位于河西走廊尽头，是通往西域的必经之路，当时不仅外交使臣、幕府工作人员、出戍的军士都要经过这里，来往西域的东西方商人也要走这条“阳关大道”，这就是阳关屡见于吟咏的原因。唐人在长安送西行的客人，循汉人灞桥折柳赠别的故事，多在长安西北渭水北岸的渭城饯别。王维的友人，姓元排行第二，出使安西（即安西都护府），那里“去长安七千四百八十里”（《汉书·西域传》），距离阳关也有两千九百多里，在交通不便的古代，是极为遥远的“绝域”，到那里去再也不知何时才能归来。因而王维动情地写下了这首《渭城曲》，原诗四句："渭城朝雨浥轻尘，客舍青青柳色新。劝君更进一杯酒，西出阳关无故人。"诗的前两句交代了送别的时间、地点和环境，后两句写送别者说的话，在字里行间充溢着对友人的无限深情，十分感人。

古往今来，对这首《阳关曲》做解释的文字可谓不胜枚举。一般来说，对前两句的理解比较一致，而对后两句的理解则略有不同。明高棅《唐诗品汇》卷四十八说："此诗后两句谓劝君更进此酒，出阳关之外必求今日故人饮酒，此乐不可得矣！"清人陆崟《问花楼诗话》卷一则云："谓远行可悲，饯酒休辞。"这两种说法仅从"饮酒之乐"和"远行之悲"而言，恐怕不是诗人的本意。清沈德潜《唐诗别裁》卷十九说："阳关在中国外，安西更在阳关外，言阳关已无故人，况安西乎！此意须微参。"可惜对"此意微参"者不多，时至今日甚至有人说："今天读了它，却并不觉得有什么了不起。"这可能是对当时阳关内外的地理环境不甚了然的原因吧，故而就觉得是"一般作品"了。因而只有了解了阳关和安西的地理之遥，我们才能真正读懂诗的深切含意。

三

唐人渭城饯别，必歌"阳关三叠"，但"三叠"如何叠法？时人却没有记载。估计是乐工借五、七言诗入乐，歌辞不可能完全合乐，剩下一些虚声，歌者为了适应谱腔，常采用裁截或添字等法，至为三叠而歌之，这大概就是它的由来了。到了“积贫积弱”的宋代，国力虽达不到西北边境，但《阳关曲》的传唱之盛却不减唐人。在词中有《古阳关》《阳关引》《阳关曲》《阳关三叠》等，在诗中则有借《渭城曲》的曲调来歌绝句的“渭城体”。任二北先生在《唐声诗》（下）中说，“宋人因其唱法有三叠句，甚突出”，始有“阳关三叠”之名。这说明“三叠”之名始于宋代。

“叠”是我国民族音乐的一个术语，意即遍。它不是指歌曲里“剌里啰里”之类的和声，而是指叠唱全句。但究竟如何叠唱？因唐人唱法至宋已失传，后人理解不同，叠法各异，由宋及清，可谓众说纷纭。影响较大的说法约有六七种：第一种认为每句三叠，这是宋代最流行的一种唱法：“每句三唱，以应三叠之说”（宋苏轼《仇池笔记》、今人刘永济《唐人绝句精华》）；第二种是末句三叠，即把“西出阳关”一句，“反复歌唱三遍”（中国社会科学院文学研究所编《唐诗选》《王维诗选》等）；第三种是“各叠次句末三字‘柳色新’，余无所叠”（明谢琳《太古遗音》四《阳关曲》）。传说日本唱此曲，则于每句末三字皆一叠，再叠，合原句成三叠，谓唐时相传如此（任二北《唐声诗》下编）；第四种认为因乐曲原分三段，原诗反复三次，故称“三叠”（明龚经《浙音释字琴谱》）；第五种认为“三叠是三首，非一首唱三遍”，即用相同的曲子唱三首绝句（清毛奇龄《西河诗话》）；第六种认为，自唐以绝句入乐府，首二句各一叠，第三、第四句合为一叠，此三叠也（见方以智《通雅》），等等。明人田艺蘅在《留青日札》卷三十九《阳关三叠图谱》中还把《阳关三叠》演化成连环三叠、依依三叠、贯珠三叠、飞花三叠等九种模式，可谓尽失原意，近乎文字游戏了。

在众多说法中，最早提出“阳关三叠”之说的是苏轼。他在《仇池笔记》（卷上）中说：“旧传‘阳关三叠’，今世歌者，每句再叠而已，若通一首言之是四叠，皆非是。或每句三唱，以应三叠之说，则丛然无复节奏。有文勋者，得古本《阳关》，每句皆再唱，而第一句不叠，乃知唐本‘三叠’盖如此。乐天《对酒》诗云：‘相逢且莫推辞醉，听唱《阳关》第四声。’注云：‘第四声劝君更进一杯酒。’以此验之，若一句再叠为第五声，今为第四声，则第一句不叠，审矣。”（据《苕溪渔隐丛话》卷二十四《阳关霓裳》，文字略有改动）文勋，字安国，官至太府寺丞，善画山水，苏轼在笔记中指名道姓说从他那里得到古本《阳关》，二人系同时人，不可能是凭空虚构的。他指出唐代流行的“三叠”唱法应是第一句不叠，后三句每句叠唱一次，第四声恰为“劝君更尽一杯酒”，正与白居易自己的诗注相合。这种说法得到大多数学者的首肯，在各种说法中影响最大。

上世纪80年代，徐仁甫据汉魏六朝乐府诗前两句“每字下都作重叠号”，第一句无不重叠，指出苏轼之说与乐府重叠习惯不合，认为阳关第四声“是指和声帮腔而言……或有先唱，众人和之”（徐仁甫《苏东坡“阳关三叠说”小议》，《中华文史论丛》1981年第2辑），所谓叠句是指全句，和声只二、三字而已，二者是不同的。徐说恐怕难以成立而非笃论。我们从前人有关记载和作品来验证，认为还是苏轼之说较为允当。一是元人李治在《敬斋古今黈》卷四中说，他最初在广宁时向一位老乐工某乙学唱此曲，某乙只是在一、二、四句中加入“剌里离赖”的和声，后来读了白居易的诗注，始知“叠者，不指和声，乃重其全句而歌之”。于是“博访诸谱”与知音者反复研讨，最后得出的结论也是首句不叠，二、三、四句再叠，全曲“止为七句”。二是宋词中无名氏的《古阳关》和元曲中大石调《阳关三叠》虽添了一些衬字，但都是第一句不叠，二、三、四句再叠。

渭城朝雨，一霎浥轻尘（首句不叠）。更洒遍、客舍青青。弄柔凝、千缕柳色新。更洒遍、客舍青青，千缕柳色新（第二句再叠）。　　休烦恼。劝君更进一杯酒，人生会少，自古富贵功名有定分。莫遣容仪瘦损。休烦恼。劝君更进一杯酒（第三句再叠）。只恐怕西出阳关、旧游

如梦，眼前无故人。只恐怕西出阳关，眼前无故人（第四句再叠）。（《全宋词》第五册无名氏《古阳关》）

添字是为了配合乐曲填补虚声，但仍可清楚地看出，词的重叠方法与苏轼之说正合，且第四声也与白居易诗注说法相符。散曲则略有不同，第一句不添字用原句，第二句添字三叠，第三、四句合并添字三叠，都留下了正宗唱法的痕迹，使古老的“三叠”法得到验证，因此我们认为“阳关三叠”的叠法，当以苏轼之说比较可信。

唐宋时期，“阳关三叠”在我国一直传唱不衰，而且出现了许多擅唱此曲的男女歌手。唐代有西域人何戡、耿家和沈子明家的“讴者”，李商隐、崔仲融诗中的“歌姬”等；宋代有文人汪邻几、杜挺之和李师师、蔡娇等。宋以后唱法失传，仍有琴曲传世。解放前，民族音乐家杨荫浏先生曾据古琴曲谱整理出《阳关三叠》今谱，新中国初期，中央乐团曾排练过这个节目赴国外演出，使这支曲子传唱全球，饮誉海外。后来作曲家王震亚又据现代琴家夏一峰的演奏谱改编为合唱曲，并灌有唱片，现在电台经常播送的就是这支合唱曲，是十分动听的。由此可见，《阳关曲》在我国文学史和音乐史上都曾发生过广泛而深远的影响。

原刊《寻根》2005年第五期

谈《三国演义》的卷首词

滚滚长江东逝水，浪花淘尽英雄。是非成败转头空：青山依旧在，几度夕阳红。

白发渔樵江渚上，惯看秋月春风。一壶浊酒喜相逢：古今多少事，都付笑谈中。

这是《三国演义》卷首的引词，调寄【临江仙】。这首词是一篇词体的史论，表达了作者对历史上英雄人物是非成败的看法，颇含哲理意味。由于小说的广为流传，这首词在人民群众中传播极广，为人们所喜爱、吟诵，成为词中一首脍炙人口的名作。

《三国演义》成书于元末明初，现存最早的刻本是嘉靖元年（1522）刊印的《三国志通俗演义》，全书二十四卷，分为二百四十则，署名“晋阳侯陈寿史传，后学罗贯中编次”。嘉靖本《三国志通俗演义》卷一为《祭天地桃园结义》，开篇尚无这首引词。这说明此词并非罗贯中的原作。

据晁瑮《宝文堂书目》等书的记载，嘉靖以后，《三国志通俗演义》的刻本约有十余种，这些刻本在文字上都有不同程度的改动和增补，改动最大的当推清代毛纶、毛宗岗父子的评刻本。毛氏父子将余象斗本上周静轩的诗及一部分原本上“后人”和“史官”的诗删去，而易以唐宋以来名人的诗作，并在小说原文之前加上了一段类似“楔子”的文字。这首词和“天下大势，分久必合，合久必分”之类的话，即为毛氏父子所增的“楔子”。但这首词也非毛氏父子的手笔。据查它的著作权应属于明代大名鼎鼎的学者杨慎。

杨慎（1488—1559），字用修，号升庵，四川新都人。明正德六年（1511）进士，曾任翰林修撰、经筵讲官。嘉靖三年（1524）因两上议大礼疏，哭阙力谏，被谪戍永昌卫（今云南省保山市），“永远充军”烟瘴。嘉靖三十八年（1559），死于贬所。他在云南三十多年，投荒多暇，于书无所不读，著述之富，为明代第一。他在晚年曾写了一部《历代史略十段锦词话》，这是一本读史启蒙之作，上自鸿蒙，下迄元代。全书分为十段，一“段”略似一“回”，仿宋元市井演义，叙事话文与词文并用，首尾有开场词和散场词。《三国演义》的卷首词就出自这部《历代史略十段锦词话》，为书中第三段《说秦汉》的开场词，后被毛宗岗父子移置于《三国演义》卷首。

这首词不同于一般登临古迹、触景生情的咏怀之作，它述史兴感，写由历史变迁所引起的人生感慨。词的上片，“滚滚”句，暗用《论语·子罕》“子在川上曰：逝者如斯夫”的语意，以“逝水”喻时光的流逝。“浪花”句，化用东坡词《念奴娇》（赤壁怀古）中的成句，一个“尽”字，囊括了从古到今的英雄。上下两句把流逝的时光和英雄人物联系起来，言滚滚长江浩浩荡荡不停地向东流去，随着江水（时光）的流逝，历史上许许多多的英雄人物都被冲洗一空。江水滔滔，历千古而不息；而烜赫一时的英雄人物却如过眼烟云，早已成了历史陈迹。这一历史现象引起人们的沉思。诗人纵观古今，反思历史，发现了一个令人震惊的事实“是非成败转头空”。历史上无数的风云人物，无论是“是”或“非”，无论是“成”或“败”，到头来都转眼成空，一样长眠地下。而滔滔长江却亘古长存，依然“不舍昼夜”地在奔流。在历史长河中，与宇宙相比，英雄的一生是多么短暂，英雄的功业又何其渺小！最后诗人用一个形象的比喻揭示了这一历史规律：“青山依旧在，几度夕阳红。”“青山依旧”，喻宇宙永恒，自古及今依然存在；“几度夕阳”，喻英雄功业恰如夕阳，虽然美好，但却短暂。这表现了诗人对历朝历代的盛衰兴亡，千古英雄的荣辱成败的彻悟。杨慎以元辅之子，擢居榜首，一时宠遇，何其盛哉！及至一朝遣戍、终老南荒，年已垂暮，怎不令其有菀枯花落，人生无常之感。因而他在历叙历代兴亡的感慨之中，也寄寓了回首往事，对自身荣枯的感悟。

既然时间无情，“是非成败”转眼成空，那么诗人自己选择怎样的人生态度呢？词的下片，杨慎即叙自己的生活志向：托志渔樵。“白发渔樵江渚上，惯看秋月春风”二句，既是诗人谪戍云南后，多年生活的真实写照，也是诗人以老庄思想以求自我解脱，对生活理想的追求。一个“惯”字，与“白发”相照应，暗暗点出诗人以秋月春风为伴，在江渚之上过着寄情山水的生活，时间已经很久，习以为常了。“一壶浊酒喜相逢”，则是写他的渔樵生活的情趣。“一壶”，言酒少；“浊”，言酒劣。但他们相逢却“喜”。这表明这些世外高人别有会心乐事，而这乐事就是笑谈古今。他们把历代兴亡、英雄成败，当作谈资笑料用来佐酒助兴。其中的“古今多少事”，在结构上勾合上片的千古英雄是非成败，使上下两片融为一体；“都付笑谈中”，一个“笑”字，表明诗人对世事的鄙夷，对荣辱的轻蔑。全词上片站在历史之上，纵论千秋成败，对历史上的龙争虎斗表现出一种彻悟；下片则超然于世事之外，摒弃了世俗的烦恼，对个人的荣辱得失表现出一种旷达。这是诗人在《历代史略十段锦词话》中反反复复表达的一个主旨。

这首词的原意本在评说秦汉兴亡的得失是非，而不在周详一代人物大事。它不像苏轼的《念奴娇》(赤壁怀古)

要涉及具体地点赤壁，具体人物周瑜，具体事件，“樯橹灰飞烟灭”；也不像辛弃疾的《南乡子》(登京口北固亭有怀）写到了“满眼风光北固楼”，涉及曹操、刘备、孙权这些人物。它重在述感，全篇始终未提及秦汉的任何英雄人物和历史事迹。前人论词说：“词要清空，不要质实。”(张炎《词源》）丁绍仪的《听秋声馆词话》正以“清空”二字评这首词。唯其“清空”，故能使词具有更高的概括力，给人以丰富的想象和联想。因而置于《三国演义》的卷首，不仅无丝毫不合，反而令人对三国人物贤愚忠奸、是非曲直，产生许多遐想。

原刊《文史知识》1995 年 5 月期

《游园惊梦》“迤逗”读音之争

——记新中国成立后昆曲第一次学术讨论

自昆曲被列为世界非物质文化遗产以来，《牡丹亭·游园惊梦》不仅风靡全国，受人喜爱，而且还走向世界，享誉全球。这使我想起20世纪50年代《游园惊梦》演出时，“迤逗”读音之争的一段往事。这出戏中有句唱词：“没揣菱花，偷人半面，迤逗的彩云偏。”其中“迤逗”的“迤”，是读“移”还是读“拖”，曾发生过一场争论。一字之读，看似不值得一提，但在昆曲中却非细事。王季烈在《螾庐曲谈》中说：“昆曲在今日其优于他种歌曲者，一曰文词之典雅，二曰音调之纡徐，三曰字音之正确。”读音影响到唱腔、面形，所以读音之正确，也是昆曲艺术的一大追求。

争论的缘起

1950年秋天，在北京有个招待国际友人的晚会，请梅兰芳参演。梅先生提出演《游园惊梦》，时间定在12月13日，地点在长安大剧院。

宋云彬是位文化名人，也是位昆曲爱好者。他去看了梅兰芳的演出，在日记中写道：“（晚）七时驱车至长安大剧院观剧。梅兰芳演《游园惊梦》，其子梅葆玖饰春香，姜妙香饰柳梦梅。兰芳咬字正确、唱做俱佳。惜‘迤逗的彩云偏’之‘迤’字，仍唱‘移’字音，为美中不足耳。”（宋云彬《红尘冷眼》）

次日晚上，宋云彬又写了一篇《谈迤逗——就正于梅兰芳先生》的文章，发表在《新民报》上。他在文章中说：“二十五年前我会唱昆腔，《游园惊梦》是最爱唱的一出……因为从前爱唱，所以特别爱好。梅先生唱得非常细腻，咬字又很清楚，我除了赞叹之外实在无话可说，可是有一个字他唱错了。”宋云彬从文字学的角度，指出“迤逗”的“迤”与“迤逦”的“迤”不同，不该读作“移”，而应读作“拖”，因为“前者是双声联绵词，后者是叠韵联绵词，所以‘迤逗’的‘迤’不读‘移’，应读‘拖’”。这“跟《荀子·非十二子》‘弟佗其冠’同类”，并说20年前，曾亲自向俞粟庐先生请教过，俞先生同意他的说法，“希望能够依照原来的字音唱，不走样才好”。

宋云彬的文章发表后，许姬傅、王少卿告诉梅兰芳。梅先生十分重视，立即拿出韵书来查，查到“迤逦”的“迤”字有“移”“以”“拖”三种读法，觉得在戏里不知该采用哪种读法，感到没法马上解决。但他十分虚心地说：“我要感谢这位宋先生提的意见。因为我……总没有彻底去追究它的道理，这次或者可以借此打开这个多少年来的闷葫芦了。”他叫人写信给俞振飞和许源来，请他们要弄个水落石出。

嗣后，这场关于“迤逗”读音的讨论，在宋、梅之间断断续续一直没有终止。1956 年，宋云彬从北京调往浙江，任副省长，主管文教。10 月 19 日梅兰芳到杭州演出，宋云彬在楼外楼请他吃饭。据日记记载，席间他们又“讨论过《牡丹亭·游园》‘迤逗’的注音问题”(《红尘冷眼》)。1961 年,《游园惊梦》拍成电影，2 月 17 日上午，宋云彬在工人俱乐部看了电影《游园惊梦》，在日记中记述剧中“梅兰芳饰杜丽娘，言慧珠饰春香，俞振飞饰柳梦梅。梅唱【逸池游】‘迤逗的彩云偏’，‘迤’字仍作‘逸’字切”。1963 年宋云彬读到梅兰芳的《舞台生活四十年》，了解到梅兰芳很重视他的意见，在 3 月 12 日日记中说：“连日看梅兰芳述、许姬傅记《舞台生活四十年》，颇感兴趣。”宋知道梅兰芳从唱“拖”改唱“移”的经过后，批评了吴梅的失误、俞粟庐的盲从。但因这场讨论只是在局部进行没有公开，尽管延续了十多年，最终还是没有打开这个闷葫芦。

改读的由来

在戏曲中，“迤”字，旧时原读“拖”，到近代才改读“移”。旧时代戏曲艺人多口耳相传，十分重视师承关系，原先他们都是唱“拖”音的。

第一个是梅兰芳。宋云彬向他提出商榷后，他回忆说：“我对这‘迤逗’的‘迤’字的唱法，是有过一段转变的经过的。我在北京刚学《游园》是唱‘拖’音。早期到上海表演这出戏，也还是唱‘拖’音的。等到“九一八”以后移家上海，听到南边许多曲家都把它唱作‘移’音。”（《舞台生活四十年》第十章）当时他曾提出为什么改，俞振飞告诉他说：“经过了一番考证，把它改唱‘移’音的。不多几年工夫，南边昆曲家就没有唱‘拖’音的了。”梅兰芳认为“吴老先生是一位音韵专家，俞老先生是一位度曲名宿。经他们的考证，要把它改唱‘移’音，一定是有根据的”，自己“是一个演出的人”，于是“从此也就不唱‘拖’了”。

第二个是俞振飞。京昆表演艺术家、上海昆剧院名誉院长。梅兰芳在北京没法解决“迤”的读音问题，就驰函上海向俞振飞请教。俞接信后回信说：“这个‘迤’的唱法，在我幼时十岁以前，听到苏州的一般老曲家，连我先父在内，是都唱‘拖’字音的。到了我十几岁上，就由先父与吴瞿庵先生商同了把它改唱作‘移’字音。从此南方的曲家，都照这样唱……他们两位根据什么理由把它改唱‘移’字音……因为那时我年纪太轻，只知道按照先父改的来唱，却没有加以研究。”（《舞台生活四十年》第十章）由此可见，“迤”字是吴梅把它改唱“移”音的。吴是名教授、大学者，又是戏曲专家，大家也就照着唱了。

第三个是韩世昌。北昆表演艺术家，北方昆剧院院长，曾拜吴梅、赵子敬为师。宋云彬与韩世昌同为全国政协委员，1959 年一起出席政协会议。会下谈昆曲，宋 4 月 27 日日记云：余问他《牡丹亭·惊梦》折“迤逗的彩云偏”之“迤逗”，一向是否唱作“拖逗”。他笑笑说：“从前赵子敬教我唱作‘拖逗’，吴瞿庵教我唱‘移逗’，我没有法子，只好在赵先生面前唱‘拖逗’，在吴先生面前唱‘移逗’。”我说：“赵、吴两位先生都在场的时候，你怎么唱法呢?”他大笑。（《红尘冷眼》）赵子敬，业余昆曲大师，娴于音律。清朝光绪末年，秦淮教坊奉为顾曲大师，梅兰芳、韩世昌、贾璧云等都曾向其请教艺事。他对“迤逗”之“迤”，也唱“拖”音，这就证明前辈曲家的传承都是唱“拖”音，是后来吴梅改唱“移”的。宋云彬批评说：“‘迤逗’之‘迤’唱‘移’音，始自吴瞿庵，俞粟庐等盲从之。彼等以吴氏为昆曲专家，深通音韵，实则吴氏音韵根底极浅，彼等不知也。”（《红尘冷眼》）宋云彬为训诂学家，语言学家朱起凤的高足，在开明书店当编辑时，曾为其师整理、出版过《辞通》，该书多收同一词语的不同变体。他于音韵训诂有相当的素养，早年又爱唱昆曲，因而其说当可信从。可惜一直未能得到学界认可。至今半个多世纪过去了，“迤逗”之“迤”仍唱“移”音，这不能不说是个遗憾。

究竟该唱啥音

最近我请教了两位研究昆曲的老友：一位是大陆《昆曲大辞典》的主编，一位是台湾《昆曲大辞典》的主笔，他们的回答也没有解开我的积疑，究竟是该唱“拖”，还是该唱“移”？我是个昆曲门外汉，不能下定论。但这一字之音，拖了半个世纪，至今还不能作个了断，似有悖梅兰芳先生的夙愿，故不揣谫陋，强作一回解人。

我认为，每个词语都是产生于一定的时代，考察一个词的义释和音读，不妨查一查它们出现于何时，本作何义，始读何音，就不难找到正确答案来了。“迤逗”之为词，肇始于宋元之时，多见于词曲之中。曲是词的变体，而南曲又是北曲的变体。我们完全无须上溯到《诗经》去寻根，只要对此词在宋元时的变迁作一考索，就可知其端倪了。

“迤逗”这个词，我们在宋金元词曲、平话中，较早见到的是一些异体字，有如下诸例。

柳永词《红窗迥》：“花心偏向蜂儿有，莺共燕吃他拖逗。”

《董西厢》第三折【仙吕尾】：“如还没有书房里走，更着闲言把我挑斗。”

《刘知远诸宫调》【南吕宫应天长】：“由来庄院里驼逗你咱妻女。”

《武王伐纣平话》卷下：“诧逗二人入岩洞口中，必捉二人。”

《小尉迟》第三折【调笑令】：“我见他遮截得来省气力，别拖斗的气喘狼藉。”

“迤逗”，亦写作“拖逗”“挑斗”“驼逗”“诧逗”“拖斗”。“拖”者牵也，“逗”者引也，犹言牵引，转义则为引惹、勾引、引诱。作“挑斗”，更有挑动、撩拨之意，都是双声联绵词，其义殆同，只是写法不一，可证“迤逗”一词之“迤”，宋金之时音读为“拖”。

到了元杂剧中，“迤逗”的写法渐趋一致，一种是直接写作“拖逗”，如下诸例：

《杀狗劝夫》第一折【后庭花】：“不是我将父母相拖逗。”

《薛仁贵》第二折【集贤宾】:“我则道又是那一个拖逗我的小乔才。”

另一种写作“迤逗”,但“迤”字乃音“拖”。如下诸例:

《刘行首》第二折【伴读书】:“我、我、我,迤逗的他心内焦,恶噷噷的高声叫。”

《竹叶舟》第二折【鸳鸯煞尾】:“你则为功名两字相迤逗,生熬得风波千里亲担受。”

这两处“迤逗”,《元曲选》“音释”注得十分清楚:“迤,音拖;逗,音豆。”因而“迤逗”的“迤”在元曲中也多读“拖”字音。

第三种写作“迤逗”,“迤”字不读“拖”而读“移”,但音异而意同。如下诸例:

《秋胡戏妻》第四折【折桂令】:“诸著你戏弄人家妻儿,迤逗人家婆娘。”

《玉镜台》第二折【牧羊关】:“几时迤逗得独强性,勾引的把人憎。”

《西厢记》第一本第二折【醉春风】:“迤逗得肠荒,断送得眼乱,引惹得心忙。”

《李逵负荆》第一折【醉中天】:“待不吃呵,又被这酒旗儿将我来迤逗。”

这几例“迤逗”的“迤”,《元曲选》“音释”都注“音移”。但从曲文看,“迤逗”与“戏弄”“勾引”“引惹”都是互文见义,词义与拖逗是一样的,可见同出一源。“拖”后来写作“迤”读“移”,很可能是在演化过程中受“逶迤”“迤逦”的影响。

与此同时,我也查了一下“迤”字的读音。杨慎有《佗字两音》说:“《孟子》尹公之佗,《汉书》赵佗,《项羽传》项佗,《过秦论》带佗,《后汉书》华佗,五人名,并音徒何切,读为驼。《左传》贾佗、北宫佗、阳佗,《毛诗》陈佗。四人名,又音拖。”(《丹铅总录》卷十三)这说明上古时“佗”字可读“拖”。宋代的《广韵》“迤,作迱”;《集韵》“作沱,通作佗,亦通作坨”。这说明在宋代“迤”可读“佗”音。到了明代,“迤”字也可读“拖”音。如范善溱《中州音韵》卷四“迤,田已切,斜行。又音陀”。程元放、芳元仪《律古词曲赋叶韵统》:“迤,移韵,举逶迤;拖韵,举迤逗。”例句用的就是《李逵负荆》中的句子。明沈宠绥是个歌唱家,对南北曲歌唱中的念字颇有研究,他在《度曲须知·北曲正讹考》中“迤”字下注云:“叶陀,不作拖。”这显然指的是声调。俞振飞说:“先父与吴瞿庵先生不唱‘拖’字,大概是看见了沈宠绥在《度曲须知》里‘不作拖’的注解,才动议要改的。”(《舞台生活四十年》）这恐怕不是改读的原因，吴瞿庵先生不至于如此轻率。我还查了一下曲谱，曲谱多为工尺谱，一般不给字注音。但在王季烈辑校的《集成曲谱》中“迤逗的彩云偏”眉头上，却有段批语：“迤，元曲音注皆叶拖，阴平声。近有读本音移者，非。后《寻梦》折，同。”（《集成曲谱声集》卷四）王季烈是昆曲研究专家，长期从事昆曲理论和曲谱的研究，他见闻广博，这个眉批当可作为我们的结论。其后在清佚名的《审音鉴古录》中，《牡丹亭·游园惊梦》这句曲词，正是写作“拖逗”。这说明“迤”读“拖”音，当是无疑的。“迤”字一字多音，读音不同词义也不同。《牡丹亭》中用“迤逗”一词凡四：《游园》中“迤逗的彩云偏”，《寻梦》中“敢迤逗这香闺去沁园”，《淮泊》中“那秋意儿有许多迤逗”，《拾画》中“苍苔滑擦，倚逗着断垣低垛”。前三者都应读“拖”音，含引惹、逗引之意；最后一条“倚逗”，形容行走动态，用“迤逦”中“迤”的同音字“倚”。

“迤逗”的“迤”，自1926年袁安圃《游园》唱片唱作“倚”，到1961年梅兰芳《游园惊梦》电影唱作“逸”，到现在青春版的《牡丹亭》仍唱“移”。宋云彬先生提出与梅兰芳商榷到现在，已经半个世纪了，什么时候才能像梅兰芳先生所期望的“打开这个多少年来的闷葫芦”呢？

原刊《寻根》2014年第三期

读王磐【朝天子】《咏喇叭》

喇叭、唢呐，曲儿小，腔儿大。官船来往乱如麻，全仗你抬身价。军听了军愁，民听了民怕，哪里去辨什么真共假。眼见的吹翻了这家，吹伤了那家，只吹的水尽鹅飞罢。

在明代曲坛上，王磐（号西楼）的散曲以咏物著称。他的许多咏物之作，不仅在当世名噪一时，而且至今仍流传不衰。这支【朝天子】《咏喇叭》就是他的咏物名篇之一，在读者中影响最大，流传最广。

这支曲子原题作“咏舟中喇叭”，题下小注云：“武宗南巡，中官骚动，西楼因有此作。”（《古今大雅·北宫词纪》）可见这支曲子不是一般的咏物之作，而是一篇精心构制、托物讽世的作品。

正德十四年（1519），荒嬉无度的年轻皇帝朱厚照在北方玩腻了，借口亲征宁王朱宸濠，到南方游玩。他在江彬一伙的护卫下，浩浩荡荡乘舟自济宁顺流而下，至淮安、扬州、南京。一路上打猎捕鱼，纵情游乐。他随行的宦官们则沿途假借名义，为非作歹。他们“考缚郡县长吏，不异奴隶”；四出至民家，索鹰犬珍宝古玩，“近淮三四百里间，无得免者”。朱厚照讳猪，所至各地都禁民间养猪，“数百里内，屠杀殆尽”（毛奇龄《明武宗外纪》）。他在江南玩乐了七八个月，闹得民不聊生。王磐是江苏高邮人，生当弘治、正德年间。他厌弃举业，终身不仕，筑楼居于高邮城西僻地。高邮位于运河岸边，运河是南北交通的孔道。南来北往的官船经过高邮，王磐亲见宦官骚扰百姓的种种情景，愤慨不平，遂以眼前时事命题，借咏官船上的鼓吹喇叭，写下了这支散曲。

喇叭及唢呐这类乐器管细口大，发音洪亮。这支曲子的起句，从喇叭、唢呐的名称落笔，直接点明歌咏的对象，而后抓住这类乐器声响的特点，写它“曲儿小，腔儿大”——曲调简短，声音很响亮。这看上去是写乐器，实际上却暗喻宦官，描绘他们品位低下，但每到地方却吆三喝四，气焰嚣张。同时，喇叭形状上的大口，也使人联想到宦官大张其口，鱼肉地方。这一句既是对宦官装腔作势丑态的揶揄，也是对宦官贪得无厌的有力嘲讽，可谓形神兼具、惟妙惟肖。

次句，紧扣“舟中喇叭”，点明这不是咏的一般喇叭， 而是咏官船上的鼓吹。武宗南下时，运河上官船多用发音洪亮的喇叭为号角。蒋一葵《尧山堂外纪》云：“正德间，阉寺当权，往来河下者无虚日。每到辄吹号头，齐丁夫。”他们用吹喇叭为号令，征集丁役，派差索供，拷剥百姓。这些往来如织的官船，其中有许多并非官差，而是太监擅作威福，趁机中饱私囊。“全仗你抬身价”，一个“抬”字，就巧妙地点出了众多乘官船者吹着喇叭冒充皇上差遣，假官差之名，敲榨勒索。

运河上的“官船”往来不绝，喇叭声此伏彼起，“近淮三四百里”两岸的军民，遭受喇叭之扰，不堪其苦。喇叭的乐声原来多使人听了感到震奋、欢乐；而如今， 一听到喇叭声起，却是“军听了军愁”，“民听了民怕”，军民惊魂未定，根本就无法去辨别真假，只得无可奈何地任他们敲骨吸髓。

运河两岸原来经济比较繁荣，“百姓充实，府库藏溢”。而在一声声的喇叭声中，两岸军民却力竭财尽，被抢掳一空。末句，作者集中笔力，连用三个“吹”字，一气直下，淋漓尽致地揭露了宦官吹喇叭、害百姓的恶果。在短短的时间内，运河两岸广大地区，这家被吹“翻”，那家 被吹“伤”，直吹得运河多水而水尽，江南地区猪杀尽后家禽也“飞”光，极有层次地反映了家家户户财尽室空，一步步彻底破产的过程。这就具体形象地说明了“百姓之家，致于困穷，皆由宦监往来之故”（姚燮《今乐考证·乐器》）。

明代的宦官之祸，“不减东汉末造”，“征责贿赂，流毒几遍天下”。（赵翼《廿二史札记》卷三五）这支曲子虽写于刘瑾伏诛八年之后，但其时宦官之势“犹不已”。王磐借咏喇叭，敢于把批判的矛头直指炙手可热的宦官，这是十分可贵的。有明一代宦官擅权，前有王振、汪直，后有刘瑾、魏忠贤。这支曲子虽实指武宗南征时宦官扰民，但置于明代，当包涵更为丰富的内容，具有更深刻的意义。

稍晚于王磐的江盈科在《雪涛诗评》中曾说，王磐作曲，“皆就眼前时事命题……材料取诸眼前，句调得诸口头。朗诵一过，殊足解颐”。这支曲子就是以眼前时事命题，来针砭黑暗现实的。因宦官势盛，诗人不得不有所回避，采取了托物讽咏，借题发挥的手法。同是托物讽世，散曲与词不同：词贵含蓄，“不粘不脱”；而曲则“取直而不取曲，取俚而不取文，取显而不取隐”（徐大椿《乐府传声》）。因而这支《咏喇叭》写得十分直露显豁，起笔就入手擒题，点明所咏之物为“喇叭”，而后写喇叭声大，宦官吹喇叭抬身价，军民听喇叭又愁又怕，句句紧扣喇叭。在语言上，通篇运用口语，都是“得诸口头”的典型大白话，通俗明快，诙谐有趣，极为本色。王骥德在《曲律》中对明人的咏物之作独许王磐的令曲，称赞他的小令北曲“最佳”，这是颇有眼力的。

《促织》的题材、思想和艺术

《促织》是蒲松龄《聊斋志异》中脍炙人口的名篇之一。

蒲松龄，字留仙，别号柳泉，山东淄川（今山东省淄博市）人，生于明崇祯十三年（1640），卒于清康熙五十四年（1715），是清代著名的小说家。他出生在一个没落的地主家庭，十九岁时“初应童子试，即以县府道三第一补博士弟子员，文名籍籍诸生间”。但此后却屡试不第，直到七十一岁时，才援例出贡，四年后便死去了。他的一生主要在缙绅家教馆，在漫长的岁月里，一直过着“数卷残书，半窗寒烛，冷落荒斋”的穷困生活。由于他仕途侘傺失志，长期居住农村，有较多的机会接触下层人民，比较能体察民间疾苦，对当时的社会现实有较深切的认识，因而愤懑不平，埋头著述，写出了他的传世之作《聊斋志异》。

《聊斋志异》是蒲松龄收集民间传说，用文言写成的一部短篇小说集，全书近五百篇作品，大部分是叙述神仙狐鬼的故事。他在《次韵答王司寇阮亭先生见赠》一诗中说："《志异》书成共笑之，布袍萧索鬓如丝。十年颇得黄州意，冷语寒灯夜话时。"《聊斋志异自序》写于康熙十八年（1679），以此上推，可知书中大部分作品是他三十岁至四十岁这十年间写成的。他自己称这部书是一部"孤愤之书"。在诗中还说："新闻总入鬼狐史，斗酒难浇磊块愁。"（《感赋即呈孔集树百两道翁》）这表明他写作"聊斋"故事绝不是为了搜奇抉怪，游戏消遣，而是于世事不平，有所寄托的。《促织》和书中大部分优秀作品一样，也是一篇托迹幻象，寄意现实的作品。

《促织》是写宣德年间，皇帝爱斗蟋蟀，"岁征民间"，虐害人民的故事。与作者同时代的王渔洋对这篇小说有一个评语，认为"宣德治世，宣宗令主"，"以草虫纤物殃民至此"是"传闻异辞"。根据历史记载，这个评语是错误的。事实是宣德时斗虫之风极盛，《促织》故事也确有所本。明王世贞《四朝丛记》中记载了一道宣宗朱瞻基在宣德九年（1434）七月给苏州知府况锺的敕令：

比者内官安儿吉祥采取促织，今他所进数少，又多有细小不堪的，已敕他末后运自要一千个。敕至，尔可协同他干办，不要误了。

近人邓之诚《骨董琐记》卷二“促织盆”引《戒庵老八漫笔》所载：

宣德时，苏州造促织盆，出陆墓、邹莫二家，极工巧；有大秀、小秀所造者尤妙，邹家二女名也。

以上材料证明，宣德时，皇帝爱斗促织，不仅促织有专差采办，而且促织盆有专工制作。当时仅苏州一地即敕令征收上品促织一千头，全国数目可知；促织盆制作，雕镂妆采，工艺超绝，其规模和豪奢都是十分惊人的。

《明小史》还记载了一个宣德时的苏州粮长为了一头上贡的促织，夫妻“畏法”自缢的故事：

宣宗酷好促织之戏，遣取之江南，价贵至数十金。枫桥一粮长，以郡督遣，觅得一最良者，用所乘骏马易之。妻谓骏马易虫必有异，窃视之，虫跃出为鸡啄食，惧自缢死。夫归伤其妻，且畏法，亦自缢焉。

这简直可以说是《促织》情节的蓝本。用《促织》故事和这段传说对照，只是人物、结局有所不同而已。可见蒲松龄的《促织》完全是取材于现实，绝非“传闻异辞”。

但是，生活在康熙朝的蒲松龄为什么要选取宣德朝的传说来写作呢？这是有所寄托，寓有深意的。作品写的虽是前朝故事，批判的锋芒却是指向当时的社会现实。康熙朝虽史称“盛世”，但当时阶级矛盾依然十分尖锐，人民生活亦极困苦。死于康熙四十三年的进步思想家唐甄说：“清兴五十余年矣！四海之内，日益困穷”，“数十年来，富室空虚，中产沦亡。穷民无所为赖，妻去其夫，子离其父，常叹其生之不犬马若也”（唐甄《潜书》）。康熙朝斗蟋蟀之风也很盛行。据邓之诚《骨董琐记》卷六“蛐蛐罐”所载，在吴三桂旧宅掘土种花时，曾“得蛐蛐罐极多”，其中“有姑苏彩山窑常德胜制者十一，永乐制也。淡园主人制，外青内紫者一，秋雨梧桐夜读轩制者三十四，康熙制也……”乃当初“为去火气，使不伤虫”，“特窖藏之”。其时，宫中尚促织之戏，于正租、私赋之外，以纤虫微物靡费人力，骚扰民间，虐害百姓，是可以想见的。康熙朝吏治也同样腐败，官贪吏虐，用各种名目敲诈百姓，使人民苦不堪言。蒲松龄目击当时人民的苦难生活，感于民情，发之笔端，于是从封建统治阶级迫害人民的种种形式中，取其细者，因小见大，来揭露当时的政治黑暗。由于康熙时文网严密，因而便借宣德朝的故事影射现实，以古讽今，对最高封建统治者进行委婉地规劝，对贪官虐吏作无情地抨击。

《促织》故事一开头就写“宣德间，宫中尚促织之戏，岁征民间”。由于皇帝爱斗蟋蟀，地方官便借以媚上取宠，争相贡献；胥吏则“假此科敛丁口”，借端勒索，遂至“每责一头，辄倾数家之产”，概括地揭示了封建统治阶级于一般剥削方式之外，嬉戏玩乐给人民带来的深重灾难。

《促织》中的成名一家是千百万受害者中的一个。成名是一个下层知识分子，狡诈的里胥便把“里正”的名义硬套在他头上，借此敲榨勒索。一年不到，就使他“薄产累尽”。他既没有钱能买促织应命，又为人老实不敢按户摊派，因而忧愁苦闷，想一死了之。他在妻子劝导下只好自己去捉。像成名这样的人自然很难捉到善斗的促织。县令“严限追比”，十多日内，便“杖至百”，被打得“两股间脓血流离”，连促织也不能去捉了，只有“转侧床头，惟思自尽”。为了一头供人玩乐的促织，竟使他在肉体上和精神上备受折磨。

但是更大的悲剧却是成名忍受肉体上的痛苦，“强起扶杖”，历尽艰辛，直至“心目耳力俱穷”，捕得一头出色的促织时，又被九岁的儿子失手扑死。儿子“惧”而“啼告母”；母亲听后“大惊”，吓得“面色灰死”；成名知道后“如被冰雪”感到大难临头，“怒索儿”，而九岁的儿子却吓得去投井自杀了。弄死一头蟋蟀，这在平常是一件无足轻重的小事，而为了一头应命的促织，却给成名全家带来巨大的痛苦，并付出生命的代价。

然而，作者至此并没有止笔，接着他以更细腻的笔触，刻画了成名夫妇失去儿子的悲痛与失去促织的恐惧的心理冲突，揭示封建统治阶级“尚促织之戏”给人民带来的灾害。儿子的突然死亡，使成名夫妇陷入了绝望之中。在绝望中，他们渐渐忘了恐惧，始而“化怒为悲，抢呼欲绝。夫妻向隅，茅舍无烟，相对默然，不复聊赖”，悲痛欲绝。但当他们去取儿子尸体埋葬时，却意外发现儿子“气息惙然”，“半夜复苏”了，于是又转悲为喜。唯一的儿子死而复生，这该是多么高兴啊！可是，现实无情，当他们一想到“蟋蟀笼虚”官限难挨时，则又转喜为愁，“气断声吞”，惧而“不复以儿为念”了。一个孩子的生命，竟抵不上一只蟋蟀宝贵。小说就是这样从成名到全家，从肉体到精神，逐层扩展、深化，深刻地揭示了封建帝王促织之戏使人民所遭受的摧残和折磨，以致酿成家破人亡的惨剧，谴责了封建统治阶级的罪行。

在小说中，作者还创造了一个超现实的情节，就是成名九岁的儿子复苏后，“神气痴木”一灵不散，化为一只轻捷善斗的促织，拼命搏斗，被辗转进献入宫，斗败了天下的名促织，并“每闻琴瑟之声，则应节而舞”，供最高封建统治者玩乐，以赎自己的“罪过”，来挽救一家人将被毁灭的命运。从而说明在封建统治阶级的压迫和剥削下，连天真的孩子也不能幸免，死后的魂灵还要遭受折磨。这对当时黑暗社会的揭露和鞭挞是相当深刻而有力的。

下层人民为了一头促织弄得倾家荡产，而各级官吏却以此作为进身之阶，个个飞黄腾达。县令进了一头促织，“试使斗而才”，便得到政绩“卓异”的嘉奖；抚军得到一只善斗的“促织”“以金笼进上”，皇帝“大嘉悦”，就赐给“名马衣缎”，全都得到了升官发财的酬报。通过鲜明的对比，这就充分地暴露了封建社会政治的腐朽。

小说围绕一只蟋蟀的故事，集中而凝炼地揭露了康熙“盛世”最高统治者的荒淫，吏治的腐败，反映了普通人民在残酷压榨下的悲惨遭遇。这对认识封建社会的黑暗，了解当时人民的苦难生活，具有一定的价值。

《促织》这篇短篇小说在艺术上也独具特色。它“用传奇法，而以志怪”（鲁迅《中国小说史略》），兼有“志怪”和“传奇”之长，故事情节离奇曲折，变化莫测，引人入胜。但它又不是单纯追求情节，而是为了突出表现主人公的苦难，通过曲折的情节，增强了揭露和控诉罪恶社会的艺术力量。例如成名因缴纳不出蟋蟀，被打得脓血淋漓，愁闷欲死，陷于绝境时，又绝处逢生，受到“神卜”的暗示，意外捉得一头健斗的蟋蟀，“大喜，笼归”。但谁知这头蟋蟀却又被儿子扑死，儿子惧而投井，全家悲痛欲绝，而在绝望中，忽又听到“门外虫鸣”，捉到一头更健斗的蟋蟀。当这头蟋蟀勇猛地斗胜时，又被一只鸡差点啄死。作者就这样一收一纵，大起大落，通过曲折变化的情节，细致地刻画出成名复杂的心理变化，突出地描写了成名精神上所受的折磨，从而集中地形象地表现了主题。

小说在描摹人物和蟋蟀的情态上也十分细致生动。如写斗蟋蟀的一段，作者采用欲扬先抑的手法，先极力渲染村中少年见成名的蟋蟀“掩口胡卢而笑”的神态，以及成名见村中少年的蟋蟀“庞然修伟，自增惭怍”的心理。接着又极力写成名气馁胆怯，“不敢与较”，而村中少年却意气洋洋，“固强之”，的双方神态。之后，则描写蟋蟀在格斗时的场面：成名的小虫先是“伏不动，蠢若木鸡”，用猪鬣毛撩拨它的须子，也仍然不动。及至一再撩拨，才“暴怒直奔，遂相腾击，振奋有声”，随又“跃起，张尾伸须，直龁敌领”，终于斗胜。村中少年由“大笑”而“大骇”，成名由“惭怍”而“大喜”。作者观察细致，用词传神，对少年的轻浮，成名的惊喜，蟋蟀的形状，相斗的情景，写得有声有色，惟妙惟肖，真是刻物镂情，曲尽形态。

但是，蒲松龄毕竟是一个地主阶级的知识分子，由于历史和阶级的局限，《促织》在思想上还是有缺点的。故事结尾，在皇帝遍赏抚臣、县宰之后，又画蛇添足地加上了县宰“免成役，又嘱学使，俾入邑庠”“成子精神复旧”“抚军亦厚赉成，不数岁，田百顷，楼阁万椽，牛羊蹄躈各千计，一出门，裘马过世家焉”等情节，这些描写虽含有作者自己屡试不第的愤慨和对科举制度的嘲讽。但与整个作品所提供的生活图景却是矛盾的，也是违反生活真实的，削弱了对封建统治阶级的揭露和批判。这是作者世界观中落后因素的反映。《促织》结尾有一段作者自己的评论说："成氏子以蠹贫，以促织富，裘马扬扬，当其为里正受扑责时，岂意其至此哉！天将以酬长厚者。"这说明蒲松龄虽然同情人民，但却主张人民只要安分守己，自有好报。他还说："天子偶用一物，未必不过此已忘；而奉行者即为定例。加以官贪吏虐，民日贴妇卖儿，更无休止。故天子一跬步，皆关民命，不可忽也。"这里对最高封建统治者虽有委婉的规劝，但批判的锋芒，却主要是指向贪官污吏，认为坏的只是"奉行者"，对最高封建统治者存在着幻想。这些都是作品中的落后部分。剔除这些，《促织》在思想上和艺术上对我们还是有一定的认识意义和借鉴作用。

原刊《南京师范学院学报》1979年第四期

凤凰枝文丛

三升斋随笔	荣新江　著
八里桥畔论唐诗	薛天纬　著
跂予望之	刘跃进　著
潮打石城	程章灿　著
会心不远	高克勤　著
硬石岭曝言	王小盾　著
云鹿居漫笔	朱玉麒　著
老营房手记	孟宪实　著
读史杂评	孟彦弘　著
古典学术观澜集	刘　宁　著
龙沙论道集	刘　屹　著
春明卜邻集	史　睿　著
仰顾山房文稿	俞国林　著
马丁堂读书散记	姚崇新　著
远去的书香	苗怀明　著
汗室读书散记	王子今　著
西明堂散记	周伟洲　著
优游随笔	孙家洲　著
考古杂采	张庆捷　著
江安漫笔	霍　巍　著
简牍楼札记	张德芳　著
他乡甘露	沈卫荣　著
释名翼雅集	胡阿祥　著

壶兰轩杂录	游自勇　著
己亥随笔	顾　农　著
茗花斋杂组	王星琦　著
远去的星光	李　庆　著
梦雨轩随笔	曹　旭　著
半江楼随笔	张宏生　著
燕园师恩录	王景琳　著
鼓簧斋学术随笔	范子烨　著
纸上春台	潘建国　著
友于书斋漫录	王华宝　著
五库斋清史存识	何龄修　著
蜗室古今谈	丰家骅　著
平坡遵道集	李华瑞　著
竹外集	朱天曙　著
海外嫏嬛录	卞东波　著
耕读经史	顾　涛　著
南山杂谭	陈　峰　著
听雨集	周绚隆　著
帘卷西风	顾　钧　著
宁钝斋随笔	莫砺锋　著
湖畔仰浪集	罗时进　著
闽海漫录	陈庆元　著
书味自知	谢　欢　著
三余书屋话唐录	查屏球　著
酿雪斋丛稿	陈才智　著